Una tienda en París

W0338568

Novela

Biografía

Màxim Huerta es autor de las novelas *La noche soñada* (Premio Primavera de Novela 2014), *Que sea la última vez...*, *El Susurro de la Caracola*, *Una tienda en París*, *No me dejes/ Ne me quitte pas* y *La parte escondida del Iceberg*, del que la crítica ha destacado que se trata de una narración conmovedora y singular, de un coraje y honestidad feroces. Todas ellas han sido traducidas a varios idiomas. También es autor de los libros ilustrados *El Escritor*, *Mi lugar en el mundo eres tú* y *Elsa y el mar*. Escritor y periodista, Màxim Huerta actualmente trabaja como columnista en *El Español*, *20 minutos*, *Viajar*, *National Geographic* y *Glamour* y colabora en *Gente despierta*, de RNE.

Màxim Huerta

Una tienda en París

mr · ediciones

El papel utilizado para la impresión de este libro es cien por cien libre de cloro y está calificado como **papel ecológico**.

No se permite la reproducción total o parcial de este libro, ni su incorporación a un sistema informático, ni su transmisión en cualquier forma o por cualquier medio, sea éste electrónico, mecánico, por fotocopia, por grabación u otros métodos, sin el permiso previo y por escrito del editor. La infracción de los derechos mencionados puede ser constitutiva de delito contra la propiedad intelectual (Art. 270 y siguientes del Código Penal). Diríjase a CEDRO (Centro Español de Derechos Reprográficos) si necesita fotocopiar o escanear algún fragmento de esta obra. Puede contactar con CEDRO a través de la web www.conlicencia.com o por teléfono en el 91 702 19 70 / 93 272 04 47

© Màxim Huerta Hernández, 2012
© Editorial Planeta, S. A., 2012, 2018
Ediciones Martínez Roca es un sello editorial de Editorial Planeta, S. A.
Avinguda Diagonal, 662, 6.ª planta. 08034 Barcelona (España)
www.mrediciones.com
www.planetadelibros.com

Ilustración de la cubierta: © Jean Llobregat
Imágenes de la cubierta: Image Source / Corbis y Shutterstock
Grabado de la página 331 y fotografía de la página 349: Màxim Huerta
Fotografía del autor: © Víctor Guillén y J J Ortiz
Primera edición en Colección Booket: octubre de 2013
Segunda impresión: enero de 2014
Tercera impresión: febrero de 2014
Cuarta impresión: abril de 2014
Quinta impresión: mayo de 2014
Sexta impresión: julio de 2014
Séptima impresión: abril de 2015
Octava impresión: febrero de 2018

Depósito legal: M. 22.083-2013
ISBN: 978-84-270-4061-8
Impresión y encuadernación: Liberdúplex, S. L.
Printed in Spain - Impreso en España

Para ti, que siempre quisiste volar

«Siempre hace falta un golpe de locura
para desafiar un destino.»

MARGUERITE YOURCENAR

Esta historia es casi verdad.

CAPÍTULO I

Nada se había movido en años. Lo más exótico que hacía era coleccionar en una maleta un trocito de tela de todos los vestidos que he llevado en mi vida. Desde pequeña venía alimentando esta absurda nostalgia por mi ropa. Esa maleta y yo éramos una sola. Mi primera acción cuando, obligada por mi tía, había que abandonar un vestido era sacar las tijeras, recortar un pedazo que pasara desapercibido cuando lo metíamos en las bolsas para donarlo a la beneficencia y esconder ese fragmento con los demás cachos de tela en mi maleta. El tiempo me dio la razón: los colores habían ido apagándose en mi forma de vestir.

—Siempre vas vestida de gris.

—No es gris, es azul, tía.

—Me vas a decir a mí lo que es el gris…

—Es que es azul.

—¡No me hables así! Tan joven y tan obtusa. Al menos ponte algo encima que te haga parecer femenina. A tu edad yo… Vamos. Anda, coge el pañuelo que te regalé en tu santo que te alegre la cara algo. Está colgado en la entrada. Parece que todavía vayas de luto.

Mi madre había muerto cuando yo era una niña. Tenía siete años para ocho. La tutela había caído como una losa en manos de mi tía Brígida. Su hermana gemela. Olía a coñac y a perfume a partes iguales y así seguía veintitantos años después. Me había gestionado la vida a su imagen y semejanza, diciendo cómo y cuándo tenía que hablar, qué debía ponerme y cómo, y estableciendo una rigidez de horarios y estudios férreos. La asignatura más difícil de mi vida había sido encontrar grietas para escapar, por eso había conseguido una habilidad incomprensible: aguantar dos minutos sin respirar. Lo hacía sin que se notara, delante incluso de los invitados de una de sus cenas de «gente como nosotros».

Así habían pasado los años.

Así había pasado los años. Aguantando la respiración. Hasta ahora.

Después de un invierno largo de un frío terrible, de nieves y heladas, la ciudad había despertado en una primavera prometedora. Seguía soltera y languidecía en el piso más maravilloso de la capital. Vivía en el ático de mis padres, trabajaba en la fundación que heredé de ellos y me pasaba las tardes leyendo libros que elegía por las cubiertas y buscando postales antiguas de París en anticuarios. Se me puede calificar de metódica, tal vez, pero yo lo prefiero definir como cuidadosa. A fin de cuentas hacía años que nadie cuidaba de mí, yo era mi propio encargo y gestionaba mi tiempo caprichosamente. ¿Solitaria? Digamos inhabitada.

Aquella tarde de primavera venía de mis clases de pintura en las que cuatro mujeres como yo me hacían compañía dos días a la semana, martes y jueves, durante tres horas. Digo como yo, que es como decir que eran otras cuatro que también tenían tiempo y dinero para aburrirse en una sala acristalada del barrio de Chamberí, en el que un viejo pintor de 83 años nos hacía las veces de maestro y de psicólogo. Habíamos empezado con carboncillo retratando frutas, botellas y jarrones desportillados, luego cogimos lápices de mina blanda, más adecuados por su flexibilidad y su expresividad, y empezamos con líneas más vivas; pero como las cinco teníamos más afición que facultad, regresamos al carboncillo, en el que las sombras acaban corrigiendo todo defecto. Esto es aplicable a la vida.

El carboncillo permite trabajar con rapidez, fluidez y, una vez aplicado, puedes pasar una esponja, la mano o un difumino y mejorar la falta. Es un espejismo que oculta la destreza con disimulo. Como la vida, también.

En esos días habíamos empezado a dibujar aburridos desnudos femeninos que copiábamos de unas láminas que el viejo pintor guardaba en cajones estrechos repartidos a modo de catálogo en botánica, objetos, cuerpos, paisajes y bodegones. Todas queríamos llegar al color, pero la vida nos instaló durante meses en el blanco y negro. Dos de mis compañeras llegaban siempre juntas, asidas del brazo en un estado de continua contrariedad disimulada y dispuestas con sus bolsos a pasar la tarde subidas a un taburete en el que la incomodidad te hacía estar erguida como una vara de pastor. Una se llamaba Rosa y la otra Maribel, casi idénticas, casi mimetizadas en el paso con el que subían los últimos escalones de la clase y con rebecas de planchado similar. Hablaban en voz baja, casi imperceptible hasta para ellas, con lo que optaban por la mirada cómplice de dos mujeres, tal vez parientes, que han sido decepcionadas muchas veces por la vida. La tercera era Isabel, debía de tener mi edad, creo que he dicho que ya me acercaba a los cuarenta, y su presencia en la clase era sutil como una mariposa, era delgada y frágil, con los codos huesudos como sus rodillas secas de piel, sonriente y alicaída o debilitada al mismo tiempo. Tenía un trazo con el carboncillo estupendo, tanto que para el viejo pintor era «sobresaliente», cosa que a las demás nos daba igual porque con compartir unas horas con otras mujeres nos bastaba. Su forma de dibujar era delicada, casi no hacía ruido con el carboncillo en el papel y se deslizaba con una musicalidad que hacía inexistente el trazo porque con las yemas de los dedos sombreaba al mismo tiempo que rayaba el pliego. No hacía borrones, silueteaba con una precisión que apuesto que habría proyectado un mapa de Europa sin necesidad de copiar de un atlas. Yo siempre la llamaba Inés, no sé por qué razón. «Hola, Inés, buenas tardes. Me gusta cómo llevas tu dibujo.»

—Isabel, me llamo Isabel.

—Disculpa de nuevo, Inés, perdón, Isabel.

Pedía perdón espantada por la eterna equivocación como si fuera a aparecer mi tía agarrotada de ira por el pasillo. Tantas veces erré que estuve a punto de pedirle: «¿Me dejas que te llame Inés?», pero me sentí absurda. Ella también estaba callada en la clase de dibujo como la cuarta. La cuarta era la mayor de todas, Inmaculada; estaba viuda desde hacía siempre —esta expresión es suya— porque su marido murió en casa apenas se casaron. Un día llegó y se lo encontró dormido en el sofá, no le dijo nada por no molestarle y estuvo con el muerto durante horas, hasta que se hizo la hora de la cena y ya no tuvo más opción que acercarse y tocarle el hombro. «Se desplomó en el suelo», dijo la señora cuando salió el tema de la viudez. «Me he acostumbrado, soy así, creo que nací viuda, ya no tengo ni el recuerdo de haber estado casada, mi matrimonio forma parte de unas dos o tres fotos que guardo en algún cajón, sin más, no hay dolor», contaba fuera de todo daño.

—¿Le recuerda? —pregunté a la señora desde mi butaca, en la que estaba enderezada intentando dibujar una botella de coñac y dos copas usadas que se habría apurado el viejo.

—Lo único que recuerdo es que era un hombre —dijo volviendo la mirada a su papel, tiró de trazo largo en la silueta negra que tenía entre manos, miró de soslayo el bodegón y se volvió hacia mí—. Era un hombre, sin más. Su cara ya pertenece a otro mundo, se me hace raro hasta ponerme a pensar en cómo era o cómo era yo con él. No es voluntario, es que ya se ha ido.

—Ni… ¿su perfume?

—Lo tiré todo. De hecho, la única que se perfumaba era yo.

A Inés o Isabel, o comoquiera que se llamara, la enternecía escucharla de forma evidente, porque su gesto cambiaba discretamente al arrugar los ojos ofreciendo una caricaturesca condescendencia de señora a señora. Yo, la verdad sea dicha, apreciaba más incomodidad en el resto que escuchaba su perorata de viuda que en ella contando el drama; el sufrimiento estaba tan dormido que no había sombras de recuerdo triste en sus palabras. Tal vez una música de fondo invisible que servía más como banda sonora de su relato al punzar cada frase de la memoria que de evocación de la muerte. Solas. Estábamos solas. Las pinturas y nosotras. Rosa, Maribel, Isabel, Inmaculada y yo.

Creo que no lo he dicho todavía, pero me llamo Teresa y una vez estuve enamorada de un pintor llamado Laurent.

CAPÍTULO 2

—El secreto de la vida está en la confianza. La vida, por ejemplo, es este lienzo...

Era evidente que ese lienzo era mi vida. Quiero decir que, aparte de la tela blanca, también pensaba qué es lo que debía pintar. Unos pintan y luego lo explican. No es mi caso, yo buscaba motivaciones hasta para situar el lienzo en horizontal o vertical. El viejo pintor apenas tenía agilidad para moverse por la sala de las pinturas con su bastón, como los ciegos que se saben el camino, se fatigaba con frecuencia y necesitaba ir apoyándose en los respaldos de las butacas para coger aire y dirigir la clase. En un principio parecía adusto, huraño por su aspecto ajado por los años, pero enternecía por esa forma que tenía de parlotear: ponia la mirada perdida en el horizonte para hablar, de espaldas a nosotras. Supongo que para no ver nuestros desastres. Daba dos palmadas huecas antes de las explicaciones y todas levantábamos la cabeza como palomas espantadas. A mí me conmovía reparar en esos restos de comida que siempre llevaba entre los pelos de la barba y que, sin duda, eran ese reflejo que da la eterna viudez, del desierto que deja la soledad.

Hablaba apasionadamente. O lo contaba todo muy despacio. Quizá cuando barruntaba que éramos unas ociosas sin voluntad pero con tiempo.

—Ustedes deberían tener más confianza en sus posibilidades. Deben difuminar el carboncillo para conseguir el gris deseado, cojan el paño de algodón para corregir ese trazo… o su dedo.

Gesticulaba al hablar haciendo molinillos con la mano derecha.

—La tiza blanca es solo para dar puntadas de luz, la utilizaremos únicamente para resaltar las partes más brillantes del dibujo. Por ejemplo, el brillo de esa manzana, ahí deberíamos dar un toque de tiza para que sea un destello. Es como dar luz en la zona de sombras. Aunque de momento la luz la vamos a dejar apartada.

La luz apartada,
La luz apartada,
La luz apartada…

Todas se ponían a pintar. Todas menos yo. A mí esa frase me dejaba desencajada: «Dejemos la luz apartada». Iba directamente a mi bote de la ansiedad, ese frasco imaginario que fue llenando mi tía con sus imponentes formas de hablar y de mandar. «No debes andar tan lánguida. ¡Estírate bien el pelo, que quede la coleta bien hecha! Así pareces una zarrapastrosa, levanta la barbilla. Vístete bien. ¡Quieres no poner los codos encima de la mesa! Qué poco te pareces a tu madre...»

Qué poco se parecía ella a su hermana, qué poco se parecía a mi madre.

El tiempo parecía haberse detenido en ella y en su forma de ser conmigo. Siempre estaba pendiente de mí, de lo que hacía y de cómo lo hacía. La vida me había convertido en un espejo de lo que ella quería ser y crecí aterrorizada a improvisar, porque los ojos de mi tía siempre se volvían... hacia mí. Me acostumbré a crecer así, paralizada, incapaz de ser yo si no era con la decisión de ella.

Tenía una mirada de esfinge. Gozaba al hablarme desde lo alto de las escaleras, apoyada con una mano en el pedestal y con un inquietante aplomo. Entonces —cómo somos los humanos— habría dado todo por tener su forma de caminar, deslizándose tan erguida por los pasillos que parecía levitar como colgada desde las molduras del techo.

—Es la hora del piano, Teresa... Vamos.

Eso significaba cambiarse de ropa, estirarse mucho más la coleta tirante desde la frente y quedarme con ella en la biblioteca. Aquella sala desmesurada en la que las arañas del techo eran lo único articulado que imponía más que la presencia de mi tía. Sacaba de la consola unas partituras y las desplegaba en el atril.

—Venga, adelante, Teresa.

El piano sabía de mi miedo, cada una de las teclas sabía bien de mi temblor. Mi tía, vestida con uno de sus trajes oscuros, me observaba desde uno de los sillones de cuero dándome la espalda para que no viera cómo rellenaba la copa de coñac sobre su mesa una y otra vez, pero la sentía moviendo los brazos como una directora de orquesta. La cabeza delicadamente apoyada en el respaldo, siempre erguida para no estropear su pelo, y con los ojos entornados en una duermevela demoníaca.

Así me quedé, así crecí. Dirigida por ella, como una partitura más. Exagerando su delicadeza, sus gestos y su disciplinada feminidad que debía reflejarse en mí. Y por eso también me apunté a clases de pintura.

—En estas primeras clases solo usaremos el negro del carboncillo y todos sus matices. No hace falta que les explique, son ustedes señoras muy atentas. Por eso, cuando se equivoquen solo subsanaremos el error agrisando las zonas necesarias. Pasen la yema por encima para modificar la línea. Veamos —insistía—. Difuminen, difuminen todo error…

¿Qué hubiera pensado Laurent? Él me habría hablado del color de otra manera, con aquella fuerza tan suya de expresar las palabras con grandes gestos. Sin medias tintas, sin matices. No disfruté de él tanto como cuando pensaba en él. Esas cosas que tiene la vida y que he tardado tanto en entenderlas. En este caso era mejor seguir la clase de pintura y olvidar lo que pudo ser. Aceptar. Ese verbo que aparece tan pronto en el diccionario y que tarda tanto en irse.

«Difuminen, difuminen…» Sus palabras hacían que todas a la vez asintiéramos con la cabeza gacha como mecidas por la brisa en un campo de arroz.

—No es un gran problema —decía mientras abanicaba los dedos torcidos por la artrosis—. Los pequeños errores pueden corregirse. Si es grande volvemos a empezar. Empezar. Em-pe-zar.

Vaya con la lógica. Odiaba tener que volver a empezar. Durante toda mi vida he preferido estar difuminando mis fallos antes que romper el papel y ponerme a dibujar de nuevo. La génesis de las cosas me parecía la cosa más pesada del mundo. Digamos que, sinceramente, esto es lo que más me define. Cuando iba al colegio, antes de morir mis padres y permanecer en casa de mi tía en aquella eternidad de desayuno, colegio, piano, misa y fiebres, detestaba empezar a recitar las tablas una y otra vez. Esperaba hasta aprenderlas de cabo a rabo para entonces saltar a la pizarra y soltarlas afinadamente, sin mácula de fallo con tal de no empezar.

Empezar, empezar, empezar. No, no, no.

«Debería retomar usted el poema partiendo de cero», dijo una de las profesoras en una de aquellas clases previas al verano en las que todo era alargar el tiempo para llegar al final del junio escolar.

Con un aplomo increíble respondí tranquilamente.

—No.

Me quedé de pie y ella se quedó de piedra apoyada en

la pizarra. Empezaron a temblarme las piernas por si aquella negativa llegaba a oídos de tía Brígida. La profesora compuso una sonrisa hipócrita y dijo en voz alta delante de todos: «Eres imposible». Era imposible. Así pues, crecí imposibilitada para embarcarme en cosas que merecieran empezar de nuevo. Por lo visto, ese miedo no era extraño y exclusivo en mí. Tampoco iba a ser exclusiva ni necesitaba serlo. Hay gente que, paralizada como yo ante un proyecto, encarna todo tipo de reacciones, desde palpitaciones, urticarias, sudoración y, sobre todo, silencio. Aprendí que callar tampoco estaba tan mal.

—El difuminador sirve para diluir un error o para aclararlo. Jueguen ustedes con su matiz e intenten dar volumen aprovechando la metedura de pata. ¿Y bien? ¿Qué tal?

Se dirigía a mí. Logré articular unas palabras como mentira.

—Me gusta como está quedando.

—Eso no es cierto, no le gusta. Pero ahí sigue usted, erre que erre metida en faena con su ir y venir de carboncillo. Arranque a pintar de nuevo.

—Me da pena desperdiciar el papel.

Rió dulcemente.

—¿A qué espera? —dijo con toda la tranquilidad del mundo—. ¡Rompa el papel!

Estaba totalmente desencajada con la situación. Su presencia detrás de mí invitándome a empezar de nuevo. Ese hombre tenía una fuerza desde la calma que paralizaría un ejército de lanzas viniendo en bloque hacia la fortaleza. «Sufres por no borrar y sufres mucho en lo más profundo de ti —dijo sosegado— por no empezar.» Se acercó a mí lentamente y notó mi temblor a cuatro dedos de distancia. Sentí latir la sangre en mis sienes, que comenzaron a dolerme. Alargó el brazo delante de mi cara y arrancó el papel en mis narices.

«¡Ras!»

—Me siento humillada —le dije.

—No, se siente aliviada. Usted es incapaz.

Me quedé inmóvil. El aire que respiraba me parecía nuevo porque alguien había tomado la decisión por mí. No era la primera vez. Recibí un verdadero golpe el día en que el veterinario nos dijo que había que dormir al perro. Lo de dormir era otra forma de difuminar la realidad, lo tenían que matar. Me dijeron que decidiera yo. El veterinario había luchado por mantener vivo a mi compañero de vida, un teckel de pelo duro que había sobrevivido a un tumor y una caída desde la ventana, un golpe que amortiguaron las hojas de un árbol, pero que le dejó convaleciente con las dos patitas traseras rotas y reventado por dentro. Por las noches, cuando venía a darme un beso a la cama antes de dormir, ya no me reconocía, pero debía tranquilizarle porque se quedaba dormido a mis pies, envuelto en una manta que mi tía dejaba bajo la cama. Yo habría dado mi vida por él, tenía tanta energía cuando huíamos escaleras abajo que verle ahora pasar las horas de espera en esa farsa que había inventado el veterinario era horrible, no había manera de retener la esperanza. A partir de aquel momento, mi desesperación se convirtió también en mi prioridad. Yo me marchaba al colegio pensando que al volver estaría muerto. Pero cuando regresaba, el pequeño teckel seguía marchito en su dolor a la espera de que yo diera la funesta orden de «vamos». Yo triunfaría si hacía fracasar al médico evitando la muerte con una muerte casual. Creo recordar que un día, al llegar, me encontré a mi perro tirado en el pasillo en medio de un charco de pis y me alegré, me tranquilizó haberme liberado de la decisión.

—¡Está muerto! ¡Lupas se ha muerto!

Mi tía salió al pasillo maldiciéndome por los gritos que profería y le dio un golpe suave con el mango de la escoba. El olor a pis parecía el olor de la muerte. Fue en vano.

—Está en las últimas. Deberías paralizar el sufrimiento del pobre animal —decretó ella dándose media vuelta.

Me fui corriendo a mi habitación porque mi perro seguía todavía vivo. Cuando más tarde vino arrastrándose con su dolor habría querido matarlo de una patada, pero solo pude llorar al verle desde el suelo pidiéndome el adiós. Sus pupilas grises eran ya una defunción anunciada, apenas podía verme entre sus cataratas y aun así me quería besar. Creo que se dio cuenta de que yo era la persona encargada en la casa de poner fecha y hora para acabar con su angustia.

—Ya está bien. Así no puede seguir —sentenció inflexible tía Brígida.

A la mañana siguiente, en la mesa de la biblioteca me encontré su correa de piel con la chapita de su nombre grabado. Mi tía había madrugado para llamar al veterinario antes de mi desayuno y había tomado la decisión por mí. Yo me enteré de su muerte en ese momento, al llegar a casa. No dije nada. Me había quedado huérfana por segunda vez. Y sí, yo no había podido tomar la decisión.

CAPÍTULO 3

Aquella tarde afortunadamente salí de la clase sin mi carpeta grande porque no tenía ganas de seguir el dibujo en casa. La dejé junto a las carpetas de las otras aprendizas en el mirador en el que el viejo pintor tenía todos los materiales; apoyada en la peana rectangular en la que a veces alguna de nosotras se subía, se quedaba sentada y las demás sufríamos lo indecible buscando una perspectiva con la que retratar a la compañera. Era la parte más ridícula de las clases, sentirse mirada con tus complejos y ver que con el carboncillo negro todas esas inseguridades podían ser peores en el papel a la vista de los demás. El primer día causaba risas, el segundo ira, el tercero silencios, el cuarto ya daba todo igual: salir gorda, fachosa, malcarada, imperfecta, horrible, extraña y, sobre todo, salir siendo otra que no eres tú.

Todo esto sucedía bajo el manto de la cúpula del mirador del edificio en el que teníamos el aula, muy por encima de los gigantes plátanos que crecían inmensos en la acera par y que cuando se movían creaban tormentas de hojas y ramas golpeando contra los balcones. El mirador del viejo pintor era el remate caprichoso del esquinazo de un edificio modernista de siete plantas que estaba capitaneado a modo de faro en la ciudad por una cúpula octogonal de pizarra brillante sobre columnas alternadas con ventanas amplias y altas que dejaban entrar la luz todo el día, desde el amanecer hasta que el sol se escondía por la sierra, visible siempre desde el aula. Bello y espantoso a la vez. Una sala en la que había un tufo intenso a aguarrás, a óleos y a aceite de trementina guardado en latas que se acumulaban en un pequeño mueble bajo el ventanal sur y que a mí me gustaba curiosear. Igual que hacía con el tocador de mi tía, escudriñar cuando no estaba ella para encontrar algo que la hiciera humana. Amén de alguna botella de coñac empezada, encontraba rosarios con olor a rosas. Era su manera de bendecirse a sí misma.

Amén. Quedaba así escondida su personalidad. Bajo la influencia de las novenas a la santa de la familia y del perfume embriagador que salía de cualquiera de sus cajones, abrigos, pañuelos y guantes. Cada centímetro de sus armarios lo tenía registrado. Con el corazón en un puño me adentraba en su habitación para saber qué misterio ocultaba tras la rigidez corrompida por los años y ese mal carácter. Mientras metía las manos entre los montones ordenados de sábanas bien plegadas mi pulso se aceleraba de forma endiablada. Era un riesgo que debía correr. Cuando creía que aparecía un billete, resultaba ser una estampa. Cuando notaba algunas bolitas, eran rosarios otra vez.

El alto espejo de su habitación, lleno de marcas del azogue picado, creaba una visión fantasmagórica y deforme cuando penetrabas en la estancia. Era una locura entrar. Te lo encontrabas de frente, como un vigilante chivato. Ella solo utilizaba uno pequeño que apoyaba siempre en diagonal en la consola dorada de pies esculpidos en mármol para, como ella decía, marcarse «el negro de los ojos como dos azabaches». Yo imaginaba cucarachas.

No creo que se hubiera mirado nunca de cuerpo entero.

Luchando hasta el extremo contra el miedo, abrí uno de los cajones en los que guardaba los broches y las joyas. «Hazlo deprisa, corriendo», me decía a mí misma. Tiraba de los cajones y deslizaba la mirada dentro de las cajitas aterciopeladas en las que estaban los anillos y los pendientes… de mi madre. Todo lo guardaba ella.

«Deprisa.»

Aceleré y saqué rápidamente los pendientes que siempre llevaba mamá. La casa estaba en un silencio angustioso y temía que mi tía llegara de un momento a otro. Cuando toqué las dos gemas sentí el peso de las manos de mi madre sobre mis hombros tranquilizándome. Mi corazón empezó a latir y se me humedecieron los ojos. Recordaba perfectamente la fecha en que se fue por lo dolorosa que... Incluso la hora. Y la forma en que mi tía me dijo: «Vas a tener que ser fuerte y no llorar cuando llegue la familia…», la familia.

Me abalancé sobre ella para buscar abrigo. Tan solo me tuvo así medio minuto. «Vas a arrugarme el vestido.» Me separé, me separó y acabé por internarme todo aquel día en mi habitación, encerrada, sumida en la penumbra, callada, vencida por los acontecimientos y secándome una y otra vez la cara para que no me viera llorar. Mi tía entraba cada cierto rato, encendía la luz, me miraba y la volvía a apagar. Mi corazón se paró por primera vez. Habría más.

Los óleos del viejo pintor eran tubos grandes arrugados que se ordenaban sin control en una caja que tenía la tapa siempre abierta y sucia como si también hubiera sido usada a modo de paleta; te asegurabas una mancha si intentabas coger uno de los envases porque los aceites hacían que unos estuvieran casi pegados a otros formando una masa pringosa. Yo moría por los nombres de los colores. Colores de la marca Charvin que evocaban lugares como el tierra, el siena, el naranja indiano, el añil, el esmeralda, el rojo rubí, el magenta quinacridona, el azul turquesa, el azul royal, el flor de lino, el bermellón carmín, el bizantino, la tierra de cassel...

—Estoy cansada del blanco y negro. Necesito color —le dije una tarde que mis compañeras salieron primero.

—El color hay que ganárselo. Y para ello hay que saber utilizarlo bien. No es fácil mezclar unos colores con otros.

Iremos poco a poco. Primero los básicos, luego rebajamos con blanco, después introducimos tierras, cielos, verdes, anaranjados… —se paró en seco señalando a un cuadro que había colgado en uno de los pilares, uno pequeño, de apenas veinte por veinte centímetros—. ¿Ese óleo sabe de quién es?

Observé el lienzo quieta sobre la baldosa donde me había quedado soldada como un cazador esperando la presa.

—¿De su hijo? —dije.

Frunció el ceño.

—No, Teresa. Ese lienzo es el primero que hice, yo debía de tener catorce años y tenía todo lo necesario para pintar.

—Es bonito.

—Le agradezco el cumplido, señorita Teresa, pero no es verdad. Que tuviera todo lo necesario para pintar no significa que pudiera pintar. Es un lienzo malo. Más allá de la perspectiva, de la composición, la elección de los colores es totalmente desafortunada. No funciona.

—Entonces, ¿por qué lo guarda?, si no le gusta…

Le miré de pie cómo volvía a fruncir el ceño y constataba mi fijación por tener respuesta de todo. Pero él, con esa misma vitalidad que desprendía con el pincel corrigiéndonos los trazos zigzagueando entre los caballetes, me dijo:

—Hay que saber esperar, hay que saber esperar, saber esperar… —repitió como un mantra mientras se giraba hacia el ventanal buscando un punto de fuga para seguir su discurso—. Le diré que yo también tenía prisa, siempre tenía prisa para todo, para correr, para comer, prisa para conducir, para crecer, ¡para cumplir años! Esto es lo más absurdo de todo, ¿verdad?, y la prisa, señorita Teresa, se lo aseguro con la desagradable madurez que me han dado los años, no vale de nada. Hay que saber esperar…

—Ya... —cerré con un monosílabo en mi manía por pronunciar siempre la última palabra tal y como me decían mis padres. Calculé que, a ese ritmo, tardaría años en poder pintar un lienzo de colores. No conocía bien al viejo pintor. De hecho, poca gente en el barrio le conocía realmente. Quizá por eso deseaba hablar tanto con él. Es más, hablaba mucho con él, más que con nadie. Había llegado a un nivel de charla, sin rozar lo personal, totalmente aceptable.

El cuadro era un pequeño paisaje con dos cimas de montaña y una casa desproporcionada que tenía los colores de Van Gogh y las líneas sencillas y tirantes de un dibujo de Fabrés. El profesor era un señor complejo, a lo mejor de aspecto rudo, pero ablandaba los estados de ánimo mejor que té caliente en soledad. Sacó su reloj del bolsillo, uno con la correa de piel cuarteada, y miró la hora acercándoselo hasta la nariz. Lo hacía muy a menudo, sobre todo para marcar espacios. Le ayudaba a parar el tiempo aliviando alguna incomodidad. Lo guardó de nuevo y me dijo:

—El color llega en su inmensidad. Primero tiene que dominar el blanco y negro y no sentirse asustada por su lobreguez, lo que debe es saber encontrar la luz del blanco en medio de la penumbra, juegue con las sombras, haga que el espacio blanco sea todavía más luminoso de lo que podría ser un amarillo, un naranja, un azul cielo. El día que se sienta cómoda con todos estos carboncillos será que ha llegado el momento de llenarlo todo de color.

—¡Me cansa pintar con negro! —exclamé algo irritada.

Pensaba en el negro azabache, el negro de las cucarachas, el piano de casa...

—Deje espacios.

Me aclaré la voz carraspeando y comenté como si quisiera desfogarme con él:

—Pero me crea ansiedad verlo todo así. Tan triste. Las frutas no parecen frutas, las figuras parecen muertas, los paisajes son fúnebres... Mire mis dibujos, son densos, los pájaros no vuelan, son mazacotes ennegrecidos.

El viejo pintor estaba escuchando todo con gesto tenso.

—Escúcheme —espetó, con una autoridad más cercana a la de un sacerdote que a la de un profesor—. Deberíamos ser mucho más ambiciosos con nosotros mismos, pero fundamentalmente debería escucharse menos a usted misma y dejarse llevar por la pintura. Ahora estamos en una fase que puede resultar larga y pesada, estamos jugando con la bruma del negro. Todo lo que vemos a nuestro alrededor tiene color, lo ve, todo está compuesto de color; fíjese conmigo, señorita Teresa. Mire allá, al fondo de la ventana...

Era una tarde con mucha luz y los tejados y terrazas de Madrid estaban iluminadas con fuerza. Se sucedían los edificios que obedecían a una estructura ordenada y firme, los balcones negros de forja con curvas y rosetones y las balaustradas macizas de las fachadas más espectaculares que amarilleaban en la distancia con las plantas. Abajo los portales de doble hoja, carteles anunciadores, las tiendas con los toldos de rayas, las gentes, las ropas, los zapatos, las aceras de bordillos brillantes. De abajo arriba se establecía todo un universo de color en que las edificaciones destelladas por la tarde eran vitales.

—Los ladrillos están naranjas —dije.

—Me sorprende, Teresa —aseveró observando en la misma dirección que yo—, sea capaz de mirar más allá. Solo quiero que mire el cielo.

—Azul.

—¿Qué le pasa, señorita Teresa? Mire bien... Azul es lo primero que vemos, también aparece el blanco, se acaricia un turquesa, aprecie el añil, el rosa, amarillo, un violeta, algo de rojo, otro azul, más fuerte, más delicado, marino cuando choca con las chimeneas, cerúleo allá, un índigo clarísimo al pegarse con el fondo, el violeta otra vez...

Miré al viejo pintor cómo tamizaba cuidadosamente el cielo. Él resopló.

—Aguante, señorita Teresa —objetó, mirándome—, no se relaje. Es difícil verlo pero a veces lo tenemos todo mucho más a la vista de lo que nos parece. ¿Qué podemos hacer? —dijo con disposición—. Debe aprender a mirar. La gente no sabe mirar, va por la calle cruzándose unos con otros, sorteando farolas, mesas, baldosas mal encajadas. Los toldos se despliegan sobre nosotros, hacen sombras en el suelo cuando quema el sol, a veces son sutiles, incluso forman dibujos las hojas de los árboles en los que apoyan papeleras, son marrones, beis, tostados, vainillas... El asfalto no es negro, tiene un tono siena a veces, otras gris azulado, ceniza incluso. Mírelo. Los portales crean universos dentro y fuera, el rojo de su abrigo es magenta a veces, otras ciruela, tono cereza, melocotón maduro..., va variando, los colores van cambiando aquí y allí, cuando nos movemos todo se modifica. Los colores constituyen una rareza en sí mismos. El gris y el negro que detesta también. El color llegará. Pero debe tener la vista preparada, sabrá mirar...

—¿Cómo lo sabe? —pregunté con voz tímida.

—Dicen por ahí —apuntó en voz más baja— que los viejos sabemos más por viejos. El diablo sabe más por viejo que por diablo, ¿no? Sé que su vida está rodeada de blanco y negro, sé que está cansada del negro, que la fatiga la tiene anestesiada, pero creo que se debe a que se ha instalado en él, vive en el gris. Espere. Debe aprender a esperar. Ahora aprenda a ver la luz en la mancha de esas negruras que pintamos aquí con carboncillo. El color llegará. No tenga prisa.

«El color llegará...»

El último resplandor de la tarde brilló entre los edificios a través del ventanal y tiñó de colores ocres sus palabras. Él, sin apreciar que yo me había quedado boquiabierta mirando al infinito, se balanceó con su bastón hacia la cómoda de los óleos. Cuando los rayos de sol tímidamente se apagaron me giré para coger mis cosas. El viejo profesor estaba encendiendo su pipa y el fuego del tabaco me pareció una pequeña puesta de sol.

—Sea paciente —repitió con el ceño fruncido para aspirar el humo—. De eso se trata.

CAPÍTULO 4

La sacudida estaba a punto de llegar. Era el día señalado y andaba cómoda, sin trastos bajo el brazo. Salí del estudio de pintura liberada y con algo de tiempo, así que pude dejarme llevar por las calles en un paseo errabundo antes de llegar a casa de mi tía. Como de costumbre desde hace años compré una caja de moscovitas, su único dulce soportable que servía para cambiar un segundo el rictus amargo de aquella mujer en mi intento desesperado de pretender endulzarla de alguna manera. Tomaba las chocolatinas con una paciencia irritante y alargaba la merienda obligándome a tocar un rato el piano para entretenerla estoicamente.

Me encontraba justo a la altura de la casa de mi tía a punto de la visita de rutina cuando recibí su llamada.

—Hija, voy a estar toda la tarde en la Fundación.

Respiré. Me vino bien. Me puse a caminar. Pasé por Santa Bárbara a modo de liturgia y me colé después hasta el bar en el que Tomás, el camarero, me traía —otro tipo de ceremonia— un *gin-tonic* de alguna ginebra nueva hasta mi mesa y me daba conversación. Esperé junto a la ventana de pequeños cristales donde mi vida se quedaba cuadriculada en un caleidoscopio. No estaba esa tarde y salí a la calle.

Una señora venía caminando frente a mí y andaba lenta tirando de un perro jadeante por la vejez y cargada de bolsas. Cada dos pasos, paraba. Abrí la caja de las moscovitas de mi tía y se las eché al perro. Aproveché para cruzar la calle y cambiar de acera. Después de detenerme un breve momento en la tienda de plantas para oler el perfume que salía del interior, noté todos mis sentidos alerta. Qué extraño.

Fue entonces cuando pasé por la puerta de una galería improvisada en la que, entre millones de cosas, estaba a la venta un cartel de madera muy antiguo: *Aux tissus des Vosges, Alice* HUMBERT, *nouveautés*.

Me colé.

El anticuario casual de Fernando VI tenía al alcance todo un surtido de muebles que parecían sacados de viejos parques parisinos: esas sillas de tijera que siempre cojean blancas, ahora oxidadas, junto a unos bancos de madera desconchados, que proyectaban un escenario de película decadente. Había mesas gigantes de patas torneadas que costaban un potosí dispuestas con decenas de jarrones de cristal llenos de rosas de tallo alto frescas. Cada centímetro de la exposición y venta estaba salpicado de objetos, más o menos valiosos, pero mi pulso se aceleraba aguijoneado por la poderosa influencia del cartel que se veía desde la puerta… allá al fondo.

Las dos grandes lámparas de araña que presidían la zona de los relojes tintineaban con el aire que entraba desde la calle; bajo ellas, una gigantesca cama dorada en la que daban ganas de saltar como una cría enloquecida en su noche de Reyes y dos o tres cunas de níquel que, a mí particularmente, me daban escalofríos. Es algo que arrastro. Siempre que veo objetos de niño siento una repulsión irreflexiva, estoy hablando de objetos como muñecas de cerámica y juguetes de latón de los que también había allí. Concretamente una estantería patinada por los años llena de muñecas despiertas que hacían huir hacia la parte de objetos de cocina inservibles pero deliciosos. Había candelabros y lámparas de sobremesa, pequeñas cajitas de nácar abiertas con viejas joyas que también se vendían y un piano que, mellado de teclas, servía de mesa para colecciones de partituras que ahora los decoradores usan para empapelar paredes de pasillos o habitaciones.

El tiempo estaba detenido en aquel anticuario. Sonaba música clásica imposible de adivinar porque se mezclaba con el murmullo de los clientes que hurgaban entre los cajones y en unos imponentes baúles de los que surgían paraguas, de refinados mangos, como esqueletos. Había muchos asientos acolchados, poltronas y descalzadoras de terciopelo desgastado y brillante que estaban cotizadísimos a juzgar por el número de gente que los rodeaba. Necesité un rato para poder llegar hasta el cartel, mi cartel, fascinada por su simetría y sus letras. Me quedé así, paralizada delante del madero pintado, incapaz de elegir otro objeto.

En ese momento algo había cambiado mi rutina, algo tan absurdo como un viejo cartel de una tienda de París.

Eran «Tejidos de los Vosgos. Novedades». La propietaria que anunciaba el cartel tenía un nombre precioso, Alice Humbert. Me recordé de niña recortando trozos de mis vestidos a espaldas de mi tía para guardarlos en mi maleta. El letrero era de madera envejecida y había sido reforzado por tablillas nuevas en la parte posterior de las traviesas en las que venía montada la tabla; me aseguraron en el almacén que el cartel era de principios del siglo xx, sin poder precisarme año concreto, y aun así los colores todavía eran apreciables, un fondo gris azulado muy clarito, azul turquesa en la primera y última línea y las letras de la tal Alice en minúsculas en rosa o un rojo fresa gastado por los años pero totalmente definido en su grafía, y el apellido, Humbert, en mayúsculas. Suficientemente grande para que yo lo viera desde la puerta del local en el que me paré abstraída y curiosa por la buganvilla seca que cubría el portal.

Me quedé en silencio mirando el cartel.

Pagué doscientos euros en efectivo. Dejé el dinero sobre la mesa y levanté la mirada hacia el joven que me atendió amablemente. Le regalé una sonrisa porque tenía la excitación extraña de que me llevaba algo más que un simple letrero de madera. Me repitió varias veces, insistiendo en los adjetivos, que era un «cartel parisino original» y raro por su estado de conservación y por lo «excepcional del color» habiendo estado años colgado al aire libre y «bajo las lluvias y los fríos intensos de París», y blablablá, seguía diciendo mientras me lo envolvía cuidadosamente en papel de estraza y plástico de burbujas de aire para «no dañar la pintura de las letras», según sus precisas palabras. Se sopló el flequillo antes de seguir hablando.

—Todas estas cosas las traemos de París, son de viejos almacenes que acumulan...

—... historias —me apresuré a decir cuando ató con cuerda el paquete.

—Muchas historias, sí. Seguramente. La verdad es que se lleva el objeto más bonito. Si quiere que le reservemos algo más de lo que haya visto, nos lo dice. Estamos hasta el domingo, esta es una exposición de muebles y objetos muy especial.

—¿Cuántos años tienes?

—Veintitrés. ¿Por qué lo pregunta?

—Nada, por saber.

Le vi cómo ató fuerte la cuerda con varios nudos simples mientras disimulaba su curiosidad ante mi pregunta y cómo repasaba con la mano las arrugas del papel en las esquinas donde añadió celo y unos cartoncitos para fortalecerlo ante posibles golpes en el trayecto hasta mi casa.

Le interrumpí.

—Pones mucho cuidado en las cosas.

Esta vez enmudeció. Yo seguí.

—No hace falta tanto, vivo muy cerca.

—No se preocupe, es mi obligación. Así queda bien protegido.

El chico me contó la historia del anticuario intentando

evadir mi conversación y se ofreció a buscar a alguien para que me lo llevaran a casa, «pesa bastante para usted, si quiere le gestiono el porte», intentó ayudarme.

—El domingo estaré abriendo el regalo —le mentí para entretenerle.

—¿Cómo? —me miró sorprendido el muchacho.

—Es un regalo. Este es mi regalo —maticé.

—Pues muchísimas felicidades —añadió cortésmente separando las sílabas—. Y que le guste a…

Volví a cortarle.

—A mí. Me debe gustar a mí.

Me había especializado en enredar con los dependientes, oficinistas, porteros, taxistas, acomodadores… porque, si no, no hablaba con casi nadie. Lo hacía sin que se notara, niñeando con las palabras y brincando de frase en frase, unas veces les cortaba y les confundía con otra opinión, a veces escuchaba y liaba su argumento y, otras, las más, me mezclaba con sus palabras para pasar el tiempo charlando y alargando el momento de conversación aunque solo me estuvieran envolviendo un regalo que yo misma había de abrir.

—… Con que me guste a mí es suficiente. Soy yo la que se hace los regalos —él sonrió de forma mecánica como hacen todos los dependientes guapos que están contando las horas para salir del local.

—Mucha suerte —me dijo, algo distraído por mis palabras—. Y que le vaya muy bien —añadió sin mucho convencimiento antes de darse la vuelta. En realidad alargué el pago porque era mono, me ponía caliente mirarle disimuladamente. Su olor, su camiseta prieta, sus brazos.

El cartel era bonito, pero esa no era la razón de mi compra. En absoluto. Tenía la casa llena de cuadros heredados, mesas llenas de marcos, cajitas con minucias de nácar, figuritas de viajes, muchas postales de París, ceniceros de Hermès sin uso alguno, bandejas con corales rotos... No había más sitio para más recuerdos, ni los míos ni los de mi familia muerta. Bien, había algo más en aquella compra: una intuición o una corazonada de que mi destino pasaba necesariamente por allí. Un estremecimiento que me hizo conectar con aquel viejo cartel. En ese momento en el que lo vi, un presentimiento me condujo como un fantasma hasta el interior de aquel anticuario y hacia aquel cartel francés de principios de siglo que nada más llegar a casa colgué sobre la mesa de mi despacho. Me habría bastado llamar al conserje para que subiera a poner dos clavos en la pared, pero al quitar dos de los cuadritos que salpicaban la zona entre las ventanas descubrí que encajaba exactamente en la medida de dos clavos ya dispuestos.

«Perfecto», me dije. «¡Qué cosas!»

Me eché hacia atrás y contemplé que mi nueva adquisición venía que ni pintada con el lugar, pero sobre todo conmigo. Salí y entré varias veces de la sala de forma casi cansina para ver cómo quedaba allí instalado, me parecía que era «su sitio». Di un paso atrás, otro más, casi como un robot caminando de espaldas, para detenerme en la distancia en la que a uno le cambia la cara y sonríe también automáticamente. «Sí, es ahí.» Daba un aire cálido al despacho, como si debiera haber estado allí desde siempre. En el Liceo Francés, donde estudié, había alguno parecido señalando los talleres de manualidades, que era el único lugar en el que era feliz. La profesora de arcilla se pasaba la clase tarareando canciones que aprendíamos de forma natural mientras metíamos las manos en el barro caliente. Esa libertad para ensuciarse fue una celebración en mi vida diaria.

—¿Dónde estabas, Teresa?

—He salido al baño, señorita Florence.

—Pero ahora es la clase de arcilla.

—Bueno, si me ensucio me van a reñir... No he traído la bata.

—¿Qué vas a hacer? ¿No tocar la arcilla? —preguntó, cariñosa, acariciándome el pelo.

—Pero... mi tía... No sé si le parecerá bien. Puedo llegar manchada...

—Pues lo vas a tener difícil. Todas tienen ya su trozo de barro y están pensando qué forma darle en el torno. ¿Vas a ser la única? —su voz reflejaba la angustia que sentía por mí. Intuía todo—. Te estamos esperando.

—No sé, tengo que pensarlo, pero me gustaría.

—Seguro que ya has pensado qué figura hacer con la arcilla...

No dudé.

—Una cajita.

—¿Lo ves? Pues entonces voy a hablar con conserjería y

les voy a pedir que te busquen una bata. A lo mejor queda alguna de algún otro curso. ¿Quieres, Teresa?

La señorita Florence me miró fijamente para que viera en sus ojos la confianza que me faltaba en casa.

—¿Y?

—Quiero ser como todas.

—Entonces, hazlo, si te sientes feliz.

Creo que siempre fue consciente de mis temores y de mi cautela. En aquellas aulas me sentía protegida y ajena a la conducta marcial de tía Brígida; aunque por lealtad a mi familia materna guardó siempre silencio y me ayudaba a lavarme las manos y la cara con más voluntad que a las demás. Quise a esa profesora francesa de forma absoluta.

Después de mirar un rato el cartel de Alice Humbert me dejé caer sobre el sofá y me quedé dormida abrigada entre los cojines.

Sonó la radio.

Me sentí aturdida, extrañada. El aparato se había encendido *motu proprio*. Abrí los ojos. Un rayo de sol atravesaba las cortinas. Me giré hacia la mesa de café para alcanzar el mando sin quitarme el sueño de encima. Estiré el brazo y quité el sonido hasta dejarlo en algo inaudible, tan suave que apenas se escuchaba. Odiaba las cosas técnicas. «Compre el de sensores, mucha más calidad por un poco más», había dicho el vendedor para acabar de convencerme. Di al *off*.

Sonó otra vez. Ligeramente más fuerte.

«¿Qué pasa ahora?» La música se encendió violentamente, me levanté de un brinco y busqué el mando otra vez. Aquello se había descontrolado tremendamente. Estaba segura de haberle dado al *off* en mi duermevela. Lo volví a hacer y volví a quedarme en estado de trance un largo rato olvidando esa música que aleatoriamente se había encendido sin venir a cuento.

La vida en horizontal era más vida. Vivía en un ático de cuatro dormitorios. Ventanales de doble cristal. Suelo de madera. Puerta blindada. Calefacción individual. Alfombras por toda la casa. Insonorizado de todo excepto de mi respiración. No llegaba ningún ruido de la calle. En ese momento solo se percibía la música que inadvertidamente había empezado a sonar más fuerte. Ahora un poco más alto. Cogí el mando y apreté con fuerza el *off*.

Me costó mucho dormirme y pasé un rato agitada en el sofá. La técnica no podía estar jugándome esta mala pasada. En numerosas ocasiones me desperté y miré la pantalla del aparato de música. Los números marcaban la hora, la radio estaba apagada y el reproductor de cedés, vacío. No tenía ningún sentido. Me entraron ganas de desenchufar la corriente, pero por no levantarme del sofá desistí. Era media tarde y me quedé dormida. Una hora más tarde…

Click. Reaccioné como un látigo entre los almohadones. Abrí los ojos y pude ver claramente cómo se encendía la luz verde en la pantalla. De nuevo sonaba la música. Era la misma canción. ¡Otra vez! Me quedé tan sorprendida que proferí un grito.

Estuve a punto de lanzar el mando al suelo, pero me paralicé porque quise prestar atención a la canción: *Je ne sais pas qui tu peux être, je ne sais pas qui tu espères, je cherche toujours à te connaître et ton silence trouble mon silence...*[*]

Mis piernas flaquearon.

La canción sonaba ajena a mí, pero la sentí como un mensaje. Era una canción en francés. Di unos pasos por la casa, nerviosa, encendí un cigarrillo y me lo fumé sentada en la terraza apurando hasta el final. Con un poco de suerte, averiguaría qué canción era. Me quedé tarareando apoyada en la barandilla y mirando cómo todos los coches paraban a la vez en el semáforo de la cafetería soltando humos a los relajados clientes. Era un sonido que recordaba haber escuchado antes, una canción conocida de una cantante conocida. Me encendí otro cigarrillo después de arrojar la colilla por la cornisa. No tenía elección. De todas formas, no iba a dejar de canturrear, estaba segura de ello, hasta dar con la canción. Cuando estaba desanimada, algo habitual, podía permanecer en la barandilla horas mirando ajena a ser vista desde las alturas, como un dios. Me imaginaba las relaciones entre unos y otros vecinos, sus historias, sus ocupaciones,

* No sé quién puedes ser, no sé quién esperas ser, sigo buscando conocerte y tu silencio perturba mi silencio...

sus problemas. Podía haberme imaginado sus amores, pero en cuestiones de amor yo solo sabía fantasear conmigo misma. A menudo me decía «somos demasiados», como si temiera que alguien tuviera que decidir quién debe vivir y quién no. Se debía a la preocupación que tenía desde que murió mi perro y me hicieron actuar de Dios todopoderoso sobre él. No pude. Probablemente era esa incertidumbre lo que me mantenía tarareando la canción.

Iba por la terraza rumiando las notas.

Una vez metida en una pesadilla circular, era capaz de seguir hasta martirizarme y acabar exhausta. Al final uno hereda lo que menos espera de su familia. Mi tía, que tomó por mí la decisión de matar a mi perro, tenía —supongo— buen corazón, aunque eso sirve de poco cuando se trata de ordenar la muerte o dejar sobrevivir. Durante muchos años la odié porque no quería odiarme a mí misma por aquella decisión. Era pequeña de edad y todavía no muy alta, delgada y con un pelo trenzado siempre para «tener despejada la cara», palabras de mi tía. En mi casa, en 1986, podía ser laborable o festivo, estar en el hogar o en la calle, pero siempre debía tener la «cara despejada». En mi libertad posterior, cuando mi tía empezó a hacerse vieja y yo mayor, me corté el pelo con flequillo para llevarle la contraria y taparme para ocultarme.

Me quedé pensativa, animada frente a la insensatez del fenómeno. No podía apartar la vista del salón, aunque el reflejo de los cristales me hacía ver todo tipo de estupideces. Sin embargo, permanecí un rato en la terraza, tampoco era tan valiente. Desde allí arriba, apoyada en la barandilla de mi ático, mi cabeza daba vueltas centrifugando unas notas musicales mientras buscaba el título a mi entonación. Imaginaba las emociones de toda aquella gente de allí abajo y cuántos, en el mismo instante, habrían tomado una decisión acertada o equivocada solo por llevar la contraria a alguien. Por escribir su vida a su manera.

Apagué el cigarrillo y salí disparada hacia la puerta de la calle.

«No debo tener miedo...»

Todavía estaba petrificada, cigarrillo nuevo en mano, sentí un chirrido detrás de mí al subir al ascensor. Me volví para pulsar la «B» y, sobrecogida, sentí una presencia al cerrarse la puerta. Se me heló la sangre. Abandonando el edificio, tomé la salida hacia la calle Almagro y bajé hacia Alonso Martínez para internarme entre la gente que estaba en la terraza de Santa Bárbara. Busqué sitio y mesa libre con la mirada pero estaba abarrotado, así que decidí seguir caminando por Orellana. Caminar siempre me había ayudado a relajarme, a quitarme la ansiedad como si me metiera en el mar a bañarme. Ese momento en el que ya no haces pie en la playa es el que experimentaba cuando caminaba sin rumbo por la calle. Me sentía rara, pero no quería olvidar lo que acababa de pasar en casa, tal vez incluso me gustaba la idea de estar *acompañada*. Eso era lo más extraño.

«No sé quién puedes ser, no sé quién esperas ser...»

Precisamente eso, no sé quién esperaba ser. La única imagen que guardaba de mi madre conmigo eran retazos en el borde de la cama, cuando se sentaba a darme las buenas noches y se abrigaba conmigo hasta que conciliaba el sueño. Solo la recuerdo tosiendo, con esa afonía que ya presagiaba un final demasiado temprano. «¿Qué quieres que te cuente?», me decía. «¿Un cuento?» Yo solo quería tenerla cerca, sentir ese calor que tanto eché de menos durante toda la adolescencia, en el colegio, cuando crecí, al viajar, en mi primer amor, mis secretos, siempre al dormir cada noche toda mi vida. Todas las noches de mi vida. «¿Quieres un cuento? Érase una vez un lugar lleno de mariposas de colores que volaban entre un bosque lleno de luz y árboles...» Y tenía que parar y abrigarse a mi lado porque no podía aguantar esa inagotable tos. «Ponte buena, mamá, ponte buena ya...», le decía cuando nos quedábamos pegadas jugando con el borde de la sábana como si nos tapáramos escondidas de un futuro negro que estaba ya allí, mirándonos de cerca.

—Y de mayor, ¿qué voy a ser, mamá?

—Serás lo que quieras, eres mi niña.

—¿Por qué?

—Pues porque eres mi niña y porque sé que vas a ser fuerte, ¿te olvidas de eso?

—Bueno..., pero quiero que te quedes conmigo todas las noches.

—Eres muy valiente.

—¿Ah, sí?

—Mira —me decía acariciándome el pelo—, contigo voy a estar siempre. ¿Entendido, mi amor? Siempre. Tú cuéntame cada día al dormir tus cosas, lo que aprendes en el colegio, lo que haces, lo que te gusta, lo que no te gusta... y todo lo que te pase. Cuando tengas miedo te abrigas con la sábana, la muerdes como si fuera un caramelo de menta, y estaré aquí. A tu lado. Si algo te preocupa yo te podré ayudar, tú me lo cuentas todo por las noches, después de haber rezado. ¿Vale? Y aunque yo esté lejos...

—¿Lejos? ¿Lejos dónde es?

—Lejos es más allá de la puerta, Teresa..., más allá de la puerta.

—Bien, mamá. No te vayas más lejos.

—Muerde fuerte la tela de la sábana, sin miedo, tienes que ser una niña invencible y pensar que si cierras los ojos estoy contigo..., contigo.

—Sí, mamá.

—En caso de apuro me llamas. Me quedo aquí a tu lado, esperando. Cuando se apague la luz también estaré...

—Sí, mamá...

—¿Tienes sueño?... Te estás durmiendo ya...

—... Sí, mam...

—Buenas noches, mi amor.

Pasé la tarde caminando por la calle Argensola, Regueros, Belén, plaza de las Salesas y acabé sentada en un banco frente a la estatua de Bárbara de Braganza, justo en la plaza Villa de París. Pero ¿era eso una casualidad auténtica o simplemente la expresión de mi deseo? ¿Qué estaba pasando? ¿Algo me empujaba hacia la misma dirección? Esperé unos minutos antes de moverme. Tal vez esa protección es la que me hizo instintivamente permanecer allí durante largo rato. La misma protección que me daba morder la sábana todas las noches pensando en mamá.

Al llegar a mi casa, un abrigo que estaba tirado en el suelo me impidió abrir bien la puerta. Tuve que empujar con fuerza para poder pasar. «Es algo normal, es algo normal...», me dije. Se debió de caer al salir disparada hacia la calle. Entré de medio lado, enérgica, lo coloqué otra vez en la percha y me colé sigilosa hacia el salón. Lo confieso: no tenía miedo. A ratos me sentía ansiosa, luego confiada porque no sentía recelo alguno, después de nuevo dubitativa por si volvía a sonar la música inesperadamente. Me pasé el rato con el pensamiento clavado en una idea extraña. Quería creer que eran cosas de la técnica, pero me devoraban las ganas de equivocarme... Alice, Alice Humbert, repetí para mí misma. ¿Sería morena? ¿Qué día abrió esa tienda de telas? ¿Cómo serían las telas? Alice debía de ser joven, la imaginaba con su pelo recogido en una pinza de nácar, de aspecto sano, guapa, sonrosada por el colorete y con auténtica pasión por su negocio. Una mujer que pone su nombre a su establecimiento me parecía ya toda una heroína de principios de siglo. De ser soltera, sería una soltera llena de pretendientes, con algún romance que la pasearía sonriente por las explanadas de la Exposición de París, bajo la recién estrenada Torre o por los bulevares que se llenan de mesitas para cafés. La estaba fantaseando viendo cómo abría su negocio con las manos cubiertas por unos guantes cortos de encaje que después guardaría cuidadosamente en su bolso antes de empujar con la punta del botín la puerta encajada en el marco. Ya dentro, iluminando la tienda y descorriendo las cortinas de los ventanales. Una sala gigante, de dos pisos, tal vez en Saint-Germain, o por la avenida que lleva a la Ópera y que en su día coparían mujeres que buscaban telas para epatar a las amigas con una nueva falda y una blusa ajustada a la cintura y generoso escote. Mujeres de la alta sociedad francesa, acompañadas de modistillas que decidían los metros de tela necesarios para el corte de falda de sus señoras, cuchicheando sobre las nuevas obras de la ciudad en la cola del mostrador. Una puerta que sonaba a campanillas, un perfume atalcado, unos estantes cargados de rollos de telas de colores como la paleta de un pintor. Chantú de seda, piqué, muselina, lino, sedas, viscosas, glacé, cretonas, percal…, una sobre otra hasta el techo alcanzable solo desde una escalera de madera que arrastraba el mozo. Las tijeras grandes rasgaban la tela ante la audiencia, que admiraba la seguridad del corte, la rapidez de la hoja que no se desviaba ni un milímetro. El sonido de la caja registradora golpeando fuerte mientras la chica envolvía en papel el encargo. Una puerta al fondo que se abría a un almacén y la de la entrada, acristalada, que vibraba por la corriente de aire mientras alguna señora aprovechaba para salir a la calle. El chico se llamaría Léo y sería el hijo poco estudiante de la mejor amiga de Alice, que necesitaba estar ocupado para evitar su hiperactividad. «Siguiente», diría ella dirigiéndose genéricamente a la cola de mujeres que esperaban, bolso en mano, a ser atendidas mientras miraban los colores de la pared. «Le recomiendo el glacé, es perfecto, su efecto tornasolado lo hace tan maravilloso que estará bellísima», diría extendiendo una muestra de dos metros sobre el desgastado mostrador. «Descuide, puede tocarlo, a mí me parece tan particular», diría mientras la clienta torcía coqueta el cuello intentando verse vestida de ese tono de color. ¿Cómo era la voz de Alice, grave, delicada? ¿Era segura al hablar? No supe responderme a esa pregunta pero la visualicé cortés, gastando palabras acertadas entre la clientela. Ella, mi Alice, llevaba cuello de puntilla hasta la barbilla, como mujer prometida a algún Mathieu, Clément, Antoine o yo qué sé. Me perdí en mis pensamientos, dejando que mi mirada recorriera una vez más las letras del cartel que había entrado en mi vida. Acabé deteniéndome en el nombre de la antigua propietaria de aquella tienda de telas que acababa de entrar en mi casa. Alice Humbert.

Pegué un grito.

¡Lo tenía! ¡Lo tenía!

La question. La canción de Françoise Hardy. ¡Esa era la canción! ¡La canción que sonó! Era una de las canciones que escuchaba de niña con la señorita Florence. Entré como una funámbula al pasillo, giré al despacho, avancé esforzándome en ahuyentar la desconfianza y empujé la puerta tragando saliva, miré de frente el cartel de los Tejidos de los Vosgos de Alice Humbert…

Allí estaba, como una vidriera de colores en una catedral, esperando a ser mirada, guardando un mensaje que solo queda descifrado para algunos fieles como un código oculto. No pude evitar preguntarme de nuevo por qué antes se había puesto en marcha la radio, como si algo me llevara a ella. Dejé la puerta abierta esforzándome en entender el porqué de mi nerviosismo. ¿Qué debía hacer? ¿Aguardar una señal? Tuve la impresión de que de un momento a otro iba a sonar la música de nuevo e, inexplicablemente, no me provocaba ninguna desconfianza. Estaba dispuesta a verme sorprendida. Estaba deseando que sonara. Pidiendo que sonara. Pedí que rugiera la canción como una audacia del destino. Observé el cartel durante un rato, muda y pensativa. Me quedé ensimismada en el nombre como si quisiera decirme algo. Turbada por la situación. Contuve el aliento. Pasaron unos minutos y finalmente pude articular una palabra en voz alta.

—¿Alice?..., ¿quién eres?

CAPÍTULO 5

A la mañana siguiente me preparé un desayuno de esos que solo preparan en los hoteles —no tiene mucho sentido vivir sola y no mimarse—; dos tostadas de pan de molde con aceite de oliva y tomate, que trituré con el tenedor, y un café. Sentada en la cocina. Los cuadros de flores rodeaban a un heredado reloj de saetas que podía escucharse si aguantabas la respiración. Tictac, tictac. Me lo traje de Praga junto con un calendario manual que por pereza siempre estaba anclado en la misma fecha, un cumpleaños de Laurent en el que debí ser feliz.

La cocina estaba abierta a la terraza del ático con un gran ventanal que, en los días agradables de temperatura, dejaba abierto de par en par para que se inundara todo de luz. Luz. Anestesiada de luz. Necesitaba luz como una obsesión. No en vano, las pesadas cortinas granates del palacete nunca dejaron entrar al sol y acabamos todos apolillados por orden de tía Brígida. Cortinas y venga cortinas. Todo cerrado. Iluminado por luz artificial. Como ella.

A las ocho en punto sonó un *click* y se conectó el riego automático, que inmediatamente empezó a humedecer todas las plantas. El mismo *click* que me llevó quince años atrás: una joven dispuesta, ayudante de mi familia en la Fundación, con mi pelo trenzado y las ganas de salir de aquel cascarón de mármoles y cortinas granate. Tenía tanta pasión por las galerías de arte que me pasaba la vida escapándome a exposiciones con las invitaciones que llegaban a casa. Luego intentaba convencer a mi tía para que comprara otro cuadro para el salón de plenos, que pusiera tal lámina en el pasillo, que renovara la entrada con un nuevo pintor que había descubierto. «No tiene ningún valor», me decía con su tono de grandilocuencia forzada por los genes. «Lo tendrá, se le nota en la cara, tiene cara de éxito y pinta como los grandes», me justificaba ante ella después de haberme quedado seducida por la masculinidad de un muchacho que exponía por primera vez ante el público.

Fue Laurent quien me sacó de aquella peregrinación por galerías de arte y exposiciones en antros de artistas. Le conocí un viernes por la tarde precisamente en una galería. Dedicaban una muestra a diferentes pintores jóvenes europeos quc habían ganado una beca para exponer en España. Él era de París y yo amaba París. Me acerqué a un cuadro gigante que había al final de la muestra y el estallido de color me dejó estupefacta, era una calle pintada en bloques de color sin pretexto, todo el pigmento estaba en su punto primitivo, sin matices, sin aclarados, sin dulzura. El pigmento venía dado en pinceladas bestias que aniquilaban la perspectiva sin compasión. Pero a mí...

—¿Te gusta?

—¿Es a mí?

—Sí, claro, a ti. A quién va a ser.

—Pues... mucho.

Articulé a decir «mucho» mientras me acercaba a ver la firma del lienzo. *Laurent...* Mientras, el joven apostado a mi lado, el tal Laurent, me susurró: «No es un cuadro bueno, pero les ha gustado». Luego sonrió con esa sonrisa que tienen los canallas que se cuelan gratis en la vida. Me volví, sorprendida de que un pintor dirigiese la palabra en medio de tanta gente a una desconocida como yo. Sonreí como respuesta. Me dijo: «¿No crees? Venga, dime fallos de la obra», y, cogiéndome del brazo, me arrastró a través de la sala, colándonos entre galeristas, coleccionistas, curiosos, fotógrafos y pintores, en dirección a una barra de bar en la que estaban degustando vinos.

—He visto cómo mirabas mi obra. Me llamo Laurent.

—Ya. Lo he visto en el cuadro. Yo, Teresa.

Mientras pedía dos copas de vino «rojo» —creí que hablaba de colores y pinturas como en sus cuadros y días después descubrí que los franceses hablan de rojo en lugar de tinto—, me fijé en sus manos amplias apoyadas en la barra del mostrador. Eran manos de marinero, o al menos de cómo yo me imaginaba a los marineros. Morenas, fuertes, decididas. Las apoyó en la barra, una mole improvisada con cajas gigantes de madera, que fingían embalajes de gran tamaño.

Bastaba con mirar alrededor para darse cuenta de que aquella exposición tenía más de continente que de contenido, todo ordenado para parecer improvisado, como si la progresía necesitara parecer pobre para ser *cool*. Me dijo:

—Toma, tu copa, ¿brindamos?

—Por tu obra —me apresuré a decir.

—No —dijo él alternando un primer gesto de seducción con otra sonrisa.

—¿No?

—Por el azul cobalto.

Tendrían que pasar varios años para que alguien me volviera a descolocar de esa manera. Para entonces, yo viviría ya en otra ciudad. Se trataba de la primera vez que un chico, un hombre, me miraba invadiendo como un ejército mi Estado. Ocupándolo. Ese asedio provocó tal estado de excitación y de pánico que enmudecí. «... Azul cobalto.» Ese era el color de mi vestido. El mismo que me quité esa noche en su apartamento de la Latina para entregarme a él después de subir una escalerita estrecha que llevaba al primer piso en el que tenía instalado su cobertizo.

Pero allí, un minuto antes, con mi vestido azul cobalto me sentía el ser más cursi de aquella sala de pintores y amantes de la cultura en la que había que fingir naturalidad, así todos se deslizaban con copas comentando cuadros trivialmente. Y yo vestida de azul. Como una muñeca. Eso pasaba por criarme con una tía estirada y quisquillosa que me había enseñado a vestir con «aspecto de mujer adulta y femenina» como si tuviera que ser entregada a una tribu en pago por mi boda. Con aquella perspectiva yo era un anacronismo decimonónico entre modernos de barbas, pelos largos y ropa de aspecto viajado. Eso que a mí me sugería libertad.

Nos quedamos en un barril que hacía de mesa delante de la barra de los vinos. Laurent pidió enseguida dos «rojos» más y, según él, era imprescindible que saliéramos por la zona a tomar algo sólido para no emborracharnos sin haber comido.

—Tú conoces mejor Madrid que yo, deberías hacer de cicerone.

—Pero por aquí no conozco muchos sitios.

No podía disimular que en lugares de marcha yo era una pacata funcional. No tanto por miedosa, sino por atada.

—Bueno, imagino que eres de las que invitan a estas exposiciones, ¿no?

Le miré sorprendido. Como tardé en contestar, continuó.

—Sí, yo soy un pintor en ciernes, estoy empezando como el noventa por cien de los que estábamos en la sala. Y tú seguro que eres la niña mona a la que le gusta mezclarse en estos eventos. Eso o... eres una marchante de arte muy precoz.

—Solo tengo interés por los cuadros, suelo venir. Pero si te refieres a mi forma de vestir... me gusta.

Quería mantener una imagen de independencia en lugar de parecer una pusilánime que vestía todavía como le ordenaban en casa.

—Mantengo que el color azul cobalto te sienta de infarto. Aunque deberíamos llamarlo azul Klein, ¿no?

—O como las piscinas de Hockney.

—*Touché*, tienes razón.

—Me gusta visitar galerías de arte, en las que todo el mundo habla en voz baja y puedes escuchar las respiraciones ajenas. Siempre hay una paz que obliga a detenerse, al tiempo que diriges pequeños pasos como una pandilla de sonámbulos. Me suelo recorrer todas las exposiciones e incluso voy a los conciertos.

—¿También los hay?

—Oh, sí. Muchísimos. Con músicas raras. Estoy segura de que te gustarían.

—¿Tú crees? ¿Qué presupones? A ver…, qué música me debería gustar según tú.

—Hummm… No sé, no podría adivinarlo. Eres francés. Pero… supongo que todo lo que venga del jazz.

—Bueno, no vas mal. No vas mal. Y a ti, ¿qué te gusta?

—¿De la música francesa? ¿O de la española?

—La que quieras, la que te pongas para ir a dormir. Dime esa canción que suena en tu cabeza cuando te vas a la cama. O mejor, la que suena al irte a la ducha.

—¡No sé! Me descolocas. De todas formas, en casa me gusta todo tipo de música. También el jazz, sí. Como a ti.

—Sí, claro, porque ya lo he dicho yo.

—No, no. ¡De verdad! —no daba crédito a la tranquilidad con la que estaba paseando con Laurent. Jamás había paseado con un chico y, desde luego, jamás había paseado tan a gusto, olvidándome de la hora, de mí y de mi vestido azul—. ¡Mira! ¿Entramos en este bar? A mí también me está apeteciendo picar algo. ¿Cómo lo llamáis los franceses?

—¿Comer? —soltó una carcajada a lo grande. Yo también empecé a reír.

—Ja, ja, ja. Ya sé que se llama comer, me refiero a... Bueno, olvídalo.

Disfruté como una niña ante la novedad y ante su terrible acento francés que chocaba con ese aspecto viril de hombre de montañas. Era estudiante de bellas artes y había nacido en Lille, aunque pronto se fue a vivir a no sé qué punto de la rue Richelieu en París —esto es lo único que memoricé en aquel momento por lo resonante del lugar—. «Eres muy guapa», me dijo, dejándome ya pegada a su lado para toda la noche.

Su cobertizo era, en efecto, un lugar que habían techado en una especie de patio de luces que en su momento debió de estar revestido de azulejos en plan tragaluz con cubierta de plástico y ahora era una habitación de alquiler cutre en la que se escuchaba todo. Era tan cutre el lugar que con dos mantas marrones habría creído estar en medio de una escena de *Los miserables* porque el agua salpicaba en la uralita haciendo un ruido tremendo sobre nuestras cabezas. Mi tía me habría sacado de allí a escobazos, pero me instalé cada tarde allí con él. Como dos «miserables». Sus hombros y sus brazos eran de una rudeza que no se encuentra en los escuálidos de ahora, pero con la piel delicada de una mujer. Moreno de pelo y piel. Sus manos eran… perfectas. Delicadamente perfectas. Tan seguras en el tacto como sabias en recorrer con esmero cada parte de mi cuerpo. Sabía llegar allí donde mi mente estaba deseando que rozaran sus yemas como si hubieran dibujado en mi piel un mapa para que él pudiera recorrerlo. Todos los recorridos que hacía desde mi hombro, mis pechos, mis caderas… terminaban allí. Dios mío, creía morir. El vino estaba siendo la droga para dejarme llevar. Estaba libre. Y el olor de su piel tenía el sabor que solo guarda la primera vez. Esa noche permanecerá en mí toda la vida.

Durante horas estuvimos haciendo el amor. Nunca le dije que era virgen porque, arrojada en sus brazos, me susurraba lo bien que iba todo. «Eres perfecta», farfullaba mordiendo mi oreja, a veces en español, a veces en francés. Yo era nueva, recién expatriada de mis hierros y de mis vínculos familiares a golpe violento de sexo con Laurent. Estaba lejos de imaginar que su presencia sería un recuerdo ajeno y baldío poco tiempo después. Siempre es demasiado pronto, siempre es demasiado poco.

Me pasé muchos meses viviendo las tardes bajo aquel techo de uralita en el que olía a cama y a pigmentos de pinturas. De día iba a la universidad, comía con mi tía y me escapaba huyendo hacia él. A menudo venía a recogerme porque su vida era un desastre de horarios sin orden en el que yo era su único punto del día.

—Ya estoy aquí.

—Sí.

Yo solo sabía sonreír. Me recogía varias calles más allá del palacete. En otro portal, en otro edificio.

Era una sensación maravillosa que me obligaba a ocultarme y a dejarme llevar en sus brazos a cualquier sitio. Parecía que él era el de Madrid y yo era la de París. Todo lo decidía él y a mí, eso, me hacía estar relajada. No me sentía culpable de nada, si llegaba tarde a casa, él me buscaba la excusa, si sonaba el teléfono y mi tía descolgaba el auricular, él se hacía pasar por un encuestador que necesitaba que respondiéramos unas preguntas todos los miembros del hogar, aquel caserón de viejo parqué de roble que crujía a cada paso como crujía yo por él al salir corriendo escaleras abajo. Llegó a poner voz de chica para fingir que era una amiga de clase con la que había quedado para estudiar en la biblioteca, alquilaba motos que me decía que eran robadas de la calle para darle más emoción al viaje por la sierra. «Sube, corre, que nos vamos», me urgía con el casco puesto y el motor encendido. «Somos los colonizadores de la montaña y vamos —señalando una botella de vino que asomaba de su mochila— en busca de la nueva tierra. Estás invitada a ser la princesa del monte.» La moto cogía velocidad. Me sentía libre. Y cuando eres libre siempre quieres más.

Conocía su cuerpo perfectamente, pero descubrí que no conocía su mente.

—Ya sé lo que estás pensando. ¿A ti te gustaría?

—Sabes que sí.

—Entonces solo tengo que ir y volver.

Se acercó a mí como si fuera a sustituir mi alma por la suya. Me abrazó.

Llevaba casi doce meses sin regresar a su casa. Era un alma libre y no tenía ningún apego familiar, supongo que eso era lo que le hacía tan autónomo. Volaba. Con él se volaba. El tiempo había pasado a una velocidad como nunca lo ha vuelto a hacer, hambriento de actividad. ¿Un año ya? Pensó que debía volver —«mi padre» dijo— y le entendí. Ese tiempo de ausencia fue un nido de ansiedad. Nos llamábamos todas las tardes y nos enviábamos cartas inagotablemente. No quedaban horas del día para pensar en otra cosa que en su vuelta.

Se cortó de golpe. No hubo más llamadas. Ni más cartas. Recuerdo perfectamente el día en esa obsesión mía por encontrar sentido a los números porque saliendo al balcón, tan resentida, tan sola, busqué la luna y no estaba, era una de esas noches lóbregas vacías de luna.

Un año más tarde de la exposición en la que nos conocimos, mi vida se detuvo en seco. Y así se quedó durante años. La banda sonora de mi vida se paró. Es como si me hubiesen hecho *off*. Si al menos hubiese guardado alguna foto, si me hubiese quedado con su imagen..., podría haber recordado su cara. En cambio, su ausencia repentina e inexplicable me había dejado a oscuras. Recuerdo una foto, qué pena que la memoria lo guarde todo. Alguien nos tomó una fotografía en una escapada de fin de semana en la que fingí estar con amigas. Ojalá tuviera ahora esa foto, su único recuerdo.

Durante meses seguí yendo a su portal cada día, incluso entré en su casa, que ya estaba habitada por otros estudiantes Erasmus. No quedaba ni rastro de él. Ni sus objetos, ni sus lienzos, ni sus pinturas de colores. Así es cómo pasé al otro lado, al lado del gris. Y ahí me instalé. Ese iba a ser mi lugar de forma masoquista y voluntaria por extraño que pareciera en una chica de veinte y pocos años que acaba de ser abandonada en el mejor momento de su vida. Leí tiempo después, en una revista gastada, en el dentista, que de llorar mucho pueden acabar secándose los ojos. El autor decía que hay circunstancias en las cuales parece que las lágrimas no son suficientes y del exceso de llorar, el ojo se seca de tanta lágrima, es entonces —contaba— cuando el gemido pasa a ser un gemido que golpea el alma en algún lugar del pecho y que duele más que la desesperación en la que uno está inmerso. No sé. El peor sentimiento no es estar solo. Es ser olvidado por alguien que tú nunca vas a olvidar. Fue en ese momento cuando volví a quedarme huérfana y sentí que mi destino era evidente en una vida mediocre.

CAPÍTULO 6

En la Fundación yo no era necesaria y, lo peor, me lo hacían saber cuando entraba un día a la semana, preferiblemente los viernes, en el edificio para la reunión con el consejo. Las miradas de rechazo que debería recibir tía Brígida las cosechaba yo. Imaginaban que yo era la prolongación de su mal. A pesar de los muchos claroscuros, los recuerdos que tenía esa familia de trabajadores estaban ligados a mis padres.

—Buenos días, señorita Espinosa —la secretaria.

—Buenos días, señorita Espinosa —el más antiguo de administración.

—Buenos días, señorita Espinosa —los del despacho del salón de actos.

—Buenos días, señorita Espinosa, ¿desea algo? —el director financiero.

—Sí. He dicho que me llamo Teresa. ¿Hay alguna manera de que lo intenten?

—Claro, señorita... Teresa.

La orden era de ella. Que no me llamaran por mi nombre. «El trato debe ser distante, que sepan quién es el pilar de esta institución», gruñía a modo de enseñanza victoriana. Por eso yo firmaba siempre como Teresa, que era el nombre de mi madre. Era el único lugar en el que podía llevarle la contraria.

El hombre tragaba saliva acostumbrado a lidiar con la tía. De vez en cuando bajaban la cabeza haciendo mutis para disimular. Aquella tarde también. Firmé varios documentos y me senté a pensar en el sofá de la sala de reuniones. Me quedé un rato muy a gusto con la cabeza escondida en el respaldo, que olía a piel rancia. Empecé a recordarme de niña escondida detrás para que no me encontraran. Volví la cabeza y acerté a ver todavía los rayajos de mi nombre en la piel de detrás. Mi firma era necesaria para todos los documentos protocolarios con los que se cerraban actas, en los agradecimientos al ministerio, cartas cordiales a otras fundaciones y en la felicitación de Navidad que elegía tía Brígida de los cuadros más aciagos de la Natividad. Nada más. Formaba parte de la estructura de la Fundación como anécdota de un árbol genealógico que mezcló construcción y actos benéficos a partes iguales. Así, la gestión del palacete, la constructora y los alquileres estaban centralizados en el mismo edificio y yo pasaba —según mi tía— a que vieran el peso de la familia. Ese peso que a mí me estaba matando.

Mi visita fue como siempre. Rutinaria, casi telegráfica, porque yo no hacía falta; de hecho, todo iba sobre las ruedas de un engranaje viejo y fluido como todas las empresas que han nacido alrededor de un núcleo familiar. Mi tía, la que me había criado, con genio de mujer que ha pasado la infancia bajo la tutela de un colegio de monjas, sí que entró con toda la pompa de quien disfruta siendo líder. La vi desde el ventanal de la gran sala. Vestía con abrigo de cuello de pieles, lo que no indicaba que hiciera frío esa tarde de primavera, ella siempre estaba «destemplada», subiendo los escalones de la entrada con ceremonia, dando tiempo a que el bedel se acercara a abrirle el portón que dirigía a la escalera de mármol en la que yo recibí mis primeros bofetones por deslizarme con la falda arremangada por la amplia y sinuosa barandilla. «Estás enseñando todo, Teresa, ¡estás enseñando todo, compórtate!», me gritaba enfurecida preparando la mano abierta en palma con la que me iba a regalar un guantazo. «Así no vamos bien», sentenciaba tras el revés de sonido hueco porque yo abría la boca. Ella era rígida y el golpe me lo daba más para que los demás vieran la educación estricta que estaba recibiendo la pequeña Teresa ante la ausencia de padres que para corregir mis juegos. Necesitaba rematar la faena y esa era su forma. El manotazo era real como la vida misma, era su forma de dar cariño familiar mientras yo crecía y ella iba envejeciendo. Creo que me hice fuerte, la prueba es que nunca enfermé por nada. «Sin faltas hay futuro —recitaba mi tía—, porque el futuro está hecho sin faltas.» Y mis faltas eran las de una niña sin dificultad alguna en los estudios e incapaz únicamente para tomar decisiones porque siempre las tomaba ella. Por eso sentía accesos de ansiedad cuando me tocaba batallar por mí misma. En mi habitación yo era la reina en compañía de mi perro, escudero de mimos.

La ropa que ya no usaba la enviaban a colegios de monjas y a Cáritas Diocesanas, donde «harían más falta», palabras textuales. Yo, que me encariñaba con todo lo que tocaba, tuve que aprender a desprenderme de los objetos, abrigos y vestidos que entregábamos en bolsas para los demás. Nunca supe quiénes eran los demás, pero por aquella época de colegio es cuando nació mi obsesiva y cuidada colección de recortes de trocitos de tela que mitigaban la entrega de ropa casi nueva y casi sin puestas para los de Cáritas. Tuve que cercenar vestidos de los que era imposible amputar un pedazo sin que se notara, pero lo hacía. Como una funámbula nocturna, esforzándome en disimular, me aferraba a mis recuerdos seccionando cachitos de mi vida. Lo llamé «Mi colección de vida» de la manera más cursi y conmovedora que puede tener una niña que no quiere deshacerse de su ropa.

—Tía, ¿este me lo puedo quedar?

—No. Ni este ni ese.

—Apenas me lo he puesto, tía.

—No seas ingrata.

—Es que me gusta mucho —lloriqueaba con las orejas gachas para reblandecerla, sin éxito.

—Te he dicho mil veces que cuando entra un vestido nuevo en el armario tiene que salir otro del mismo. Esto es así y ha sido así.

Ella era una sentencias. Y yo una romántica susceptible a todo gesto de cariño.

—Supongo que ya habrás firmado los documentos de las dos carpetas —dijo nada más entrar en la sala y despojarse del abrigo—. Llego agotada. Y me he dado cuenta nada más entrar de que siguen sin haber pintado la verja. Dijeron que en primavera, y a qué esperan. ¡A qué esperan! ¿Tengo que estar pendiente de todo? Fuencisla parece que está para alguna cosa, diría yo. Y tú también, ¿no? Ahora mismo hablo con José Manuel y que la enderece. Es el colmo.

Se dirigió al mueble bar y se puso una copa con su coñac.

—Sí. Los he firmado —respondí.

—¿Los has leído?

—Pues no. No creo que haga falta que los lea.

—¡Ja!

Me miró. No creo que hubiera más menosprecio en su forma de levantar las cejas mientras observaba mi indiferencia por los papeles. Me encogí de hombros.

—¿Pero quieres empezar a coger las riendas alguna vez?

Hubo un silencio.

—Te estoy hablando, Teresa. Creo que deberías tomarte las cosas en serio, esto no es una broma. ¿Me entiendes? Creí que ya lo sabias, crei que habías empezado a ser una Espi nosa. Pero has salido a…

Enmudeció.

—¿A mi madre? ¿Ibas a decir a mi madre?

Torció la cabeza como una grulla en busca de su copa, que había dejado apoyada en la estantería. El desaire fue acompañado de un crujir de dedos que a mí me daba dentera porque sonaban sus huesos y sus anillos de forma repugnante. Bebió y repitió el gesto ajustándose después los pendientes. Apuró la copa y dijo:

—Eres igual que ella. La misma fantasía, la misma manera de soñar tonterías. Toda la vida juntas y tan diferentes. No lo puedo entender. Y tú... No sé, no sé qué vas a tardar en crecer. Pensaba que al independizarte en el ático atornillarías tu autoestima y te tomarías todo en serio. ¡Ja! A lo mejor necesitas que yo me muera para empezar a tomarte la vida en serio.

Me encogí de hombros. Se enfureció más.

—Ojalá me muriera, ¿verdad? —dijo como si estuviera retándome a decirle la verdad—. Pues no.

«No creo que te mueras nunca», pensé.

Mi aversión a aquel mundo era manifiesta, llevaba toda la vida ajustándome a los dictados de la tía y de la Fundación, pero había olvidado los míos y supongo que era lo que ella notaba. Porque una cosa es querer dirigir el cauce de un río, y otra es que el río quiera. Le pedí que se tranquilizara, que había firmado los papeles tal y como tocaba. Me aparté hacia la ventana buscando salir de aquella presión. Ella estaba erguida al otro lado de la mesa de reuniones con las dos manos apoyadas como si fuera a empezar a vomitar una retahíla de improperios. Mirándome cómo yo huía hacia los cristales.

—Oye, ¿te parece bien que aún no te tomes esto en serio?

—¿Por qué quieres discutir, tía?

—Porque hoy tengo la sensación de que te burlas de mí. Te lo noto en la cara. Y no puede haber nada que me desagrade más que verte estar aquí como si esto fuera un regalo. Esto es serio. ¿Sabes?

—Yo también.

—Tú también, ¿qué?

—Que yo también necesito tomarme algo en serio.

—¿De qué hablas?

—Hablo de mí.

—¿Cuándo no te he tomado en serio? Eh, ¿cuándo no te he tomado en serio? Llevo toda la vida educándote.

—Sí. Educándome. Es fácil de decir.

—¿Me lo explicas tú?

—Déjalo —le dije apartándome hacia la puerta.

—¡Te he dado todo! ¿Qué me puedes reprochar? Tienes lo que muchas desearían haber tenido, has estudiado en los mejores sitios, has vivido en la mejor casa, has tenido cuidados, idiomas, clases particulares, todo. ¡Más de lo que muchas querrían!

—Precisamente por eso, porque me has dado todo no sé quién soy. Ese «todo» ha sido muy poco. No estoy reprochando ninguna de esas cosas. Hablo de otras. Hablo de cariño, hablo de amor.

—¡Ahora vienes con esas! Es como estar escuchando a tu madre.

—¡Quieres dejar de nombrar a mi madre! Podrías tener un poco de respeto.

—Respeto sería que empezaras a tomarte un poco en serio tu vida y este lugar. Ya que nombras tanto a tu madre, quiero que sepas que todo esto que ves forma parte de ella, de tu padre, de tus abuelos, de...

—¡Quieres dejar a los muertos!

Bailaban los muebles y mi cabeza a mil kilómetros por hora. Todo empezaba a estallarme dentro de mi garganta como si me estuviera rompiendo. Descorrí las cortinas granates buscando más luz, más aire. Me sequé las lágrimas y me giré hacia ella, que venía despacio hacia mí rumiando palabras.

—¿Amor? ¿No te he dado amor?

La miré con asco.

—Me espanta que me preguntes eso. El amor no es una clase particular que se pague para que vengan de cuatro a seis.

—¿Cuánto tiempo llevas esperando para despreciarme así?

—No lo sé. Yo solo había venido hoy a firmar tus papeles. De hecho, ya debería irme —me giré decidida—. No tengo nada más que hacer aquí.

—¿De qué amor hablas? ¿De aquel que se fue?

Me giré hacia ella irritada hasta el infinito.

—¡Cállate!

—¿Llamas amor a aquel muchacho que venía a por ti? ¿Eh? Crees que no me acuerdo, pero ni soy tonta ahora ni era tonta entonces. Fingías que estudiabas fuera de casa, incluso él fingía cuando te recogía cuatro calles más allá. Iba en moto, ¿me equivoco? No olvido una cara nunca y vi cada tarde la suya girándose a los ventanales de tu habitación. Enseguida bajabas por las escaleras gritando: «Me voy, no tardo». Y sí tardabas. Tal vez no sea tu madre, pero no estaba ajena a la preocupación... Y dejé que pasara porque sabía que era algo de verano. Te crees que he sido imbécil. No te lo estoy preguntando.

Las lágrimas me impidieron ver cómo mi tía volvía hacia la estantería y se rellenaba la copa otra vez. Laurent era solo un recuerdo doloroso de juventud y estaba haciéndome daño como si acabara de desaparecer de mi vida otra vez. Mi tía siguió. No me dio tiempo a derrumbarme en el sofá porque cambió de tono.

—Pues que sepas que te he protegido por amor durante toda tu vida.

—¿Qué sabrás tú de amor! —dije entre lágrimas.

—Sí. Está todo muy bien. Di lo que quieras. Te has propuesto humillarme a mi edad. Tengo setenta y cinco años.

—No. Te equivocas. Te has propuesto hacerlo tú una vez más... Humillarme. Lo haces muy bien —le dije—. Nadie sabe hacerlo mejor.

—¿Una vez más? ¿De qué estás hablando? ¡Eh! ¿De qué estás hablando?

La ira se le salía de las órbitas de los ojos.

—No debería ni responderte, pero lo voy a hacer.

Respiré hondo agarrándome las manos congeladas en ese momento y crucé el despacho en diagonal sin quitar la vista de su mirada, que ya era un espectro de ella misma. Tuve miedo de que se pusiera agresiva conmigo como cuando daba golpes en las puertas para que llegaran los del servicio a su llamada. Me vacié.

—Me he pasado la vida dirigida por ti, haciendo todo lo que has dicho, asumiendo tus cosas como si fueran mías, caminando por las vías que tocaba rodar, callando, hablando, vistiendo... Todo como tú has querido. Y mírame. ¡Mírame! Has conseguido que no sea ni tu imitación. Cada día, desde hace años, a diario, haciendo todo con tus horarios, con tu disciplina, con la cabeza fría para no equivocarme, para no manchar la reputación de no sé qué apellido que no es ni tuyo porque es el de mi padre... Oh, los Espinosa. No sé ni qué día dejé de ser yo para ser solamente tu prolongación. «Debes hacer...» o «es mejor que...», «lo que deberías es». Así ha ido todo, a tu dictado y con buena letra. Y siempre la misma inseguridad temblorosa: yo. Estoy cansada. Esa es mi única certeza, que estoy cansada.

La estancia se congeló como si hubiera llegado el invierno de repente. Aquel edificio antiguo de paredes gruesas, escaleras, muebles anclados a la pared, tresillos tapizados de seda, cristalerías ordenadas como ejércitos y alfombras pesadas se convirtió en un sepulcro. Sobre el escritorio, la copa de coñac de mi tía. Ella de pie, amortajada de cólera. Yo, frente a ella, nívea tras vomitar mi ansiedad. Impasibles las dos como dos esculturas de jardín, enfrentadas y sin nada que ver una con la otra. Sin embargo, había un hilo del que ella necesitó tirar para ganar aquella batalla. Cogió aire para tumbar las paredes de aquel edificio y aflojó, fría:

—Tu Laurent murió.

Lo soltó como quien cierra el ataúd en un golpe violento para que no haya manera de despedirse. La saña en su voz al decir las tres palabras fue masticada con todo el rencor del mundo. No hubo posibilidad de reaccionar a su hachazo. Ni tampoco tuve posibilidad de respirar porque ella siguió ahogándome con su voz.

—Tu Laurent estuvo enviando cartas durante varias semanas, cartas que guardé para que intentaras olvidarle. Ni te convenía, ni era el momento para una relación en plenos estudios. Las estuve guardando todas. Todas. Pero no las busques, ya no están. La última que recibí fue de su padre. Había tenido un accidente de moto. Un accidente en el que murió. Se mató. Ya lo sabes. Está muerto. Las dos nos ahorramos un problema.

CAPÍTULO 7

Subí el volumen de la música y me puse a andar por la casa perseguida por mí misma. La canción de Françoise Hardy inundó cada rincón y fue aliviando poco a poco la tensión en la que me había sumergido voluntaria o involuntariamente. Olvidar Madrid. Dejar la Fundación. Romper. Salir de este ático. Programar el riego para siempre. Buscar un lugar. Dejar de vagar por mi calle. Dejarse llevar. La música me acompañaba para soltar miedos. Para soltar lastre. ¿Dónde voy? Sola. Qué haré. Ahora no es el momento. Estás instalada aquí. Madrid es tu ciudad. La Fundación te necesita. Tus padres depositaron en ti la responsabilidad de llevar a término el proyecto. Mi casa. Mi lugar. Los acordes de la música se colaban por cada rincón de la casa. Yo estaba descontrolada, caminando por el pasillo, girando hacia las habitaciones, encendiendo y apagando las luces como si necesitara encender toda una central eléctrica que me sacara de allí. La corriente de aire se colaba todavía por la cristalera de la cocina moviendo las flores que había puesto en la mesita de la entrada y que extrañamente seguían vivas desde hacía semanas. Me inquietó verlas tan frescas.

Me fui a la cocina para beber un vaso enorme de agua fría y me quedé atrapada en la voz de la canción que irradiaba todo de energía reverdecida. Mi cabeza no estaba embotada, estaba desafiándome por primera vez a mí misma y no sentía ningún latido de misericordia ni arrepentimiento. Pasé al despacho y miré el cartel. Estiré el brazo como queriendo tocar las letras desde la puerta, dibujándolas en el aire, A-L-I-C-E, en un intento de romper el siglo que nos separaba a Alice y a mí.

—Creo que tenemos algo en común —dije sin darme cuenta en voz alta.

La música del salón paró. La presencia se hacía evidente. Tragué saliva.

Di unos pasos caminando de espaldas, encendí un cigarrillo y me fui a mi habitación. Cerré la puerta y dejé correr el agua de la bañera. Me hacía falta un baño caliente para buscar algunas respuestas a todo aquello que me estaba rondado por la cabeza. No era un deseo morboso de que apareciera alguien allí. Un fantasma. En absoluto. Tampoco me atraía la idea de que aquello se convirtiera en normal porque no lo era. Tenía el extraño sentimiento de que en el París de Alice Humbert se encontraba mi lugar, de que allí todo iba a ser distinto para bien, de un modo feliz. Fue en ese momento cuando sucedió algo asombroso. Cuando estaba desnudándome para meterme en el agua, un estruendo seco se oyó al final del pasillo.

«Ya está... La señal.»

El ruido brusco vino acompañado de un golpeteo de pequeñas cosas que se caían en cascada. Con el corazón en un puño avancé en dirección a la zona donde se había originado el golpe, acercándome al despacho con una sensación tan amenazante como atractiva. No tuve sensación de riesgo, pero...

Un escalofrío me recorrió la espalda. La música había empezado a sonar otra vez. «Alice», murmuré. No obtuve respuesta. O sí.

Al encender la luz del despacho vi que el cartel se había desplomado de la pared y había tirado varios botes de lapiceros y pinturas al suelo. La música invadía el espacio imponiendo sus sensaciones en lo más hondo de mí. Me agaché a recoger el cartel, que se había roto en parte. En la tabla, por la parte trasera, se había descolocado un trozo de madera más nueva que servía de protección al viejo bastidor descubriendo así el tono original de detrás. Se podía leer claramente escrito a mano:

10, rue du Pont Louis-Philippe. París.

Traté de adoptar un aire de seguridad, cuando en realidad me sentía lanzada a un universo completamente extraño para mí. Sin embargo, estaba tranquila, dispuesta al caos o al infinito.

CAPÍTULO 8

—¿Recuerda cuando le hablé de mi aversión al blanco y negro?

Los ojos del viejo pintor se giraron pausadamente hacia la ventana oeste donde estaba poniéndose el sol entre los tejados de Madrid. Era evidente que incluso para él, pintor y profesor de pintura a ratos, aquello no suponía ninguna sorpresa.

—Usted no quiere hablar del blanco y negro. Usted se ha quedado al final de la clase para hablar de otra cosa. Puede estar tranquila, aquí hablamos de pintura o de la vida, si es necesario. Pero sepa que me manejo mejor en la pintura...

Me costó arrancar, sumida como estaba en mis pensamientos.

—Digamos entonces que estoy cansada del color negro. Que ya no puedo más, que llevo mucho tiempo instalada en ese color, que tengo ganas de saber cómo son los colores, de dónde vienen, cómo usarlos, llenar... mi lienzo de color.

—No hace falta que diga lienzo, puede decir «vida» si quiere.

En ese momento sonreí y miles de mariposas empezaron a hacerme aleteos en el estómago.

—He decidido irme a París.

El viejo pintor me miró a la cara y por primera vez el estropeado gris de sus ojos me pareció azul.

Fiel a su costumbre, el viejo pintor daba vueltas lentamente a uno de los pinceles entre sus dedos.

—Nosotros los hombres, hablo en general, somos seres que vivimos paralizados por el miedo. Esa es la principal barrera que nos impide ser felices. Tengo 83 años, mi despertador suena a las siete de la mañana, muy pronto porque quiero que el día sea largo, ya habrá tiempo de dormir. Siento la necesidad de levantarme por las mañanas para ver de qué color está hoy el cielo, azul lino claro, ceniza, cerúleo o provenzal; necesito tomarme un café caliente recién hecho y saborear mi mermelada de melocotón sobre una tostada que yo preparo y sentir que se deshace en mi paladar como si fuera la primera vez que la como; cuando me ducho, con el cuidado que imagina por mi edad, experimento cómo se van por el desagüe todos esos pensamientos negativos que se nos pegan a la piel y me lleno de agua nueva; camino por las calles mirando las cornisas porque muchas veces descubro algún elemento nuevo, incluso perfecto para ser pintado, hoy mismo me fijé en las lagartijas que recorren la fachada de un edificio de Mejía Lequerica, y ¿sabe qué?... Bueno, deberá comprobarlo usted, son verdes, ¿qué tipo de verde?

Para eso deberá ir a verlo y buscar en la carta cromática de Charvin. Me gusta hacer una siesta breve, muy breve, por el único placer de tener otro amanecer en el mismo día, volver a tomarme otro café y venirme paseando hasta esta cúpula desde donde tengo la mejor vista de Madrid. Y cuando empiezo a pintar un lienzo vuelvo a tener los nervios del cuadro anterior, y creo que no voy a ser capaz con la perspectiva, que el enjambre de edificios parecerá una masa uniforme y no un precioso puzle de ventanas, tejados, aceras y portales.

Hizo una pausa. Un silencio denso mientras giraba otra vez el pincel entre sus dedos.

—Está pensando que todo lo hago como si fuera la última vez porque tengo muchos años. Y se equivoca, Teresa, se equivoca. Lo hago como si fuera la primera vez porque quiero seguir manteniendo viva la capacidad de sorpresa. Hace mucho me preguntaron en una exposición por qué mantenía una atmósfera en mis cuadros tan perfeccionista y a la vez tan infantil, ya ve, ¡infantil! Y les dije que quería seguir siendo niño hasta que me sorprendiera la vejez. ¿Se lo repito? Quiero ser niño hasta que llegue la vejez. Cuando ya no tenemos ganas de evolucionar, empezamos a morir lentamente. Se nos escapa el niño. Usted ve a un viejo, yo sigo siendo un crío. Solo he cambiado la carcasa.

Me observó con una mirada penetrante mientras yo me hacía pequeña frente a él.

—Usted, ¿qué quiere? ¿Color?

—Sí —balbuceé.

—Y bien… ¿Qué se lo impide? —preguntó con voz meliflua—. Los únicos límites que uno tiene son aquellos que uno se impone a sí mismo. ¿Quiere que le repita mi edad?

Yo alcé la mirada hacia uno de los ventanales. Se veía todo Madrid atardeciendo: giré a mi derecha, la luz anaranjada estaba brillando en las azoteas, me volví a mi izquierda, donde los árboles del Retiro parecían moverse en masa por el reflejo del sol de media tarde. Imaginé que detrás de mí el crepúsculo también empezaba a asomarse. Era el ocaso de un día, pero sentí que era también el de una época. Nada me retenía, me había deshecho de una parte de mi lastre, el viejo pintor cortó el último amarre inútil.

—Nadie va a caminar por usted. Deje de dar rodeos a su vida y trepe allí donde quiera subir. Teresa…, ¡márchese! ¡Vuele!

CAPÍTULO 9

El taxi me dejó en la esquina de la rue de l'Hôtel de Ville junto a una vieja tienda de licores ahora transformada en *brasserie*, coincidía con mi fecha de nacimiento, me hizo gracia. «¡Qué cosas!», me dije. Miré por enésima vez mi papel: 10, rue du Pont Louis-Philippe. Presentí que en ese mismo momento estaba empezando todo. Bajé con mi maleta, el cartel empaquetado en cartones y un abrigo de paño verde con el que había decidido colorear mi vida a partir de ese momento. Miré alrededor y vi que la calle de la anotación era justo la que se abría frente al puente de Louis-Philippe. Caminé por el bordillo de la acera en un ejercicio absurdo de funambulismo nervioso como a él le gustaba y a punto estuve de salpicarme con el agua que escupen las alcantarillas de París. Absorbida por la esencia de una ciudad en la que con solo pisar los adoquines la hacen a una inmensamente feliz.

Allí estaba. Feliz. Puedo repetirlo: enormemente feliz y

confiada. Extraño porque la bienvenida fue espantosa, desde la agencia inmobiliaria me habían pedido mil y un papeles que estuvieron a punto de hacerme desistir de mi empresa. Papeles, papeles, papeles, papeles, avales, más avales, cuentas corrientes, cheques... y ese fondo de indiferencia gestora que acaba matando la ilusión. Pero, a pesar de todo, no me derrumbaba por un mal gesto de una oficinista burócrata, los he recibido desde niña de todos los colores en casa.

La propiedad que había decidido comprar no tenía nombre. Prácticamente ninguna tienda de alrededor —menos esa, la mía— estaba deshabitada, no estaba muy estropeada exteriormente y se podía comparar con la típica postal del viejo París de Atget. Construida en madera toda la fachada de la tienda, puerta central y escaparates de cristales cuadrados a los dos lados, rotos en su mayoría y ennegrecidos el resto, y sobre ella cinco pisos de edificación que terminaba en buhardillas apenas visibles desde la calle. Mi nuevo negocio estaba entre una selecta papelería que llamaba la atención y una tienda de litografías y enmarcados muy refinada. En la puerta estaba esperándome la borde de Sophie Charagnac, de la agencia con la que había cerrado el contrato, con las llaves en la mano y una sonrisa de oreja a oreja, excesiva, como si se desprendiera por fin de ese inmueble que yo compraba. Hubo un intercambio de saludos. Y yo, con la cara velada por todo lo que me apetecía decirle, quise reaccionar y mostrarme alegre.

—¿Thérèse? ¿Es usted?

—Sí, soy yo. Teresa Espinosa. Encantada.

—Encantada —repitió marcando la ce a la española y separando las sílabas como un dictado—. Por fin ha llegado el día. Después de tanto *mail* y tanta foto es el momento de verlo. ¿Ha tenido buen viaje?

Sacó dos llaves marcadas de rojo y las metió en una anilla para entregármelas.

—¿Quiere abrir usted? Digamos que ya estamos en su preciosa «tienda», es suya —me dijo alargando la mano y esforzándose en ser tan simpática como ceros valía mi nuevo local—. Creo que ha hecho una buena compra, es un lugar ideal, esta es una calle —me explicó— bellísima, tranquila como puede ver, luminosa y todos los comercios son… bueno, tendrá tiempo de verlos. Maravillosos. Es un lugar muy especial de París.

—Lo sé. Estoy muy ilusionada. Aunque no lo parezca, estoy algo cansada.

—La entiendo —dijo como coletilla.

Era imposible que me comprendiera. Ella estaba cerrando un negocio con prisas, yo estaba abriendo mi vida de par en par con la calma de la felicidad. Mi mirada ansiosa iba de la puerta de la tienda a los cristales del escaparate, intentando adivinar algo nerviosa el interior. Sophie Charagnac buscó su móvil, que vibraba chirriando en su bolso Vuitton entrechocando con todo y me evitó seguir con la conversación.

—Un momento, tome —yo me quedé con las llaves en la mano.

—¿Sí? Ya estoy, estoy en la puerta, acaba de llegar. Ahora mismo iré... Bien, bien, en metro llegaré antes, no te preocupes... Lo sé perfectamente, es en la otra punta de París y... dame media hora.

Debí hacer como que no estaba escuchando, pero me anticipé.

—No hay problema —le hice señas con las manos para que se desentendiera por completo de mí—. Ya está todo. Me quedo con las llaves, si hay algún problema la llamo.

—¿De verdad? —sin soltar el teléfono—. Si quiere le explico dentro...

—No, váyase. Todo bien. Muchísimas gracias.

—Gracias, adiós. Disfrute de...

—... mi tienda en París.

Empujé la llave y contuve la respiración. La imagen de aquella niña que se deslizaba feliz por la barandilla de mármol de la Fundación cruzó rápidamente por mi cabeza. «Volver a empezar. Romper la hoja. Vuele.» Había llegado el momento.

La sala era simple y anticuada, saltaba de inmediato a la vista que la habían limpiado para la venta, a pesar de que flotaba en el aire un intenso olor a cerrado. El interior estaba conformado por una amplia habitación igual de amplia que la fachada, toda una estancia con un muro de carga a la izquierda que «no se podía tocar», una única columna de hierro fundido en el centro de la pieza, no muy ancha, techo de traviesas muy pegadas unas a otras, una escalera al aire de once escalones de madera estrechos y empinados que se apoyaban en dos desgastados puntales, y arriba una sala de suelo inclinado, no mucho, por el castigo de los años, que hice patente cuando intenté acercarme a la ventana y sentí que me empujaban. Bajo la escalera, disimulado entre polvo y cajas podridas por la humedad, había un sótano. Según el plano que me habían enviado, era el mismo espacio que la planta baja pero sin iluminación exterior y mal acceso; según las escrituras era «una zona cegada que pertenece al inmueble pero inutilizada y sin electricidad». Añadía la chica en sus *mails*: «Usted misma podrá comprobarlo».

Cualquier tipo saldría de allí mismo en segundos y se negaría en redondo a la inversión de compra de una vieja tienda en París hecha polvo. Todos conocíamos la situación económica y me habían advertido de todos los problemas que iba a tener. Sin embargo, la balanza que contrarrestaba mis ganas estaba vacía, no tenía a nadie que me disuadiera de abrir una tienda en París y desear que todo me fuera no sé si bien, pero sí distinto en aquel nuevo lugar.

La chica de la inmobiliaria me había entregado las llaves, dos, y había salido con prisas hacia su nuevo destino como si la propiedad estuviera embrujada. No era algo que me asustara. No creo en figuras que regresen del otro mundo para mortificar cien años después a los que revisitan sus lugares propios. Había algo en mi sensación que era positivo, más allá de un ruido de cañerías, una radio que se encendía sola o unas flores que duraban semanas más de lo normal. La agente inmobiliaria no tenía ninguna obligación de mencionarme nada porque, creo, no tenía nada constatable. En la rue du Pont Louis-Philippe los tenderos sabían que ese local llevaba años cerrado y que podía estar así muchos años más. Pero era poco probable que ese vacío de décadas tuviera algo que ver con mi *sensación*. Noté una corriente de aire en la espalda y me volví.

—¿Hola? —la voz venía de la puerta—. Soy del comercio de al lado. He visto que ha llegado para quedarse.

—Puede pasar, me llamo Teresa. Buenos días.

—... Qué pena que lleve tanto tiempo cerrado, era el único local que quedaba así. Tan vacío, tan triste. Me llamo Hélène, trabajo en Orphée.

—Por favor... Le agradezco muchísimo que me visite. Estoy recién llegada y me pilla inspeccionando el local, estoy olfateando esto por primera vez. La acabo de comprar y examino el estado. Perdone, me levanto, soy una grosera...

Yo seguía arrodillada intentando abrir la portezuela del sótano, más por curiosidad que por intención de bajar a inspeccionar. «No hay manera de desatascar esta portezuela, además tampoco hay luz», pensé en voz alta. «Está como cicatrizada al suelo.»

—¿Quiere que le ayude? Puedo traer alguna herramienta, necesitará linterna —dijo mientras se hincaba junto a mí ante el portón obstruido de un metro por un metro.

—No importa —dije cuando comprobé que aquella trampa estaba taponada por el tiempo y la humedad—. Llamaré a un carpintero y le pediré ayuda. Déjelo, puede mancharse, está pegado a las maderas. No es forma de recibirla.

Nos dimos la mano después de un titubeo mío al sentir que la podía tener sucia.

—Esto puede quedar bonito —dijo mirando hacia el escaparate—, es idéntica a la mía, el mismo tamaño, la misma profundidad, la altura de los techos...

—Me gusta, tiene muchas posibilidades.

—Temía que nunca la iban a volver a abrir. Se ha convertido en la tienda más enigmática de la calle, al final todos bromeábamos con que su anterior dueña había embrujado el local y se negaba a que lo volvieran a abrir. Ya sabe. Esas rumorologías absurdas que acaban por gafar un lugar. Fantasmas, ¡ya ve!

Fingí que no me interesaba lo que contaba y cambié de conversación.

—Si todo va bien, tendré la tienda abierta en pocos meses —le dije a la señora de Orphée limpiándome discretamente las palmas de la mano en los bolsillos. Su comercio era un heterogéneo muestrario de estilográficas, papeles de calidad, lupas, cartones selectos, sobres de todos los tamaños y marcados al agua con letras góticas, y todo un sinfín de material refinado para oficina que daría pena usar. Tras sus gafas de concha marrón se escondían unos ojos grises, como los de tía Brígida, pero en este caso amables.

—Es usted bienvenida. Si desea algo...

—... no dude de que acabaré pidiendo ayuda —estaba sorprendida ante la amabilidad de la vecina, después del bofetón de la agencia. París era mi obsesión desde hacía años, pero era consciente de lo arisco de su carácter, mucho más con los españoles. A mí, que tampoco era la reina de las relaciones sociales, no me molestaba ese temperamento áspero y distante de los parisinos. Me di cuenta de que, en el fondo, yo siempre había sido poco cariñosa. Me resultaba fácil imitar sus ademanes y su talante. La táctica es parecer que guardas un secreto importantísimo y vital para la paz mundial adoptando al mismo tiempo la postura de revisor uniformado.

—Este es un barrio precioso. Lo verá. Y olvídese de los rumores.

La acompañé hasta la puerta de la calle, donde se apreciaba que algunos comerciantes, escasos de clientes, habían salido a mirar quién era yo.

—Ah, por cierto —cortó en seco su despedida—, el sótano yo lo uso como almacén, es una pena perder esos metros cuadrados. La verdad es que viene muy bien. Le sacará partido si consigue abrirlo un carpintero.

No era extraño percatarse de que todos eran conocidos en la manzana de tiendas de Pont Louis-Philippe. Poco transitada por el turismo más bullicioso de París, esa zona era un acceso diferente —desde el Sena— hacia Le Marais. A partir de la calle siguiente, tras pasar La Perla, un restaurante mexicano con especialidad de mojitos, uno se adentraba en la rue Vieille du Temple, llena de cafeterías y tiendas de moda, que, como una espina de pescado, se distribuía en callejuelas que a la vez se dividían en otras más pequeñas y retorcidas. El barrio judío, lo moderno y lo contemporáneo mezclado en un ir y venir de nacionalidades y cortes de pelo. Supe que mi nueva vida iba a estar de espaldas a todo eso, prefería quedarme mirando al Sena, a la isla de Saint-Louis.

Por eso alquilé también el último piso —otra vez en las alturas— del edificio de Chez Julien.

Ajourd'hui
Thon blanc,
Salade de pousses d'épinards,
Riquette et daikon,
Vinaigrette mangue.
24 euros.

Ese era el menú del día. No sabía qué era *daikon*, así que decidí comer en L'Ébouillanté una *feuilleté de chêne* y *tarte aux agrumes* con una copa de vino tinto por quince euros. Un lugar de la rue des Barres del que me hice habitual desde aquel almuerzo porque tenía mucho color, que era lo que había ido a buscar. (Azul de prusia y anís, el viejo pintor estaría contento de mi matiz.) Fue un alivio encontrar mesa y saber que me dejaban quedarme sentada junto a la ventana que daba a Saint-Gervais, una iglesia donde siempre entraban y salían monjas con aspecto de felicidad. En el exterior había un pequeño jardín, una fachada repleta de hiedra verde y varias filas de mesas azul índigo que servían de descanso a los que subían los escalones hacia la fachada de la iglesia y de la que salían niños.

—Creo que es usted la nueva propietaria del número 10 de Louis-Philippe —había corrido la voz en pocas horas.

—Estoy deseando abrirla de nuevo. Soy española.

—Habíamos perdido la ilusión en ese local, es una pena que se mantuviera vacío después de tantísimos años, parecía que se iba a quedar así para siempre —me explicó el camarero.

Yo tomaba un café y agua mineral.

—Puedo arriesgarme a decir que su tienda va a ser de libros —me dijo.

—No le han puesto muchas dificultades, ¿verdad? —replicó la chica de pelo largo que estaba en la puerta de la cocina.

Yo hice como que guardaba silencio, eso les gusta.

—Estoy acostumbrada a las dificultades.

La señora más vieja de la mesa de al lado escuchaba conmovida. Era lo que decía su mirada: la turista que acaba de llegar a la cueva. Y miró a la dueña para ver si a ella también le inquietaba aquello. Pero ya fuese porque yo ignoraba todas las señales amenazantes, o ya fuese porque tenía una gran ilusión sobre mí misma, la anciana se sonrió simplemente y siguió con su café.

Me miró con afecto y me di cuenta de que tenía una misión, devolver a aquel lugar la vida que había tenido principios de siglo. A estas alturas era absurdo montar un negocio de telas, ya nadie tenía modista ni buscaba tejidos para hacerse faldas, abrigos o blusas; la moda estaba desde hace décadas en las tiendas a precios más asequibles que pagar a una costurera o buscar sastre. Pero pensé, fue mi primer pálpito al ponerme de frente a la puerta de mi local, que una tienda con sombreros, una discreta pequeña joyería y bisutería de delicados detalles para el pelo y muchos pañuelos y fulares de colores sería perfecta. Ese era mi único pensamiento. Montaría un despacho en la parte superior y un pequeño almacén en la parte oscura de ese sótano que debía inspeccionar. Todo se me hacía tan perfecto como el espectáculo musical de la orquestilla que cruzó la calle en dirección al templete de la parte de atrás de Notre Dame.

El chico me acompañó hasta la puerta, apenas dos metros, me ayudó con la maleta y yo abracé el paquete del cartel de Alice Humbert protegiéndolo de unas gotas de lluvia fina. Había oscurecido bastante por unas nubes que empezaron a ponerse sobre los tejados de la pequeña rue du l'Hôtel de Ville, la de atrás que da al muelle. Las ventanas estaban cerradas y los pájaros que descansaban hasta ese momento en las chimeneas de barro, esas circulares de tubo, salieron en dirección al Sena.

—¿Quiere que le ayude con el paquete?, ¿es un regalo? —me preguntó.

—No, no, no. Prefiero cogerlo yo —me apresuré a decir como si Alice estuviera hablando por mí.

—Así que abrirá ese local…

—Sí, lo he comprado hoy mismo.

—Y… ¿ya le han contado?

—Yo no creo en la mala suerte si es lo que me vas a decir. La conozco bien.

—Bueno, tiene cara de buena persona.

Le faltó decir: «¿Usted es la tonta a la que han vendido eso?».

El cartel lo coloqué en la entrada de mi nueva casa. Casi en la misma orientación en la que estuvo situado en Madrid. Había, la casualidad es un juego lleno de matices, dos alcayatas que coincidían exactamente con la distancia entre las dos argollas del cartel. No debía modificar nada. Igual que en Madrid. Lo colgué provisionalmente allí hasta la apertura de mi tienda y me fui con la maleta a la habitación. Debería estar extrañada con la casualidad, pero ¿acaso servía para algo pensar que el destino se había puesto de mi lado? La certeza de que todo iba a ir bien me perseguía desde el momento en que una buganvilla seca de la calle Fernando VI me hizo parar para mirar hacia el interior del patio en el que se amontonaban decenas de trastos viejos, más o menos valiosos, que jugaban con el mismo encanto de un trapero de Emaús o del mercado de las pulgas. No hubo que escudriñar, allí tenía mi regalo. Y aquí lo tenía ahora, colgado en una planta sexta del distrito 4 de París.

La casa estaba congelada, abrí las ventanas para que la humedad exterior del Sena ganara la batalla a la molesta temperatura interior. Los ventanales del salón se imponían sobre el tejado, cuatro hojas blancas que casi se elevaban hasta el techo y que estaban protegidas por una pequeña barandilla de hierro. Todo lo que uno pueda soñar se encontraba en ese lugar espacioso y abuhardillado. No iba a castigar la vista con cortinas, ni siquiera con el sofá que estaba bajo los cristales. Corrí el mueble hacia un lateral del salón y dejé la zona libre para poder asomarme con libertad hacia mi paraíso: el puente de Louis-Philippe que lleva hasta el quai d'Anjou y al de Bourbon. Esa era la pequeña isla de

Saint-Louis en la que parecía que habían escondido un tesoro todos los reyes con apellidos de bebidas. Durante unos diez minutos —era todavía verano— me apoyé en la barandilla de mi ventana —mi ventana, lo repito— decorada con inmundicias de palomas. El cielo despedía un olor a tormenta y la isla de Saint-Louis recogía turistas que venían evitando la lluvia desde la parte trasera de Notre Dame, los que no solo se quedan con la fachada principal y prefieren colarse por las portezuelas del parque en el que a veces hay pintores vendiendo obras fatales. El Sena, que bajaba lentamente, golpeaba en las piedras de los límites mojando y dibujando olas que se secaban al instante. Mucho más grandes cuando alguno de los barcos con carga baja por la corriente y organiza una resaca de rizos y olas a su paso como si estuviera decidiendo tener a la ciudad siempre en agitación. Los historiadores deben calcular decenas de muertos en esas aguas que bajan congeladas hasta en agosto. Cientos de muertos. Y sin embargo, la vida no para en la superficie ajena a los años de guerras que ha protagonizado la ciudad. En ese momento de sosiego me desconcertó un golpe seco detrás de mí, como si una caja de libros hubiera caído al suelo, me giré sobresaltada y las puertas de la ventana también se cerraron. «La corriente de aire», pensé. Recorrí el salón hacia el punto donde me había parecido haber escuchado el ruido.

—Alice... ¿Alice? —dije involuntariamente.

Como es normal, no obtuve respuesta.

En mi casa a los fantasmas se les llamaba fantasmas y

se decía que había que tener más miedo de los vivos que de los muertos, sin embargo, me estremecí al recorrer la casa en la que iba a vivir desde ese día. Era poco probable que fuera a aparecer alguna visión, por si acaso estaba preparada. El cuarto de baño estaba cerrado, lo abrí, encendí la luz y vi todo en orden. Apenas había nada inquietante para justificar ese ruido brusco. Cuando pasé a la habitación volví la mirada al salón, como si estuviera siendo seguida. Cualquiera que me viera, pensé, creería que estaba demasiado tranquila. La escasa luz permitía vislumbrar un bulto junto a la cama. Ahogué un grito, de miedo, cubriéndome la cara.

Sola. Tenía oprimida la respiración. Estaba agarrotada pero abrí los ojos para mirar bien. La maleta estaba abierta en el suelo, se había caído de la butaca e inexplicablemente estaba desplegada en el parqué de par en par. «Estaba convencida de que había dejado la clave echada, los números siempre los giro para que se quede bien cerrada —murmuré para mí misma—, sin embargo, está abierta.» La maleta no tenía nada desordenado, todo seguía como si la acabara de disponer. Al mirar detenidamente me ahogué en una carcajada nerviosa que disimulaba mi estado de ánimo. No sé qué pensaría el viejo pintor de todo esto. En ocasiones así es cuando más echaba de menos tenerle cerca para contarle qué estaba sucediendo con mi vida. El móvil que había dejado en silencio dentro de la maleta estaba iluminado lleno de mensajes y llamadas perdidas del director de la Fundación, el único ser amable de ese edificio: «Teresa. No coges el teléfono. Esta es la única manera de darte la noticia: tía Brígida ha muerto de un infarto esta misma tarde. Mañana es el funeral. Llámanos».

Mientras me duchaba intenté controlar los nervios y disimular mi alegría bajo el chorro de agua. Estaba en París y no pensaba volver.

CAPÍTULO 10

El carpintero hincó su cincel en una pequeña muesca del portalón del sótano y fue descosiéndolo poco a poco del suelo para poder abrirlo.

—Tiene usted agallas si quiere bajar ahí abajo. Eso, hoy por hoy, es una cueva oscura —dijo mientras arrodillado recogía su instrumental repartido por el suelo.

Al principio no estaba muy convencida pero tampoco tenía miedo. En absoluto. El miedo me era extraño y si pensaba en Alice era solo porque la obsesión de los últimos días me llevaba al punto de esperar su aparición. Que me llamara. Teresa, estoy aquí. Poder saber qué quería de mí. Su incógnita. Su nombre. No podía, no quería, no dejaba de pensar en ella. Me ofrecía una paz que borraba el aburrimiento de años en Madrid. Y además, y sobre todo, había apagado mi desgana.

Agarré la linterna. El sótano ya estaba abierto y se me ofrecía una oscuridad tan sedante y muda a dos metros bajo mis pies que no era nada tranquilizadora. La imaginación se había disparado a tal velocidad que no era capaz de centrarme en ninguno de mis pensamientos, si miraba abajo se me escapaba de un plumazo la decisión con la que me había puesto allí erguida, dispuesta a todo y determinada a echar para delante. No era más que un sótano, una sala vacía que venía con las escrituras. «Nada más...» Estaba segura de mí misma, animada incluso a todo, pero tenía la impresión de hallarme metida en una película norteamericana de esas de sobremesa donde una mujer se arriesga en el momento cumbre de la cinta para salvarse del agresor. Aquí solo había una profundidad en sombra. Confiaba plenamente en mi ángel de la guarda y en que las escrituras tuvieran parte de razón. Era la necesidad de un cambio de vida lo que me había traído a París, recuperarme de tantos años yermos. No quería que surgiesen de nuevo los miedos de siempre y me contuviesen, esas ansiedades que siempre lo habían estropeado todo. Fue esta nueva sensación de plenitud la que me empujó hacia abajo.

La escalera no podía hacer más ruidos, estaba a punto de quebrarse, avanzaba lentamente, muy lentamente, bajando un escalón, otro, uno más. Mi linterna iluminaba en una dirección y el aire estaba viciado por los años. Mis piernas flaquearon y estuve a punto de perder el equilibrio. Seguía bajando en silencio, pero no en calma, enfocándome a los pies para buscar seguridad. Otro escalón. El único sonido que llegaba de ahí abajo era el suave, crudo y húmedo frío del abandono. Al pisar suelo firme noté un charco de agua y al levantar la luz para alumbrar hacia la pared no pude reaccionar. Estaba completamente desencajada por la situación, la visión me aterrorizó. Era ella. Estaba de pie delante de Alice Humbert. Desnuda, su cara blanca y mirándome a los ojos. Me ahogué. Estaba paralizada. Imposible respirar. Me apreté el pecho y subí corriendo a la superficie más ahogada todavía por la consternación. Retrocedí sobre mis pasos sin pisar los escalones, tenía ya la sensación de flotar por los aires en busca de la calle. Mis pensamientos se entrechocaban sin lograr concentrarse. No había manera de encontrar el oxígeno con el que volver a poner en marcha mi cuerpo entumecido. Estaba preparada para esto, pero si lo estaba no sabía que podía asimilarlo.

Salí a la calle buscando aire. Hélène estaba en su puerta fumando un cigarrillo, cuando me vio aparecer notó que me pasaba algo.

—Thérèse, ¿estás bien? Parece que has visto a un fantasma, estás blanca...

La voz que me llegaba de la vecina era lejana y mis ojos estaban dilatados del esfuerzo visual en la penumbra, derretida de espanto en el portal de mi tienda y con la sangre coagulada sin poder circular de ninguna manera por mis articulaciones. Me apoyé en la pared. Tardé en responder el tiempo que me costó asimilar lo que había visto en el sótano, callada, contenida para no estropearlo todo.

—Es el asma. No me encuentro bien. Creo que la humedad de estas maderas me afecta. Solo necesitaba aire de la calle —dije calmándola y calmándome.

—Eso será pocos días. Para la semana que viene ya no huele esto a humedad, necesita ventilación y que se oxigene la madera.

—Es cierto.

La pared del sótano estaba llena de fotos de mujeres desnudas, todas eran la misma mujer, Alice Humbert. Tal como temía, aquel lugar guardaba todas las respuestas. Su nombre estaba escrito en los reversos de las fotografías y, aunque era imposible leer el texto, gastado por los años, puesto que la tinta se había desdibujado formando manchas azules por la humedad, sí que era posible leer en letras más grandes en una caligrafía preciosa: *Je t'aime.*

Se me saltaron las lágrimas de envidia. Bajo mi tienda, decenas de imágenes de una mujer que guiñaba a la cámara sabiéndose irresistible, con la sensualidad del sexo y los pechos mostrados sin pudor. Orgullosa, presumida, vanidosa, guapa, con la piel perfecta sin mácula de pecas, estrías o imperfecciones. Y todo eso en una época en la que la fotografía te sacaba tal como eras. Alice era una mujer joven y bellísima. Avanzaba lentamente con mi lámpara, más grande y más luminosa en esta ocasión, enfocando todas esas imágenes que salpicaban la pared, respirando un aire húmedo y con sabor a fermento que me descomponía ligeramente. Una leve presión me oprimía la boca del estómago mientras me dejaba llevar a media luz y me preguntaba qué mujer habría sido esa que tenía frente a mí. Su presencia, su cara, la que vi espantada nada más enfocar la linterna la primera vez que bajé, era un primer plano que tenía toda la fuerza vital del mundo, una mujer feliz. Alice sonreía, con la piel nívea, en medio de una atmósfera rancia que se convertía en pura nada más por el esplendor de aquella modelo.

Si el brillo de los años veinte tuvo muchísimos rostros reconocibles, es injusto que uno de ellos no fuera el de esta mujer de las fotos. La serenidad que transmitía su sonrisa en el lucimiento de unos dieciocho años era tan preciosa que obligaba a apartar la mirada buscando otras fotografías de alrededor. Alice aparecía vestida, apoyada en columnas romanas con túnicas que la cubrían parcialmente, sentada en poltronas ofreciendo los pechos al fotógrafo, lasciva con la mano cerca de su sexo, femenina, coqueta con pelo corto a lo *garçon*, infantil, sujetando un pájaro disecado entre los dedos, primaveral en una imitación del nacimiento de Venus. Había fotografías para alimentar el ego de una mujer que tuvo que haber sido la mujer más feliz de París.

Lo siguiente era recogerlo todo con mucho cuidado para guardarlo. Había que hacerlo enseguida, había que hacerlo para evitar que un solo día más en el infierno estropeara la belleza de las fotografías. Tan pronto como salí de compras me hice con una caja de latón que compré en mi calle, «photographies», perfecta para ese recado. En una de las ocasiones en las que bajé después, menos ansiosa que la vez anterior, me di cuenta de que el suelo estaba, además de encharcado en algunas zonas más bajas, obvio por tantos años cerrado, lleno de colillas y paquetes de tabaco Gitanes arrugados. Solo una poltrona baja, ese fue el único mobiliario que encontré en el sótano.

Me metí en la cama con un café con leche caliente, puse la caja de las fotografías a mi lado y empecé a sacarlas extendiéndolas sobre la colcha. Una puede ver su vida en la vida de otros, cada sonrisa, cada pose, cada gesto de libertad de Alice era un reflejo de todo eso que yo no había experimentado más que una vez en mi vida. Me vino a la cabeza Laurent. Cuanto más miraba la felicidad ajena, más reverdecían en mí aquellos meses de vida con mi amor. Si al menos me hubiese dicho por qué se había ido de allí, me hubiese explicado las razones de su partida, habría tenido la posibilidad de formularle reproches, quejas, decirle que se quedara, gritarle que no me dejara sola después de haber llenado mis días de felicidad. Pero se fue. Su partida tan repentina fue tan dolorosa que me había impedido rehacer mi vida de nuevo. Cuando empezaba a fijarme en un chico, cuando volvía a dejarme invitar a una cena —incluso con algún trabajador de la Fundación—, justo en ese momento «aparecía». Una canción que me recordaba a él, un olor que se me cruzaba por la calle y me revolvía las tripas y los recuerdos, una nuca afeitada como la suya que me hacía acelerar el paso como una absurda por la calle para comprobar si era él... Poco a poco me fui cansando de buscar, de esperar su vuelta, de aguardar una carta que me explicara todo, una llamada que justificara su huida, ¿para qué?, ¿qué me podía explicar?, ¿que se había ido? Perdí las ganas de volver a amar. Y también las de volver a verle. Su cuerpo se había quedado en el mío como una calcomanía de colores y por más que intentaba lavarme la piel a tirones, era incapaz llenar su ausencia. No se puede estar más huérfana de lo que lo estaba yo.

Desde la cama noté que había empezado a llover. La ventana del chaflán que miraba al puente tenía una chapa metálica como alféizar y las gotas estaban golpeando como los dedos de un pianista. Primero suave, fue cogiendo ritmo y las teclas empezaron a ser chaparrón. Me cubrí un poco más con las sábanas y me abrigué en la felicidad de Alice. La vida de esta mujer había sido apasionante, foto a foto, me encontraba ante una película de fiestas, excesos y vestidos. La primera fotografía que me llamó la atención era la de la puerta de un café llamado The Jockey en la que aparecían hombres vestidos de traje, encorbatados, aparentemente guapos —la foto estaba en parte desenfocada—, mirando a cámara y orgullosos de las tres chicas que los acompañaban con generoso escote y provistas de joyas que eran vistosas incluso en blanco y negro. En todas las fotos se veía una pandilla libre y abierta, unas veces en cafés, restaurantes, terrazas, pero sobre todo había profusión de fiestas. Alice era una chica con la mirada romántica de los años veinte, una mezcla de puerilidad y sexualidad que debía de haber hecho estragos en los hombres. A veces posaba recostada sobre una mesa con la mirada perdida en sus pensamientos y otras, las más, desnuda ofreciéndose a la cámara. A veces estaban tomadas en salones de un lujo obsceno, entre sillones y mantones bordados que aparecían tirados por las butacas, y otras, en las rocas de un río, recién salida del baño sin más atavío que una cadena al cuello. Treize, Kiki y Alice. Esos eran los nombres que más se repetían en las imágenes; las tres eran bellas, sugerentes y felices. Y así, generosas y picantes, se las veía rodeadas de gente en un *night club* en el que, me sorprendía, posaban también los camareros o el portero negro del local, como si conocieran a todo el mundo. Me fascinaba lo desprovistas de pudor que aparecían las chicas y lo maravillosas que parecían las fiestas, siempre con botellas de por medio, señores de sombrero y pañuelo, barullo y despreocupación. Así todas. La fotografía de Alice apoyada en el quicio de una puerta, desnuda completamente y con una pequeña tortuga a sus pies, estaba marcada con el número 9 de la rue Campagne Première. Parecía el descanso de una sesión de fotos. Llevaba tacones y el corte de pelo a lo *garçon*, la mirada estaba perdida en el suelo de madera y al fondo apenas se podía apreciar nada porque la luz de un gran ventanal había cegado la habitación.

La lluvia había parado. Me quedé un largo rato tumbada en la cama, mordiendo el borde de la sábana, desvelada de sueño y llena de interrogantes. Yo no había vivido nada en comparación con esta mujer, ese era el mayor castigo que me podía infligir a mí misma, ver la felicidad de otros, pero también la mejor gasolina para encender el motor de mi vida. En la vida, lo que a veces parece un final, es realmente un nuevo comienzo. Se me cerraron los párpados y al abrirlos miré a mi alrededor. Alice, Kiki y Treize bebían y brindaban con vino en una de las fotografías. Aquellas fiestas llenas de glamur y bulla me parecían tan deseables, tan apasionantes, tan lejanas... Acabé levantada y pegada a los cristales húmedos y fríos de la ventana. Me sequé las lágrimas.

CAPÍTULO 11

Me hubiera gustado echarla de menos, pero no…, ¿se puede odiar a los muertos? Aquella forma de maltratarme y gritarme con la mirada formaba parte de mi vida desde muy pequeña. Si me sentía culpable de algo precisamente era de eso, de no echarla de menos. Yo solo extrañaba a mi madre. Sin embargo, marqué su número de teléfono con las manos temblorosas confiando en que escucharía su voz gemela. Luego cerré los ojos para oírla… Laurent, tú me dirías: «¿Qué haces, pequeña?, olvida el dolor, quédate con su recuerdo, el verdadero». Y como un golfillo me sacarías a respirar aire y a tomar cañas. Sin embargo, marqué sin hacer ruido en las teclas del teléfono. Silenciándome a mí misma, como si me escondiera en una paradoja absurda de mí. Pero no la oí a ella, sino al director de la Fundación, que estaba contestando a todas sus llamadas lacónicamente: «Teresa, deberías haber venido a Madrid, tía Brígida habría querido que estuvieras en su velatorio».

—No hace falta que vaya, te lo aseguro, te lo aseguro...

Yo ya había visto muerta a esa mujer el día que murió mi madre. La tía estaba erguida junto al ataúd llorando por su hermana gemela y mi único consuelo fue pensar que la que estaba tumbada en aquella seda blanca era ella, y no mi madre. ¿Podría yo haber cambiado lo que sucedió? Mientras me vestía, cerraba los ojos para sentir que eran sus manos, las de mamá y no las de ella, las que me hacían el lazo a la espalda, las que me estiraban el pelo en una trenza o las que abotonaban el vestido. No tenía miedo; mi rol imaginario me hizo creer que la tía era la que cerraron en la caja para sacarla a hombros por los pasillos. Por eso no lloré. Durante meses viví pensando que mi madre seguía viva, conmigo. La seguía por los pasillos, esquivando las sillas o escondida tras los sillones, su misma forma de caminar, su mismo tono de voz, su mismo perfume... Después, aproximadamente dos años más tarde, empecé a darme cuenta de que el «no» también existe. Tuve que aceptar que la tierra se había llevado a mi madre y que me había dejado la copia mala. Entonces vomité.

La echaba de menos. A mi tía ahora también. Porque hasta cuando me gritaba por teléfono, oía la voz de mamá.

CAPÍTULO 12

Miré el mapa y crucé la calle. Mi ánimo investigador me dejó a las diez y media en la esquina que abre Campagne Première. Era esa calle la que marcaba las fotografías del sótano. Una calle inhóspita, llena de coches vulgares aparcados en cordón junto al reguero de agua que circulaba por el bordillo, comercios sin vida alguna: una frutería en la que apenas atendían a una mujer, una tintorería abarrotada de bolsas y alfombras, un local de masajes chinos... Nada que pudiera evocarme la presencia de Alice, nada hasta que llegué al número 9.

El taxista me había traído a toda velocidad, había cruzado el Sena hacia Saint-Germain saltándose tranquilamente algunos semáforos y eligió ir por Saint-Michel en dirección a Montparnasse. Dos minutos más tarde estaba apostada en una cafetería, La Closerie des Lilas, en la que le dije que parara. Prefería dejarme hipnotizar por una zona desconocida de París.

—Puede pasar, buenos días. Estamos ordenando las sillas simplemente.

—Ah, bien. Querría desayunar un café, zumo de naranja y *pain au chocolat*. Gracias —dije apostándome en una de las mesas de la cristalera.

El camarero esbozó esa tibia sonrisa francesa a la que parece que hay que responder pidiendo disculpas por estar ahí y se marchó al interior. Tal vez no era la hora, estaban arreglando mesas para el almuerzo con mantelitos llenos de firmas y anotaciones de antiguos visitantes del local. Un esquinazo del bulevar con l'Observatoire, el final del jardín de Luxemburgo, que tiene el alma de los siglos acumulados en su atmósfera. La inmensa terraza cubierta de vegetación acentúa la historia del sitio, elegante y decadente. Meses más tarde me di cuenta del porqué de aquella estirada presencia de los camareros en la Closerie custodiando casi la quintaesencia de lo parisino como si se tratase del Santo Grial.

Deambulé un poco por el barrio, encontrando pretextos para caminar más lenta y retrasar mi destino de esa mañana. Estaba descansada, había algo detectivesco en mi ruta que me empujaba a detenerme en cada uno de los detalles del bulevar. Sin el encanto de otras zonas de París, percibí que esa calle manejaba la vida estándar de los ciudadanos empadronados allí, que hacen las compras en supermercados corrientes o se dirigen al trabajo, y que sortean con disimulo a los turistas que deambulan perdidos fuera del París monumental y que recorren a otro paso su ciudad. Este aire tan uniforme de ciudad normal es lo que me hizo dudar de si estaba en la dirección correcta. No vi pintores, ni fotógrafos, ni aroma de crepes tostándose en la plancha.

Ese era el edificio. El número 9.

En la puerta, cerrada a cal y canto, estaban jugando dos niñas muy rubias, mucho más por la luminosidad gris que cubría la ciudad y que les blanqueaba los cabellos. El portal era sobrio, dos hojas de color gris azulado muy altas con remaches dorados para empujar con el pie, un cartel de acceso a los bomberos y rematada con un sencillo adorno labrado en piedra, similar a un blasón, en el que el nueve aparecía como un escudo de armas. Y sobre todo, que era lo más importante en ese momento, cerrada.

Estaba frustrada por el escenario que me había encontrado, la calle era demasiado vulgar y no tenía nada particular que me resucitara todo eso que me había pasado por la imaginación al descubrir las fotografías. Estaba desconcertada. ¿Qué podía hacer? Uno puede ver la vida sembrada de dificultades que evitas o asumes, pero cómo podía hacer para entrar en un edificio en el que es necesaria una clave numérica para tocar uno de los timbres. Toqué algunos números al azar del portero automático. No había nada que perder, solo esperar a que entrara o saliera uno de los vecinos. El ruido del tráfico en el gran bulevar de Montparnasse me distrajo mientras apuraba un cigarrillo tras otro.

Volví a llamar al portero. Las niñas empezaron a mirarme extrañadas. Debía de estar tocando combinaciones absurdas y se daban cuenta de que andaba confundida.

—Debe elegir cuatro números…, solo cuatro.

Una de las niñas rubias que hacía cabriolas con los pies paró las piruetas dudosa de mis movimientos. ¿Por qué hacía todo esto? ¿Por qué estaba empujada a averiguar la vida de una mujer que estaba dirigiendo mi vida? Me habría gustado tener la solución, pero apostada en la puerta del 9 de Campagne Première, era como esos bañistas que se quedan en la orilla del mar esperando que Neptuno les dé las respuestas.

La madre de las niñas las llamó desde la frutería y corrieron a ayudarla con las bolsas. Era evidente, vivían allí. Sin embargo, ¿cómo colarme con ellas? Las pequeñas me habían estado viendo rondar en su puerta como una vigilante sin un timbre claro para entrar. Me eché para atrás y permanecí en el borde de la acera esperando que la madre y las niñas abrieran. Si ponía el pie, podría entrar. Era triste llegar a eso, pero era la única opción. Las niñas no me lo iban a poner fácil.

Efectivamente, cuando llegaron, me acerqué, abrieron la puerta y entraron todas. Yo puse el pie, la niña más alta me miró como una asesina que aprieta los morros como un arma a punto de ser disparada y tuve que retirarlo antes de que la madre se diera cuenta de que había una intrusa a sus espaldas. La vida era algunas veces injusta.

Volvía a estar allí. En el lugar, pero fuera. La espera se hacía larga y apenas pasaban más vecinos por la calle en dirección al número 9. Todos pasaban de largo hacia Montparnasse o a Raspail. No le quité ojo a la puerta, una fachada del arquitecto Taberlet —grabado a cincel en el primer piso—, que era lo único destacable del lugar.

A las once en punto percibí un leve ruido del interior del portal, un ruido de ruedas que se arrastraban. Observé la puerta y en ese momento se abrió de repente y me puse nerviosa: una señora de pelo blanco se asomó empujando un cubo de basura enorme de color verde. Era mejor sonreírle. Me vino a la cabeza la cita de Franklin: «Sé cortés con todos, sociable con muchos, familiar con pocos». Opté por esto último, que me podría venir bien para ganarme la confianza de la mujer extraña. Era la conserje, vestía con un llamativo y holgado pantalón a cuadros, zapatillas cómodas de suela gorda y una gabardina dos tallas mayor que la convertía a ella en otra bolsa oscura. Regordeta y sonrosada de cara, algo que acerca a los ajenos a la hora de sentirse un entrometido. Ese era el momento de trasladar las basuras. No se había dado cuenta de que estaba allí apostada, volvía a ser invisible, e hice ademán de entrar, sin perder la sonrisa. No lo creía posible, pero tomé la delantera para colarme.

—¿Me deja? —me inquirió la señora.

—Claro, claro.

Estaba como una boba estorbando en medio de su camino, imposibilitando que sacara la basura. Me aparté, le sujeté la puerta y eso me sirvió para pasar al callejón que se abría en el número 9 de Campagne Première. Mi incomodidad se había tornado felicidad, estaba dentro del edificio y me relajé al echar el primer vistazo. Ya estaba adentro.

Era un pasillo bastante amplio, abierto al cielo, luminoso y lleno de cristaleras enormes en tres alturas; toda la construcción eran ventanales de hierro de suelo a techo que, en algunos casos, cubrían con cortinas. Un pasaje que avanzaba en rampa descendiendo hasta lo que parecía una higuera y que dejaba a un lado las viviendas y al otro un vergel de plantas que ocultaban en buena parte una tapia del callejón. Parecía anclado en el siglo pasado, los cubos de basura para reciclar era el único elemento actual de aquel entorno salvaje y destartalado. La humedad corría por la fachada en medio de cañerías que hacían giros toscos para evitar otros tubos. Ni la primera portezuela, a mi derecha, parecía haberse cambiado desde 1900. Empecé a sentir ese escalofrío similar al que me condujo al anticuario de Madrid, algo idéntico, una llamada de otro universo al que no pertenecía. Estaba todo embalsamado, sin vida. Ese lugar sí sincronizaba con el toque mágico que me había llevado a París. La lluvia comenzaba a darle a aquel montón de ventanales ese toque de lírica que necesitaba. Irradiaba tanta energía que me parecía posible sentir la presencia de Alice por aquel lugar, incluso sin verla, como si un aura de otro plano avanzara desde el final del corredor hacia mí. Tenía la impresión de que una mujer, vestida de época, iba a saludarme desde alguno de los cristales invitándome dulcemente a subir a tomar un té y a explicármelo todo con detalle. Después de todo, me encontraba en una circunstancia bastante singular, expuesta absolutamente al pasado. ¿Por qué hacía todo esto? Me habría gustado saber qué interés había en este recorrido. No tenía ningún medio para investigar.

—¿Es usted turista?, puede quedarse en esta zona, no más allá de la fuente.

Su frase me dejó ojiplática, había pasado el apuro de estar esperando como una delincuente en la calle y resulta que se podía pasar a mirar al interior. La conserje de melenita blanca debía de tener setenta y pocos años y su casa formaba parte del inmueble.

Un edificio protegido que guardaba las respuestas.

—¿Española?

—Efectivamente, de Madrid. Pero vivo en París. No conocía este lugar.

—Oh, ya no es lo que era.

—Y… ¿qué era? —pregunté de inmediato.

La señora iba y venía con los cubos, caminando con un curioso balanceo, sin perder la sonrisa ni el movimiento, tanto trajín arrastrando las basuras hizo que acabara ayudándola con la tarea a pesar de su reticencia, «es mi labor». Se fue hacia la fuente y empezó a llenar barreños con agua. No dijo nada durante un rato, estiró la goma de riego y la dejó preparada delante de la zona ajardinada. Me hundí en mis pensamientos observando la escasa vida que se ofrecía desde los ventanales. Oí algunos ruidos y algún vecino que se movía entre las cortinas. Nada destacable. No perdí de vista a la conserje y en un momento dado se desvió hacia las escaleras y caminé un poco más al interior. No habían pasado ni veinte segundos y me asusté. «No puede pasar», escuché su voz desde el interior. Me estaba viendo como, agarrada a mi bolso, oteaba todas las cristaleras. No sé si por mi aspecto de mujer joven, independiente y arreglada a lo parisino, pero el hecho es que la mujer vino hacia mí con total confianza cuando dejó su labor. Estaba sorprendida de mi forma de mirar, me dijo después. Al principio le había parecido la típica turista que entra perdida en el edificio y que mira «a lo tonto». Le conmovió la forma en que me turbaba ante el callejón.

—Me ha recordado a mí, me ha removido el corazón —dijo recuperando el aliento tras las idas y venidas— cuando ha caminado unos pasos y la he visto mirar.

—¿Por qué dice eso?

—Este lugar apenas lo frecuentan los turistas, primero pensé que se había colado sin darse cuenta y luego que era una periodista que iba a preguntarme por el señor Ardisson, Mathieu Ardisson.

—¿Quién es?

—¿No le conoce? Es un reconocido periodista francés. Un caballero.

—Ah, sí —disimulé.

Instintivamente miré hacia los ventanales de lo que parecían viejos talleres. Era lo único que me llevaba hasta Alice. La conserje recitó casi de forma mecánica:

—Todo esto que ve son los antiguos *ateliers* de los artistas que abandonaron Montmartre buscando una nueva inspiración más allá del Barrio Latino. Como ve, eran luminosos y económicos, por eso trabajaban y vivían aquí. El edificio lo construyó el arquitecto Taberlet con los materiales que recuperó de los pabellones abandonados de la Exposición Universal de 1889. La de la torre Eiffel. Pues todo lo que sobró está aquí, con todo aquello que abandonaron construyeron esta casa...

Me vino una imagen a la mente. Las fotografías del sótano.

—Pero ¿ya no quedan pintores, fotógrafos? —pregunté.

—Oh, no. Ya no. Aquí ahora solo viven familias. Aquello fue otra época, otro París… ¡Otro París! —balbuceó nostálgica.

Estaba dentro de lo que fueron los talleres de muchos pintores del París de principios del siglo XX. Allí, desnuda tras los ventanales, había estado posando Alice.

—¿Cómo se llama usted? —le pregunté.

—Oh, no. No importa cómo me llamo, no quiero ser famosa.

Sonreí al descubrir en su gesto una coquetería ajena a la edad, se retiró el pelo ceniza y se distrajo. Un vecino la llamó desde la puerta de madera que estaba frente a la fuente para entregarle unos sobres y aproveché para memorizar el número del timbre que ponía en el buzón del señor Ardisson. Mathieu Ardisson.

CAPÍTULO 13

—¡Soy Alice! —dije gritando desde el portal.

No sé si era mi miedo acumulado o la necesidad de dinero, pero el hecho es que estaba temblando de nervios y la voz me salió quebrada. Esa era la dirección que me habían dado y allí estaba. En la puerta de los talleres de Campagne Première.

—¡Alice Humbert!

Tuve que repetirlo varias veces para que me escucharan. «Soy Alice, Alice, la chica del lunes.» Aunque sorprendida al principio, la necesidad me hizo coger aire, ajustarme el abrigo y entrar al pasillo de los talleres. Subí las escaleras, me atusé el pelo dejándome los rizos tras las orejas, las tenía chiquitas y me gustaba que se me vieran, me retoqué el carmín y comprobé que el cuello de la blusa estaba en su sitio. No hacía ni cinco minutos que me había lustrado los zapatos pero volví a hacerlo con mi pañuelo antes de tocar el timbre, excitada ante la novedad. Cuando se abrió la puerta, yo estaba arrodillada apurándome en la faena de parecer una chica limpia. Él estaba frente a mí, vestido con bata blanca, llena de manchas de pintura de colores, cigarrillo apagado en la comisura de la boca y un aire insolente que no me dio ninguna confianza. Era lo peor que me podía pasar para mi aprensión al desnudo. Debieron notármelo en la cara los cinco chicos que había en el taller.

—Es su primera vez, ¿no? —sospechó el más joven cuando me vio agarrada a mi bolso en la puerta de la entrada al taller. Inmóvil.

—Sí —titubeé.

—Pues pase, hágalo rápido y ya está. Es la mejor forma de olvidar que está desnuda, es un mero trámite para el arte. Nosotros estamos hartos de ver mujeres.

—¿Puedo pasar a alguna salita? —pregunté.

—¿Para qué?

—Para quitarme la ropa.

Se echaron a reír como si les pareciera muy gracioso, pero no me miraban al reírse, sino entre ellos, hechos unos cómplices de taberna. Eran de los que se ríen más de lo normal, que se contagian entre ellos y abusan de los gestos para demostrar que son hombres. Yo me pegué al tubo de la estufa. Venía congelada. Aterida de la calle.

—Usted se ha creído que está en la Academia Colarossi. Aquí se tiene que desnudar aquí mismo. Esto es un taller, es lo que ve. Usted y nosotros.

Era una sala fea y llena de trastos, con pinta más bien de tugurio, aunque con caballetes y cuadros colgados y amontonados por todos los sitios. Arriba, abajo, en las esquinas. No sé a qué venía la risa de esos hombres. Claro que estaba temblando de miedo, claro que estaba aterrada, claro que quería dar media vuelta y salir huyendo, y eso debía hacerles gracia. Me hacía falta el dinero. El estudio tenía treinta metros abarrotados de obras, esculturas, marcos y lienzos de mujeres desnudas.

—Es el tema favorito de Kisling —dijo uno de bigote cuando me volví hacia una pared saturada de chicas despojadas de ropa con los pechos blancos y las caderas anchas.

Se oyó una voz soberbia.

—Una chica hermosa desnuda me llena de alegría, me da deseos de amar, de ser feliz, y espero que incluso la tela del fondo donde pose exprese esta alegría. Quiero que la vida sea hermosa, y que los deseos y la vida de las mujeres deseables estén llenos de colorido. Soy un afortunado. Me gustan los coches, me gusta cantar, me gusta la vida, me gustan las mujeres. Se lo repito: soy un afortunado. Ustedes vienen aquí y yo las pinto.

Era la voz de Kisling, que había permanecido de espaldas hasta que soltó su discurso con la vista puesta en las ventanas. Se giró para verme con una parsimonia de artista arrogante.

—¿Quién es esta nueva puta? —soltó.

Esas fueron sus palabras al clavar sus ojos en mí. Fue a bocajarro, sin transición entre su perorata sobre la belleza femenina, y dirigiéndose a uno de los pintores sin mirarme a la cara. A mí me empezó a temblar todo, su ladrido tratándome de furcia y de lagarta sifilítica era obsceno, cruel. Era orgulloso, soberbio, fatuo, animal, gordo. No tenía más intención que hacer constar que yo era un buen trozo de carne expuesto en el escaparate de una carnicería. Yo estaba callada, y, humillada, empecé a desnudarme.

—¿De dónde ha salido? —dijo aproximándose lento hasta casi tener la nariz en mi nuca.

—El lunes la cogí en el mercado, le he prometido un contrato de tres meses —respondió el del bigote que me había abierto la puerta.

—¿Ella no sabe hablar? —inquirió Kisling al joven al tiempo que me examinaba.

—Sí, maestro. Disculpe. Es una chica hermosa, le dije que viniera. Intuía que le iba a gustar.

El señor Kisling asintió. Me comía con la vista mientras yo, ajena a todas sus voces insolentes, empezaba a desvestirme para no alargar el mal trago. Estaba abochornada.

Fui dejando mi ropa en una de las sillas que estaban junto a los caballetes sin levantar los ojos del suelo de madera sucia. ¿Qué podía hacer?

Los lunes por la mañana había un «mercado de modelos». En el bulevar de Montparnasse a primera hora se concentraban familias enteras deambulando en grupo por la rue de la Grande Chaumière con la esperanza de convertirse durante una semana en madonas, querubines, héroes mitológicos o diosas clásicas. Lo normal es que contrataran chicas para una semana, eso me habían dicho. «Cada siete días cambian de modelo», es lo que comentaban. «Y no pagan mal.» A veces, si la chica lo merecía, podían ofrecerle hasta tres meses de trabajo posando en los talleres. Ofrecían sopa caliente, café y, en ocasiones, las albergaban en hoteles cercanos. Con estar callada y posar desnuda te podías ganar la vida, sobrevivir y alimentar. Si eras del gusto del artista, los primeros francos empezaban a correr a otro ritmo y se convertían en un sueldo superior porque otros artistas también querían a la misma modelo. Con la Primera Guerra Mundial, el gobierno francés había declarado «extranjeras sin profesión» a todas las antiguas modelos italianas y las había extraditado en masa. Las parisinas humildes encontramos la forma de ganarnos la vida.

—Está tardando en quitarse la ropa, las he visto más rápidas —dijo jactándose de tenerme allí en sus manos.

—Tiene una gran suerte de ser hermosa —interrumpió otro.

—Ya no se llevan las chicas tímidas —apuntó uno de barba cuando ya me estaba despojando de la falda.

—Mamá os debería haber recordado que ya estamos en la modernidad. Has perdido la brújula, ¡la vida no ha hecho más que comenzar! ¡El siglo ha empezado ahora!

Todos esos hombres hablaban a la vez.

El más joven se encogió de hombros y, según avanzaba hacia mí, donde habían dispuesto una peana para que me subiera desnuda, me inspeccionó como si fuera material de pintura.

—Eres bella, tienes luz —me dijo—. Vas a tener suerte, y esa suerte puede ser tu habilidad para convertirte en lo que quieras, una diosa o una fabulosa ninfa del bosque. Con Kisling puedes acabar en los museos.

Me preguntó mi nombre sin mirarme a la cara y con un movimiento de barbilla me animó a que me fuera quitando lo que me quedaba encima: la ropa interior.

—Quiero verla desnuda. Ya, ahora. Y ellos también —sentenció Kisling.

Era el último paso.

Me quité todo. Me subí a la peana. Todos miraron...

Los pezones se me erizaron y me cubrí el sexo con las manos congeladas.

—Relaje los hombros, suelte los brazos a lo largo del cuerpo, deben estar relajados, los codos libres —añadió mecánicamente—. Si tiene frío, acérquese a la estufa.

No había ni un gesto de cariño, todos tenían un rictus seco. Podría decir que disimulaban como si no les importara que hubiera una mujer de dieciocho años frente a ellos, o que en su mundo el precio del arte también conllevaba hacer ademanes de hombres presuntuosos.

Habían puesto una silla sobre el pedestal para que me sentara y no me temblaran las piernas, «a las nuevas siempre os tiritan los muslos y no hay manera de pintar hasta que os relajáis».

—Este primer ensayo será así, señorita, luego ya tendrá que hacer más poses como las de esas exquisitas mujeres que pueblan la pared. Ya ve que no es nada del otro mundo. Estamos hartos de ver belleza. Por ahora quédese sentada y entrelace los dedos como si estuviera esperando la noche.

Me quedé inmóvil y me puse a explorar la sala con la mirada, había un montón de cuadros de mujeres sugerentes, como un jardín de estatuas, yo era una más; un ejército de chicas parecidas que llevaban, algunas, túnicas tapándose medio cuerpo, otras envueltas en telas, atadas a un tronco, la mayoría con los senos violentamente expuestos a la luz. Una de las modelos se repetía bastantes veces, una chica muy guapa de sonrisa excesiva y ojos pintados. Todas esas mujeres anónimas de piel blanca y pubis manifiesto parecían contemplar la sesión de pintura en la que yo me estaba estrenando. Kisling empezó a dirigir la clase y hablaban entre ellos con frases muy circunspectas, un tono grave que bien mirado me alejaba de ellos y me hacía olvidarlos. Quiso ofrecerme alcohol pero me negué. Había oído mil cosas de esas horas de trabajo con pintores y quería ser cautelosa. No podía olvidar que estaba desnuda.

Tosían cuando me recolocaba nerviosa o perdía la verticalidad de mi espalda y volvía cuanto antes a mi pose. En algún momento se dirigían a mí para que enderezara el cuello. El jefe llegó a preguntarme si me había alimentado bien antes de venir, «son muchas horas aunque sea en varios turnos». Le dije que sí, pero era mentira, porque llevaba días con una comida al día gracias a Chez Rosalie. Acepté un café y seguí expuesta a ellos.

No se inmutaron lo más mínimo y me recordaron que podía descansar cada veinte minutos para que no se me durmieran las articulaciones. Procuraba darme ligeros golpecitos en las piernas para que no se me quedaran agarrotadas por el cansancio. Bien es cierto que no se me podían dormir mucho porque estaba aterrada, avergonzada, temblando delante de los pintores, que me miraban entornando los ojos y abriéndolos con fuerza. A mí me parecía que estaban locos. Así estuve yendo varios días. Cuanto más avanzaban las sesiones, más me sacudía ese miedo (¿debería decir liberaba?). Al entrar me quitaba la ropa y me tomaba el café desnuda entre ellos, observando cómo progresaban con sus pinceladas. Todos eran expertos de la condición femenina. No me costaba tanto desnudarme y podía incluso aguantar la mirada en sus ojos. Ya no los evitaba. En vez de sentir mi cuerpo estremecido entre el dolor y la vergüenza, sentía que estaba siendo deseada. Había empezado a sentirme sugerente y a tomar conciencia de mi atractivo. Una tarde me ofrecieron un vaso de agua y sentí cómo me resbalaba por la boca hasta mi cuello. Me secó uno de los pintores para que no perdiera el equilibrio en el pedestal. ¿Cuánto tiempo llevaba allí, posando, contemplada por los hombres que fumaban y elevaban la vista por encima de sus lienzos? «Eres una mujer y necesitas el dinero», me recordaba a mí misma. El señor Kisling acercaba su nariz a mi ombligo, cerca de mi sexo, me retocaba la postura de las manos, balanceaba un poco mi cadera para que arqueara la pierna y volvía satisfecho a su lugar después de haber olido mi piel. El resto de los hombres era más tímido. Él no. De la misma manera que me había evaporado cuando me desnudé, en esos momentos —habían pasado varios días— empecé a sentirme la estrella del taller. Pasaba el día desnuda y la vergüenza se había escondido entre los francos que iba acumulando en mi bolsillo. Era la dueña de lo que ellos necesitaban y la respiración, agitada al principio, fue convirtiéndose en una compañía que me acunaba como una nana.

Sería por los efectos de la pintura, pero lo cierto es que a la semana siguiente los ojos de Kisling me parecían interesantes. Su cuerpo era un horror, gordo, blando, pero masculino y provocador en el trato. Era evidente que no era el hombre con el que me hubiera querido estrenar como mujer. Pero llegó el día. Por unas cosas o por otras, siempre me quedaba sola con él cuando se iban todos, sacaba su dinero del bolsillo y me lo daba cuando empezaba a vestirme. Me lavé la cara, todavía desnuda, cogí la ropa fingiendo que tenía prisa. Me dio la impresión de que se estaba acercando hacia mí en mi condición de presa.

—Hola —articulé.

—¿Se va usted ya? —dijo buscando lentamente los francos en el bolsillo de su pantalón—. ¿Adónde va?

—A casa.

—Vive cerca, supongo.

—No mucho, por Mouffetard.

—Ah. Bonita zona.

—Mi casa no es lo que se dice bonita..., ojalá.

Me dio la impresión de que se estaba dejando querer, avanzaba lo más delicadamente que podía hacia mí y comprobé cómo al acercarse su mano se movía ajustándose el miembro en el pantalón. Sabía que lo ideal en ese momento era salir de allí, pero me quedé en mi sitio. Cuanto antes pasara, mejor. Tampoco quería perder mi trabajo. Estaba acostumbrada a que los hombres imploraran mi compañía y ese era uno más.

Todos los domingos, mi padre, mi madre, mis hermanos y yo nos reuníamos en casa de los Fresnault para comer sopa de cebolla; ellos le ponían mucho queso y eran las únicas calorías fuertes que nos entraban en toda la semana. Era una pareja de ancianos que tenía un terreno más allá del Bois de Boulogne, donde, a pesar de la edad, todavía cultivaban todo lo que cocinaban. Mi padre esperaba que de tanto visitarlos, aquel terreno, cuidado con mimo y dedicación por Antoine, sería de nuestra propiedad, por lo que cada domingo nos recalcaba antes de salir de casa que fuéramos muy amables, que besáramos a la señora Madeleine y que le recitáramos alguna canción de la calle con delicadeza. «Como si fuera un poema», decía. El señor y la señora Fresnault eran los únicos amigos de la familia porque con la guerra nuestros vecinos de verdad se alistaron en el ejército al grito de «¡a Berlín!». Había una euforia para vengar la derrota anterior que no era justificable —esto lo decía mi madre—, todos querían ser militares y paseaban con uniforme por las calles como si fuera un baile de disfraces. Pero la euforia inicial fue diluyéndose cuando la lucha empezó a cobrarse víctimas. Solo llegaban noticias de muertes, de jóvenes amputados, de enfermos, de ojos vaciados por esquirlas de metralla, de intoxicaciones por gas, de horror. Los alrededores del Hospital

Militar de París eran el lugar más triste y dramático de la ciudad. Mi padre también se ofreció como voluntario, pero le rechazaron por motivos de salud. Ese delicado estado le llevó a la tumba un mes antes de terminar la guerra. Pobre, ni se enteró. Mi madre nos habló escogiendo las palabras para no hacernos daño: «Vuestro padre nunca ha tenido suerte y nosotros tenemos que darle la vuelta a la providencia», dijo con voz agotada, de quien sabe que la desgracia ha caído como una losa en su casa y que va a tardar en irse. Nos abrazó, nos besó y no nos enteramos del luto. La caridad no era suficiente para nosotros, y esto hizo que mi madre se viera a obligada a trabajar. Encontró un puesto de limpieza en la Maternidad Baudelocque.

Así pasaron los meses y nosotros seguíamos comiendo todos los domingos en casa de los Fresnault. Un día regresaba corriendo de la maternidad por las serpenteantes calles de nuestro barrio y me crucé con el doctor Bellver, que me paró para preguntar por el estado de nuestra familia. Era un hombre del que hablaba mi madre porque era un dictador que siempre les gritaba en el hospital, ya fueran enfermeras, matronas o limpiadoras. El doctor me agarró del brazo, aquel día iba engalanado con un traje entallado y un pañuelo colorido en el bolsillo. Después de dar una calada a su cigarrillo me sonrió para complacerme. Me sorprendí temerosa de su mirada, yo no tenía miedo a nada, pero aquel hombre imponía. Un grupo de soldados pasó por una bocacalle y tuve intención de pedirles ayuda, sin embargo, habrían entendido que estaba loca, una chiquilla que estaba charlando con el jefe de su madre en plena calle y a la luz del día. Un respetable doctor. Se desprendió del tabaco, lo pisó con fuerza y me obligó a que le mirara directamente a los ojos mientras me preguntaba por mamá. Aquellos ojos sucios me impedían pronunciar nada, ni una palabra. Así que noté cómo me tocaba disimuladamente los pechos por encima de la blusa, sin importarle que yo ahogara mi respiración para chillar. El doctor hundía su mano en mi pecho al tiempo que, riéndose de mí, me preguntaba bobadas para mantenerme quieta en aquella callejuela.

—Eres muy guapa, vas a ser una mujer bellísima, tienes madera..., como tu madre.

La turbiedad de aquellos ojos al decir esto último y la forma en la que se humedecía la boca como un lobo a punto de comerse a su presa me envenenó para siempre. La presencia de aquel hombre empezó a hacerse habitual, como la de una hiedra que va apoderándose de la fachada hasta dejarla invisible. Él acabó encontrándome siempre en la calle. Un día, otro día, otro más. Por lo pronto utilizaba el nombre de mi madre en su saludo, amenazante, para que yo creyera que a ella iba a pasarle algo. Nadie se percataba en la calle de nada. Él aparecía con ese aspecto de baboso, adueñándose de mí. Sonreía antes de saludarme para que pareciera que estaba interesado por cómo nos iba la vida después de la muerte de mi padre y yo me ahogaba en sus modales de general de bata blanca. Un buen día, nos encontramos en otra zona de París; su presencia fue fantasmal, apareció al girar una esquina y me tropecé con él. De bruces. Estábamos en la puerta de su casa, sin mediar palabra quiso arrastrarme arriba, pero, como una brisa, apareció un amigo suyo que le saludó: «¡Doctor Bellver, qué bueno verle!». Yo pude zafarme y él sonrió mostrando su dentadura amarilla.

Lo intentó al menos cuatro veces.

Mi madre observaba cómo mi feminidad se convertía en un regalo a la vista de los hombres, nunca decía nada, pero sentía como yo que las miradas se me clavaban penetrándome sin reparo. Así era como estaba creciendo.

Unas semanas después de estar yendo al taller de Kisling, era domingo, veníamos de la comida habitual de los Fresnault, hizo un ademán de saber más sobre mi función en aquel estudio de pintores de Campagne Première. Volvíamos a casa a pie cogidas del brazo. La noté contrariada, me miró y dijo:

—Cuida de tu corazón, Alice. Y sobre todo, cuida de tu cuerpo.

Me hubiera gustado parecerme a ella, tan sensata, tan maternal, tan guapa siempre con su pelo recogido en un moño hueco y recta como una dama de esas de las que paseaban por la Ópera. Yo, en cambio, había heredado los ojos verdes de mi padre, su pelo rubio y su vanidad.

Aquella noche, junto a la chimenea, cuando mis hermanos se habían dormido, mientras mi madre zurcía los manguitos blancos de la maternidad fue presuponiendo que mi dedicación al arte estaba desembocando en otros caminos.

Por más que explicaba que mi labor era únicamente posar, no entendía que con los francos que me pagaban pudiera haberme comprado aquel vestido de rayas verdes y azules. No tuvo más remedio que sentarse a mi lado, más cerca que antes, dejar un silencio en el que se oyó crepitar la leña de la chimenea y hablar con los labios fruncidos de indignación y vergüenza.

—Alice, ¿podemos hablar?

—Sí, mamá.

—¿Estás bien, hija?

—Sí, mamá, claro.

—Es muy difícil para una madre tener que sacar una casa adelante.

—Lo sé, mamá. Sabes que somos fuertes.

—Hago lo que puedo, Alice.

Aunque estábamos a oscuras junto a la chimenea, su mirada iluminaba la sala más allá de las llamas.

—Solo quiero saber que estás bien.

—Estoy bien, mamá.

—Pasas muchas horas fuera, en ese taller.

—Son horas en las que me pagan por no hacer nada, mamá.

—Eso quiero saber…

—De verdad, mamá, no sufras.

El semblante de mi madre cambiaba de expresión igual que se consumía la leña. No era capaz de evitar su zozobra ni sacando una sonrisa para que viera que todo andaba bien. Me mantuve callada un rato.

—Ya sé que no estamos en condiciones, que papá se ha ido, que a lo mejor no podemos con todo..., que nos hace falta dinero. Los Fresnault han prometido darnos algo de su huerta. Sé que tú has buscado para ayudar en casa, que te has metido en ese taller de artistas, pero no hace falta que...

—¿Qué?

—Podemos salir adelante.

—Lo sé. Intento ayudar.

—Yo intento explicarme.

—Mamá...

—... no quiero que... te eches a perder.

—Oh, no —le contesté—. Es solo posar. Es un trabajo mal pagado, pero no tengo que hacer nada.

—¿Nada?

Enmudecimos las dos. Los ojos de mi madre no se calmaron con mi respuesta, el fuego siguió crepitando fuerte en la chimenea. Cogí el hierro y sacudí la leña. Mi madre estaba curvada hacia el calor abrazándose como una plegaria, pensando en mí; volví a notar su mirada eclesiástica. No hacía falta dar muchas vueltas en torno a qué estaría pensando mi madre. Pero no tardó.

—Alice, no estarás yendo a Maubert...

En el distrito 5, en el corazón del Barrio Latino, en la orilla izquierda del Sena, se concentraban los diez mil sin techo de París. Pero sobre todo, en uno de esos lugares, se encontraba una antigua casa de prostitutas que frecuentaban todo tipo de hombres. Un burdel para vagabundos parecido al de la rue de Fourcy, donde se encontraban fotógrafos y pintores.

Yo miraba boquiabierta y no podía hablar porque en parte, y sin tener nada que ver, me sentía descubierta. Evidentemente, besé a mi madre, apreté con fuerza su mano y dije que «no». Cuando volví a la cocina me puse a llorar.

Kisling acabó lo que empezó. Sacó su dinero y lo exhibió obscenamente, comentó que las modelos de los grandes pintores no eran mujeres, eran inspiración. Así que me dejé hacer. Empezó acariciándome los pechos de una manera que casi era humillante, apretando y palpando como si fuera a quedarse con ellos. Después de unos minutos, no sé cuánto rato porque miré la cara de todas esas mujeres desnudas de la habitación, Kisling bajó su mano a mi sexo. La introdujo firme como quien encaja un libro en la estantería después de arrastrarla por mi muslo. Era una mano seca, áspera y rugosa como los sarmientos de una viña. Aquella habitación fría en la que dormía con mis hermanos pequeños, la sopa de cebolla, el calor en agosto, la enfermedad de mi padre, los dolores de espalda de mi madre fregando suelos, cosiendo delantales, la prometida huerta de los Fresnault, la mierda, el hambre, mis hermanos pequeños, el dolor… Todo eso me venía a la cabeza mientras agitaba su mano entre mis piernas y mordía mi oreja llena de saliva. Balbuceaba palabras que no puedo recordar porque no quiero ni puedo. Me apretaba, se curvaba sobre mí y la flacidez de su boca estaba pegada a mi cuello. Se arrodilló, se paró en seco encima, se tambaleó, exploró en mi sexo hasta que cayó rendido. Pasó. Por supuesto, no abrí la boca. Ni para sonreír. Recogí el dinero. Aquella casa en la que vivíamos no tenía más que una ventana estrecha y alta, respirábamos la leña del vecino y, cuando salí del taller, me di cuenta de que jamás había visto ropa de hombre tan cara tirada en el suelo.

—Alice, ¿puedes abrir las cortinas?

Le miré cómo se subía los pantalones. Inconscientemente me tapé con las manos al caminar hacia el ventanal. Era la primera vez que veía a un hombre desnudo y yo, semanas posando en cueros ante los pintores que medían todas mis curvas, no me había sentido tan desnuda en la vida. Se vistió todavía jadeante y yo me fui al espejo a ver si tenía alguna marca en el cuello que me delatara en casa. Peor, el olor a hombre que se había quedado en el cuerpo me asustó. Pensé que todos sabrían que me había acostado con el señor Kisling. Hundí mi mano en el frasco de aguarrás y me impregné las rodillas antes de colocarme las medias y los botines. Apestaba. El rato en que los dos nos estábamos vistiendo se me hizo interminable, el sexo no tenía nada que ver con las historias que contaban por los tugurios de París. Desde luego, no podía decir que tenía ganas de seguir haciéndolo con él a pesar de que su mirada agitada presagió que volvería a pasar. Así que me recompuse, me abrigué con el pañuelo y hundí su dinero en mi bolsillo. Él quiso besarme pero me eché hacia atrás, resistiéndome.

—Aprovecha para comprarte perfume, te sentará bien.

A las mujeres perfumadas se las pinta mejor. Así que gasta parte de esos francos en tu belleza, no habrá quien te tosa cuando sepas que eres bella.

Me miró. Aguanté la respiración. Traté de agradecérselo con una sonrisa, pero me decidí por salir de allí cuanto antes.

—Deberías disfrutar.

Le observé mientras daba forma a las sílabas. Dis-fru-tar. Su voz se hizo eco.

CAPÍTULO 14

Dos de la mañana. No conseguía dormirme. Tres de la mañana. Seguía despierta. A ratos me sentía ansiosa, luego preocupada, después empezaban las dudas. Las fotos del sótano continuaban esparcidas sobre la colcha de mi nueva cama parisina. Me asaltaban sentimientos contradictorios: el deseo de descubrir el porqué de estas fotos de Alice (sobre la que estaba convencida de que estaba dirigiendo mi vida desde que salí de Madrid), y, por otra parte, el miedo de penetrar en una vida que no era la mía.

París a esas horas de quietud es el lugar perfecto para la melancolía. Me quedé por tanto en mi cama, desvelada, esforzándome por poner movimiento a todas esas imágenes. Las fotos invitaban a seguir sus pasos. A bailar, a brindar, a desnudarse. Yo, que había sido tan recta, tan mansa, tan ordenada con mi agenda y tan torpe para amar... Por desamparo más que por ganas, la verdad. Decidí levantarme de la cama para salir al salón a recostarme en el sofá del ventanal que daba al río, vivir en París y no mirar al Sena es un delito, aquella noche estaba tan hermoso que hipnotizaba, pero luego cambié de opinión: la tranquilidad que me daban las sábanas calientes acabó por vencerme. A las siete de la mañana me levanté y me vestí y desvestí varias veces para hacer tiempo. A las ocho bajé a la calle, no eran horas. Había previsto volver a casa de Mathieu Ardisson para sacar información de aquellas fotos del sótano. Quería saber de qué mujer estábamos hablando, seguramente, si posaba con tanta desenvoltura, aquella tienda tenía más historia de la que yo presentía.

Me planté en casa del periodista sobre las diez de la mañana.

—Señor Ardisson, buenos días.

—¿Quién es?

—Soy... —dudé de cómo explicarme—. Soy una periodista española que ha venido a vivir a París y me han dado su nombre.

—¿Qué es lo que desea?

—Tengo unas fotografías de una mujer de los años veinte. Me han dicho que usted podría estar interesado.

La puerta se abrió. Su interés por mis fotografías fue paralelo a su hospitalidad. La música que sonaba en casa de Mathieu Ardisson era envolvente, algo clásico que no supe distinguir a pesar de mis obligadas clases de solfeo desde los diez años.

—*L'art du violon,* Pierre Baillot.

Me había quedado callada al escuchar las notas.

—Sí... —respondí atenta a la música.

—Pase, señorita...

—Teresa, Teresa Espinosa.

—Siéntese. La escucho. Empecemos desde el principio. De modo que sabe usted que colecciono fotografías de principios de siglo...

Había podido averiguarlo al buscar su nombre en Google, él era un historiador que había hecho verdaderos milagros recopilando y ordenando gran cantidad de material fotográfico de archivos, bibliotecas y coleccionistas particulares, además había organizado varias exposiciones importantes y recorría diariamente antiguas galerías de arte, la mayoría cerradas al público, para sumar fotografías a su colección.

—Si hay algo que me gusta de París es pasear por las orillas del Sena, me gusta mucho mirar a los *bouquinistes* —arranqué a hablar para romper el hielo—, fundamentalmente a los que exhiben fotos de época...

—Sin embargo, esas imágenes son la mayoría copias, no son buenas. Las pequeñas tiendas del Sena son un lugar ciertamente hermoso, pueden encontrarse pequeñas joyas, normalmente revistas de moda o libritos con anotaciones curiosas. Pero le aseguro, créame, que lo demás es puro turismo, coquetería hecha para los que buscan el París de la torre Eiffel o la *Amélie* del cine. Creen que todos cocinamos crepes o andamos silbando canciones de Gainsbourg. Pero es bonito, sí, es bonito. Las ciudades que conservan su pasado enfocan mejor su futuro. Eso sucede con París.

—He venido muchas veces y esta vez he decidido quedarme a vivir aquí.

—¿Vivir en París?

—Sí, es un sueño que arrastro desde hace años.

—Y ahora lo ha hecho realidad. ¿Cuál es el motivo? —me miró como si me conociera.

—No sé cómo explicarlo... Empezar de nuevo.

—Ah, bien. Eso siempre está bien —contestó Ardisson riéndose—. ¿Por qué?

—¿Quizá debería buscar otro argumento? —dije ante su mirada ladina.

—No, no. Suena bien. Ustedes los españoles y sus sueños de París...

Me agarré las manos nerviosa.

—Ha dicho que era periodista, pensaba que habría venido de trabajo...

—No, no. Me quedo. He decidido cambiar de vida, no sé si a mejor o a peor, pero necesitaba cambiar y quiero que sea aquí, no sé qué tiene esta ciudad que...

—La enamora —comentó él usando el tópico.

—... No estoy segura —contesté, totalmente consciente de mi necesidad de encajar en la conversación—. París no es un lugar, es un estado de ánimo.

Levanté la vista y vi a Mathieu Ardisson de pie junto al gran ventanal. Había descorrido las cortinas, era una inmensa cristalera que cubría toda la pared, desde ahí se podía ver a la conserje empujando los cubos de basura hacia la calle.

—Hábleme de sus fotografías.

Esperé unos instantes mientras se acercaba hacia las butacas marrones donde me había invitado a sentarme. Extendí tres de ellas sobre la mesa. Me miró fijamente sin disimular su interés.

—¿De dónde las ha sacado?

—De mi casa.

—¿Qué me está contando? —farfulló atropelladamente, los ojos se le iluminaron al acercarse a mirarlas de cerca.

—Sí, estaban en mi casa.

Su rostro se encendió. Me tomé mi tiempo y le observé como cogía una de las imágenes con absoluto mimo.

Pasamos varios minutos en silencio. Mathieu Ardisson había sacado una llamativa lupa cuadrada de su buró y repasaba ensimismado cada detalle de aquellas mujeres en blanco y negro que le había traído hasta su casa. No me miraba, pero yo disfrutaba viendo cómo no quitaba ojos de lo que calificó en voz baja como «pequeñas obras de arte».

Se sentó. Había estado ensimismado paseando con ellas en la mano por entre los muebles del salón. La música seguía sonando, los violines de Baillot. Rompí a hablar.

—Señor Ardisson... Estas fotografías han aparecido en mi sótano, debo contarle que he comprado un local que pretendo convertir, si Dios quiere, en una tienda; todavía no sé de qué, pero estoy decidida a reabrirla tal y como era. Me gustaría mantener la idea original. Estoy pensando en una restauración minuciosa para recuperar todo lo que se pueda y, no sé por qué, tengo la sensación de que esa mujer, la que aparece más veces en las fotografías, la tal Alice, es la que me ha traído hasta aquí. Como ve, todas tienen la dirección donde usted vive marcada al agua, fíjese bien... —le acerqué una hacia su mano.

Él asintió atusándose el bigote.

—Además aparecen esos nombres de mujer, Kiki, Treize y Alice... y su vida, por lo que puedo adivinar en las fotos, debió de ser fascinante. ¿No le parece? ¿Quiénes fueron? Es algo que no me quito de la cabeza, a lo mejor es porque me sobra tiempo y tengo esas manías de soltera independiente, ociosa y llena de horas libres, pero...

El señor Ardisson intentó arrancar a hablar pero desistió al verme empujada por las ganas de explicarme.

—Quiero decirle que yo antes era una mujer que cargaba con unos días de desánimo y otros de mal humor y ahora... es todo muy raro. No sé por qué le cuento esto. Me veo impulsada a más. Ya sé. Es una bobada, son solo fotos. Bueno..., no son solo fotos. Puede echarse a reír, pero por eso he venido hasta aquí. Llevo años queriendo ser feliz. Creerá que estoy desequilibrada.

Me escuchó en silencio mientras le contaba mi encuentro con el cartel, la música que sonaba en casa, las flores frescas, la inquietante presencia de Alice... Sin juzgarme. Su silencio fue mi abrigo. Y solo rompió mi soliloquio cuando vio que me había vaciado por completo.

—A menudo me he hecho la misma pregunta. ¿Qué nos empuja? Comprendo que usted esté sorprendida. Yo lo estaría.

—¿De verdad me comprende? —salté todavía apurada por haber hablado demasiado.

—Kiki, Treize y... Alice. La desaparecida Alice. Un día se esfumó y no se supo más de ella, se evaporó de la vida de este París.

El silencio nos envolvió a los dos y nos quedamos mirando las fotografías. Comprendí que Ardisson era el hombre adecuado. Estaba absorto ante mi galería de imágenes, impresionado. No era necesario que yo hablara... No debía hacerlo. Él tampoco lo hizo durante un buen rato. Lo que debía era encontrar respuestas y escucharle. Recorrió con los ojos todos los detalles, las poses y esa sonrisa indefinible de ella. La mirada del periodista se quedó perdida en un punto infinito.

—Veamos... Estas fotografías son de Man Ray y esta mujer es la borrada Alice.

—¿Qué quiere decir, señor Ardisson?

Habló muy lentamente.

—Para eso debo hablarle de Montparnasse —me contestó—. El centro del mundo —se corrigió—. Acompáñeme a la calle, va a entender la fuerza de esta mujer.

Ardisson cogió su paraguas y me invitó a bajar a la calle.

—Este París que tanto les gusta siempre está lluvioso, siempre está gris —dijo mientras daba dos vueltas de llave a la cerradura asegurándose después con un puntapié en el bajo de la puerta.

Me apreté a él para dejarme llevar por el bulevar protegidos del chaparrón que empezó a caer sobre nosotros. Las niñas rubias del otro día salieron disparadas a buscar cobijo metiéndose de portal en portal. Me miraron molestas. Yo me sentí extraña por ir del brazo de un hombre que acababa de conocer y que al mismo tiempo que me incomodaba me reconfortaba porque parecía ser la puerta a mis interrogantes. Tan solo cuando nos aproximamos al cruce de calles de las terrazas dejó de llover y pude comprender el porqué de la opulencia y misterio de esta zona de París.

A un lado estaba Le Dôme y al otro La Rotonde.

Me invitó a mirar la carta.

—Fíjese bien.

Me quedé mirando los postres, los helados, las tartas...

—¿Se ha dado cuenta?

—No sé a qué se refiere...

—En París, en aquel París, la vida giraba en torno a los pintores, las modelos, los escultores, los artistas y a una época en la que la vida era en sí misma un monumento. Montparnasse se enriqueció, se volvió próspero, bien iluminado, y bailado, y molido, y exprimido..., hasta se vendía caviar en Le Dôme. El mismo Hemingway lo vivió y lo contó así. Pero yo me refiero a los días previos, al de cafés y restaurantes, al Montparnasse público de casas, estudios, habitaciones de hotel donde se trabajaba sin llegar nunca a abrir las ventanas, donde olía a sexo y a pintura al mismo tiempo. Unos trabajaban y otros holgazaneaban a media mañana en esta calle, a media tarde, a medianoche... A todas horas corría el vino, los pintores, la soledad, los dramas, los éxitos. Lo mismo conversaban sobre cualquier trivialidad y bebían algo que organizaban el mundo entre mujeres bellísimas como las de las fotos. Ellas eran las dueñas de sus destinos. Una de ellas, Kiki, reinó en aquellos días de esas fotos con mucha más fuerza de la que nunca fue capaz la reina Victoria a lo largo de toda su existencia.

—Aquí lo pone —por fin me había dado cuenta—. Copa Kiki de Montparnasse, copa Picasso, ¡copa Modigliani!

—*Voilà!* Le Dôme era el centro del mundo. Aquí donde nos hemos sentado se reunían todos. Era la esquina con más vida de París.

Seguí mirando el menú de la carta.

—Y… ¿Alice? —pregunté.

CAPÍTULO 15

Aquella mañana, posterior a la sensación de haberme prostituido por unos francos, Kisling me abrazó cuando llegué al taller y me dejé estrujar entre sus fuertes brazos. Estaba exultante. Mucho más que de costumbre. Era un pintor inteligente y vanidoso, pero ese día era la personificación del endiosamiento. Sabía que ganaba todas las partidas y no conocía el rechazo. Debo reconocer que yo estaba dispuesta a dejarme llevar por este nuevo capítulo de mi vida, en dos semanas me había arrancado la ropa primero y la piel después. Orgulloso de sí mismo, pidió aplausos para la obra que acababa de terminar. Yo.

—¡Alice, debería estar orgullosa de su cuerpo! —sus dedos manchados de pintura dibujaron en el aire una señal de victoria—. ¡Su cuerpo! ¡Su belleza! ¡Su esplendor! Todo París lo va a poder ver y deleitarse en la exposición de diciembre. Escúcheme, todos sus posados van a ser expuestos en una gran sala. La mejor.

Aguanté la respiración. Él me miró satisfecho y se contuvo de besarme porque estaban los estudiantes. Mi retrato de cuerpo entero iba a ser la estrella de su nueva colección. Todos empezaron a aplaudir y yo aguanté en el pedestal desnuda y temblorosa mientras se acercaban a mí y exageraban las felicitaciones al maestro y a mi físico. Kisling estaba excitado, tiró las sillas al suelo y ordenó salir a todos en dirección a Le Dôme para ahogarnos en alcohol. En sus manos tenía la carta que le notificaba que sus obras estarían en la galería de Taitbout.

Pidió champán para todos. No es que me sorprendiera su sabor y sus burbujas, no lo había probado en la vida, era esa nueva diversión la que me tenía flotando. Además, debía reconocer que Kisling me gustaba más de lo que pensaba. No me importaba repetir con él y permitirme otros lujos que no había conocido. París era distinto. Cuando abrimos la segunda botella apareció Kiki con su perro, contoneando la cadera y pavoneándose de su última conquista. «A este París le faltaba una mujer como tú», dijo nada más verme. Me cogió del brazo y me paseó hasta el baño con la excusa de moverse entre las sillas de los caballeros que poblaban la terraza.

—Queridísima, he visto la cara de Kisling. Entiendo todo lo que decía de ti, eres más bella de lo que había dicho. Y por lo que intuyo, sé que nos vamos a llevar bien. Se le notaba en los ojos que has hecho algo más que posar para él. Y tú, no me mientas. He visto cómo te miraba —dijo Kiki mientras sonreía a todos y cada uno de los hombres. Se dejaba pellizcar y piropear. En un momento dado paró en medio de la sala ante uno de ellos y soltó provocadora:

—Este cuerpo son demasiados francos para ti —yo estaba sorprendida.

Todo el mundo estaba borracho, hacían fotos, fumaban y se subían a las mesas para bailar. Aquello era distinto, no había reglas y me di cuenta de que la gente realmente disfrutaba de la vida sin miramientos. No olían a leña, los trajes estaban planchados y no les importaba mancharse de licor con los brindis. Qué lejos quedaba mi casa a solo unas calles de allí. Nunca había estado tan lejos de mi vida y sin embargo tan cerca. Cómo era posible que mientras moríamos de frío, masticábamos lentamente la cebolla o poníamos patatas entre las brasas de la chimenea, aquí se quitaran las chaquetas por el calor que producía el vino que salía sin parar en dirección a las mesas. El silencio de aquellas, mis calles, era el del gris y el ceniza del humo de las chimeneas, aquí todo tenía otro color. Hombres con botines blancos, corbatas de rayas anudadas perfectamente, pelos peinados hacia atrás con colonias caras, mujeres con tacones, collares de perlas de dos vueltas, vestidas con brillos y escotes ajenos al frío de París. Joyas en la solapa, alfileres prendidos del abrigo, vistosos pañuelos anudados con descuido, pulseras que subían hasta el codo, blusas sedosas que al resbalarse voluntariamente descubrían hombros delicados mientras meneaban los bolsos que al agarrarlos en la cadera sonaban tintineando como pequeñas lámpara de chandelier. Todo era sonido. Los brindis, la música, los tacones, las copas, los collares, las sillas al juntarse. Hablar y conocerse unos a otros era lo principal, me tenían desconcertada. Debía de tener cara de espantada ante tanta sorpresa. Kiki era el centro de la fiesta y me presentaba a todos para que yo también lo fuera. No tenía más opción que sonreír y extender mi mano como una recién llegada a la vida. Ella rompía todos los convencionalismos sociales.

—Kiki, ¡enseña los pechos! —gritaban.

Y Kiki, sin importarle un pimiento el qué dirán, se bajaba el escote y mostraba los senos en medio de Le Dôme. ¡En plena terraza! Todos aplaudían y coreaban su nombre y el de su perro Peki, que lamía su clavícula mientras lo paseaba apretado contra su pecho. La vida acababa de empezar para mí. Tardó dos minutos en darme la información necesaria: Kisling estaba casado.

—Sonríe y disfruta, dis-fru-ta —dijo imitando al pintor.

—Pero si… —me corté.

—Sí, con Renée Gros, una alumna de la Academia Ranson, pero todo el mundo sabe que es un matrimonio extrañísimo; son buenos amigos, les gusta el arte, juegan con la vida —contestó.

—… bueno, veo que esto es muy diferente.

—Y tan diferente —rió Kiki.

—No sé qué decir.

—No digas nada. De los pintores qué puedes esperar, sexo, cuadros, no te hagas ilusiones. Son así. Disfrútalos. Tú posas, ellos miran. Su mujer es una rara.

—¿Rara?

—La primera que usó pantalones y llevó el pelo corto. Los dos parecen gemelos en lugar de marido y mujer. Raros. Se conocieron en una redada policial, qué puedes esperar. Y el padre de ella es general, cuando se enteró de que su hija estaba con un seductor que se dedica a la pintura, casi la mata.

Yo empecé a pensar que me había entregado en vano.

—Se enamoraron y se casaron. La verdad es que la fiesta fue una locura, acabamos todos por los prostíbulos de Saint-Germain —añadió como si fuera lo más normal.

Kiki y yo nos sentamos en las sillas que nos habían dispuesto junto a las mejores mesas del bar. Escuchaba el rugir de los motores que paraban en el bulevar y descargaban más gente vestida a la moda. Es posible que fuera gente conocida porque todos los invitaban a sentarse con ellos. Para mí era todo tan nuevo que los saludaba con la mano sin levantarme de mi sitio, avergonzada de ser la única que no conocía los nombres de nadie. «Modi, Dardel, venid hacia aquí, sentaos con nosotros.» Kisling soltaba carcajadas, levantándose, invitándoles a hacer corrillo, y sacudiéndose los pantalones volvía a sentarse y a pedir otro brindis con el champán. Venía, se iba, bebía y saludaba a todos. Yo le miraba, invisible entre la multitud que coreaba su nombre y aplaudía sus obras. Sus amigos eran más guapos que él, sobre todo el tal Nils Dardel, que abrochaba su impoluto cuello de camisa blanco con una aguja de perlitas y llevaba el pelo bien tieso con brillantina. El otro, Modi, tenía el pelo negro despeinado, unos ojos oscuros ardientes, un cutis curtido por la intemperie, con manchas de pintura, fumaba sin parar y bebía a tragos de una botella de ron, «para la tos», decía.

—Siempre está borracho. Se pasa el día bebiendo, y eso que tiene una salud delicadísima, o será todo a la vez. Pero es tan guapo... —me contaba Kiki—. Probablemente el más guapo de París y el más canalla, sus borracheras son antológicas. No tiene límite, bebe, bebe, bebe. Y pinta, pinta, pinta. Lo único que quiere es pasarlo bien y vender sus cuadros a los millonarios de la Costa Azul.

—¿Es conocido? —pregunté.

Me miró como si estuviera tonta.

—Te gusta, ¿eh? Te lo noto.

Kiki rió a carcajadas para burlarse de mi timidez. Le tapé la boca con mi mano para que dejara de escandalizar. Temía que fuera a dejarme en evidencia. Abrió su bolso y sacó todas sus cosas sobre la mesa, expandió mil trastitos, casi todo maquillajes, y volvió a pintarse los labios utilizando como espejo una botella de las de la mesa. Mientras se miraba lujuriosa, vio el reflejo de Nils Dardel en el cristal. El otro guapo.

—El relamido Nils está casado con Thora, la del pañuelo en la cabeza que va tan tapada. Es maravillosa.

Me pasó el carmín y me puse un poco de color.

—Y Modi está como una cabra, me fascina. A ti también, ¿verdad?

Kisling no dejaba de mirarme. Allí estaba su mujer, allí estaba yo. Intenté camuflar el latir de mi corazón entre ese otro rugir de los coches que estacionaban en la puerta.

—¿Cómo estás, pequeña buganvilla? —dijo Modi sin soltar la botella y dirigiéndose a mi nueva amiga.

—Esperando posar para ti —respondió Kiki, lasciva.

—Me gustan las mujeres como tú, sin pelo.

La botella de ron corrió su última suerte y la estampó contra la farola. «¡Viva!», gritó. Me asusté ante la incontinencia de desorden. Aquello era una fiesta desvergonzada y loca. Todos armaban mucho escándalo y aireaban a los cuatro vientos sus aventuras. Los treinta céntimos que me costaba la sopa en Chez Rosalie era basura con lo que allí se estaba gastando, todo era un desenfreno fuera de la ley que les hacía vivir en medio de una fiesta eterna. Ni límites ni pudor.

—Hoy me han dado un buen revolcón, ha sido con el primer café de la mañana —dijo Kiki.

—Te escuchan todos —dije.

—Querida, ¡qué más da! La mitad conocen mis pechos y han probado mi sexo.

—¿Sí?

—A estos hombres los pierden las mujeres.

—Tiene tanta razón —nos dijo Thora, que se había acercado—. ¡Hola a las dos! Es lo único que los mueve. Y de Kiki no te extrane nada. A veces recogía dinero por las mesas mostrando sus pechos o levantándose la falda. ¿Por cuánto?

—Por uno o dos francos.

—Pero no te creas que es solo una coqueta con los parroquianos, cuando se enfurece es impredecible. En cierta ocasión, en el bar Strix, se le acercó un hombre y le metió la mano en el pecho de un modo absolutamente grosero.

—Me puse a pegarle como una loca.

—Se volvió violenta. Y ellos lo saben.

—Yo decido quién me toca. ¡Habrase visto!

—... Y le persiguió como una loca por toda la calle, y quizá las cosas hubieran sido peor si no llega a ser por el barman.

—Le recuerdo, un sueco alto y fornido que me agarró por detrás, me levantó en el aire y me llevó dentro.

—Tal cual. Esta mujer es un maravilloso animal. Te vas a divertir con ella.

Me relajó ver que a Thora las cosas también le habían sorprendido como me estaba asombrando a mí tanta naturalidad.

—Chicas, no paréis de beber. Pedimos otra —bromeó Kisling sonriendo desde la otra mesa—. Todo para esas mujeres, las mejores modelos de París.

Kiki me confesó que no tenía pelo «allí», en el sexo. Y que eso les tenía locos a los pintores. Enrojecí como las tulipas escarlatas de las lámparas que acababan de encenderse en Le Dôme. El salón estaba abarrotado, húmedo y caluroso por el sofoco de los cuerpos apiñados y el humo de los fumadores que encendían cigarrillos sin parar. Me había puesto un vestido con algo de escote, mi vestido verde de media manga hecho por mí, lazada en el pecho y zapatos de hebilla. Kiki estaba elegantísima con su tocado, su traje de brillos y los tacones con los que se deslizaba entre la gente. A mí me habrían hecho perder el equilibrio.

—Toma, prueba esto —me dijo Modi, tendiéndome la botella.

—¿Qué es? —le pregunté.

—Pruébalo y verás —me dijo mientras se sentaba a mi lado. El líquido era demasiado potente. Me ardía en la boca e hizo que se me revolviera el estómago. La botella no llevaba ni etiqueta.

—Oye, Modi —dijo Kiki abriéndose paso hacia nosotros. Le agarró del brazo y le guiñó los ojos—: Cuando quieras poso para ti.

Las palabras de mi nueva amiga salían con tanto fuego como el trago que me acababa de meter. Pero curiosamente el pintor no la escuchó, y dijo mirándome:

—Encantado de conocerte.

Sonreí.

—¿Eres parisina? —me preguntó.

—Sí —dije de forma escueta.

Mi barrio era igual de parisino que este, pero no parecía París. Qué le iba a contar a un hombre borracho que me estaba mirando el escote.

—¿Tú eres la modelo de Kisling?

Asentí.

—Encantada de conocerle —le dije, extendiendo mi mano hacia la suya.

—No te preocupes. No tengas miedo. Eres muy bella —me dijo con el semblante serio—. Bella y distante. Pero me gustan las modelos así, porque son obras de arte antes de ser pintadas.

Un nerviosismo empezó en mi interior como una abeja zumbando en la boca del estómago. Noté cómo me miraba, aunque yo bajé los ojos hacia mis manos, los dedos me temblaban.

—Los desnudos de Modigliani son sexualmente francos, abiertos, incitantes, y expresan estados sexuales específicos: incitación, promesa y satisfacción.

Había empezado a hablar Berthe Weill, dueña de una galería de arte, que presumía de tener a Picasso y Matisse entre sus artistas.

—El día de la inauguración, este salvaje borracho me llevó al cielo y al infierno, no puedo con estos virtuosos, van a acabar conmigo —comentó a voces mientras pedía otra botella de champán para todos. Modigliani agarró su botella y dio otro trago a morro. La señora Weill pidió que le escucharan entre el griterío alegre de bebidas y humo—. Colgamos los cuadros el domingo, y abrimos el lunes 3 de diciembre. Suntuosos desnudos, rostros angulosos, cuadros de los buenos.

—Lo recuerdo perfectamente —dijo Kisling antes de echarse a reír.

—¡Oh, qué gran noche y qué locura!

Me guiñó un ojo haciendo ademán para que la escuchara.

—Llegaron todos los invitados, cae la noche, encendemos las luces de la sala. Los transeúntes, intrigados al ver tanta gente en el local, se detenían, sorprendidos.

—Aquello era una fiebre —dijo Kisling moviendo las manos.

—Todo el mundo quería saber qué pasaba dentro, dos transeúntes, tres..., la multitud iba creciendo ante la puerta. Mi vecino de enfrente, que es el jefe de la policía del distrito, empezó a preocuparse. «Pero ¿qué es esto? ¡Un desnudo!»

—Había un desnudo que se veía desde su ventana —añadió Kisling.

—Lo mejor es que envió a un agente vestido de paisano con un acento absolutamente provinciano: «El comisario le ordena que quite ese desnudo de ahí». «¡Dios mío! ¿Por qué?» El agente repitió con voz aguda: «El comisario le ordena que quite ese cuadro de ahí». «¡Dios mío! ¡Si ni tan siquiera lo ha mirado!... y en la ventana no hay ningún desnudo.» Lo quitamos. Los invitados se reían nerviosamente sin entender qué pasaba. Yo tampoco entendía nada. Afuera, la multitud era cada vez más numerosa y empezaba a alborotar. ¡Peligro!

—¡Y tanto!

—Nosotros sin saber qué pasaba con los cuadros.

—Y ¿qué pasaba? —dije inocente.

—Vete sospechando.

Me encogí de vergüenza.

—El policía volvió al cabo de un rato para decir que el comisario quería verme. Vino al despacho, lleno de gente. Pregunté: «¿Quiere verme?». «Sí, ¡y le ordeno que retire toda esa basura!» El tono era de una exquisita insolencia. Imposible discutir con él. Envalentonado y aupado por las risas de los imbéciles que estaban en el despacho, va más allá y añade: «¡Y si mis órdenes no se cumplen de inmediato, voy a confiscarle todos esos malditos cuadros!». Yo no sabía qué cara poner: «¿Qué tienen de malo esos desnudos?».

—Recuerdo tu cara —dijo Nils fanfarroneando.

—Y exclamó, con ojos desorbitados: «Estos desnudos... estos desnudos... ¡tienen p-p-p-pelo!».*

Me puse roja mientras todos cacareaban la anécdota repitiendo «¡tienen pelo, tienen pelo!». Recordé en ese preciso momento cuando me quité toda la ropa por primera vez y los pintores me miraron el sexo. Crucé las piernas inconscientemente como si me estuvieran viendo desnuda otra vez. Quizá nadie lo notó, pero sentí un rubor caliente desde mi pecho hasta mi cara que solucioné bebiéndome de un trago el champán. Kiki estaba desencajada de risa y al moverse se le salían los pechos del escote, avergonzándome más a mí que a ella. Siguieron con el cuento mientras Weill me explicó, ya en voz baja, que a pesar de que solo se exponían cuatro desnudos, tuvieron que cerrar la galería inmediatamente; los invitados que se habían quedado dentro ayudaron a descolgar los cuadros de las paredes.

Escuchamos unas risotadas provenientes del centro del salón y nos giramos como los demás para ver qué pasaba. Un grupo de hombres estaba rodeando a Kiki, que, con una botella en la mano, estaba jugando a girarla en el suelo, y

---

* Nota del autor: Así lo cuenta Thora Dardel.

allí donde se detenía les dejaba elegir entre beber un trago o dejarse tocar los pechos. Si la tocaban, la que bebía era ella. Localicé a Kisling entre el grupo, estaban desbordados por el escándalo. Tuve la sensación de que Kiki quería ser la protagonista eterna del local. Modi me miró con deseo. Era guapo, no tanto como Nils, pero su atractivo superaba al de los demás hombres peripuestos y acicalados con trajes caros y pañuelos de seda. Tal vez esa falta de almidón era lo que le acercaba a los hombres a los que yo estaba acostumbrada a ver por mi barrio.

—Eres encantadora. Quiero pintarte. Quiero que poses para mí.

Tartamudeé, sin saber qué decirle. En cada una de sus palabras pude escuchar que también quería acostarse conmigo. Él estaba muy borracho, yo empezaba a estarlo. Se me estaba subiendo a la cabeza tanto alcohol y no sabía asimilar el vuelco que había dado mi vida. Pero sobre todo, no podía asimilar que, de pronto, estaba siendo deseada. No estaba preparada para tanto libertinaje, la rara era yo. Qué problema había. Ninguno. Me retorcí las manos y me acordé de las palabras de mi madre. Modi debió de notar mi incomodidad porque cuando puso la mano en mi pierna la retiró instantáneamente. Después de un rato volvió a hacerlo. En vez de inquietarme, me dejé.

Kiki comenzó a hacer aspavientos en el centro de la sala y cayó al suelo borracha. No llevaba bragas. Todos la vieron tirada entre las mesas, descompuesta. Ella ya estaba acostumbrada a que los hombres la vieran implorando su compañía y ahí, tirada en el suelo, parecía frágil, quebradiza. Nada que ver con esa mujer fuerte que todos estaban coreando como una reina de Montparnasse. La tapé antes de que aquello fuera un espectáculo mayor y me fui con ella hasta la calle para que nos diera el aire.

—Te he visto coquetear con Modi —me dijo mascullando, ebria.

Kisling le pidió a Thora que me buscara un vestido para la exposición de Taitbout. Quería que estuviera a la altura del acontecimiento. Esas fueron sus palabras. Así se lo dijo y a mí me sonó a «voy a vestirte de la mujer que debes aparentar ser». Nunca había tenido que aparentar nada porque mi vida había sido transparente para todo el mundo, como la de toda mi familia. Cuando eres pobre no existes. Solo los francos te hacen visible: «El dinero tiene campanillas —decía mi madre—, todas las cosas caras hacen mucho ruido». Por eso casi siempre nos callábamos al ver pasar a una mujer rica por los bulevares para escuchar el sonido de su bolso, sus tacones, sus pulseras, sus pendientes... Por eso aquella tarde a las cuatro en punto me callé al entrar en el cielo del lujo. Enmudecí.

La mujer de Nils conocía a la familia Lanvin y me llevó hasta su taller de moda del Faubourg Saint-Honoré. Entramos en un edificio tan lleno de riqueza que a mí me pareció estar llegando a la residencia del alcalde de París. Eso es lo que yo había imaginado como lujo. Unas escaleras de mármol en curva subían en espiral perdiéndose en una cúpula de cristal. Y allí dentro, el esplendor.

Empujamos la puerta de cristales de colores que reflejaban un arcoiris en el suelo por la luz de la ventana que rebotaba en todos los lugares como un caleidoscopio. La imagen de mi madre llegando cansada de la maternidad y barriendo la ceniza de la chimenea cruzó rápidamente mi cabeza. Traté de adoptar un aire de seguridad, como si nada me sorprendiera, cuando en realidad me sentía lanzada a probarme todos aquellos vestidos que, dispuestos en maniquíes de terciopelo, poblaban el salón como invitados a una fiesta de fin de siglo.

—*Bonjour,* madame.

Jeanne se giró hacia Thora y le susurró:

—Es muy bella. Creo que tiene esa exquisitez de las mujeres inteligentes.

Jeanne me estaba observando. Su mirada me hizo sentir tan acomplejada que me hundí en la alfombra de aquel salón. Un gran salón. Techos altos, lámparas de lágrimas de cristal en todos los rincones, estanterías llenas de libros de piel, sillones tapizados de telas de colores, una mesa gigante llena de zapatos de mujer de más o menos tacón, telas en bobinas que hacían abanicos gigantes. Una alfombra sobre la moqueta roja que daba miedo pisar. Dos espejos gigantescos de suelo a techo que duplicaban la realidad haciendo que todo fuera doblemente espléndido. Un aroma a perfume sutil, más fuerte cerca de los sillones, transportaba a otro lugar. ¿Era posible otro lugar?

—Eres la modelo estrella de la exposición, según me ha dicho Kisling. Tienes una delgadez elegantísima. ¿De qué parte de París eres?

Recordé mi calle, con sus ventanales estrechos destartalados, los puestos de fruta apiñados entre los portales, los charcos que igualaban con agua los socavones del pavimento, el olor a ceniza, a cebolla, a queso, a ropa vieja tendida, a pobreza. Quizá, debido al vestido que llevaba prestado por Kiki, no había notado que yo venía de ese otro París que no participa de las telas que allí tenía colocadas como joyas, un París que se abriga más que se viste, que corre más que pasea, que se moja más que se baña. Escondí mi mirada entre aquel montón de muebles de maderas brillantes, avergonzándome de repente de mi familia. Me sentía de pronto demasiado humillada.

—Vivo un poco lejos de aquí.

—Eres muy mona —dijo la señora Lanvin—. ¿Qué tipo de vestido te gustaría?

Thora, al ver mi cara desencajada, salvó la situación.

—Creo que habíamos pensado ponernos en sus manos, Jeanne, es un atrevimiento darle consejos a usted.

—Ya sabes que os adoro. ¿Qué tal está Nils?

—Oh, bien, bien. Estoy tan feliz con él.

—Es un gran hombre.

Me puse a mirar las telas que en grandes piezas se amontonaban detrás de un sofá de terciopelo. Andaba perdida como jamás lo había estado. No quería meter la pata, ni siquiera empeorar mi humillación haciendo ningún comentario que diera a entender de dónde venía. Seguramente cuando se puso a susurrar a Thora había visto la desdicha reflejada en mis ojos. Aquel sitio lleno de espejos no podía reflejar más que la realidad, que yo no pertenecía a ese mundo. Sin embargo, me gustaba.

—Sois tan jóvenes, tan adorables.

Thora suspiró asintiendo.

—Vamos a tomarle medidas —me dijo una chica, pasándome una cinta por debajo del pecho—. ¿Le importaría levantar los brazos?

—Oh, no —le contesté.

Allí estaba yo, crucificada en medio de la riqueza, estirando las manos, trataba de no pensar en el precio de las cosas que me rodeaban, pero me era imposible apartar la mirada de las lámparas. Estaba hechizada. Escudriñé el techo lleno de dibujos y encontré un pájaro azul que me llevó a la niñez. Uno que se paraba en la ventana y al que daba de comer cuatro migas. No sé por qué, pero tuve necesidad de cerrar los ojos unos segundos.

Cuando los abrí, la señora Lanvin empezó a explicarme que por mi constitución de huesos y delicadas curvas lo más apropiado para brillar en la exposición como una musa era algo inspirado en las deidades grecorromanas. Desplegó una tela blanca de seda que flotaba formando olas en el aire y me dijo que mi vestido llevaría los hombros descubiertos, anudado al cuello dejando la espalda desnuda, la cintura estaría marcada por un vuelo discreto y caería con todo el peso de la tela hasta mis pies, «un poco más largo, que cubra bien tus zapatos, como una escultura».

—Encima de los hombros llevarás una capa con mangas que te dará un aspecto de ángel —me dijo colocándose tras de mí, reflejadas las dos en el espejo gigante.

Me temblaron las manos, pensé en mi madre, volví a notar las lágrimas escociéndome los ojos.

Thora estaba sentada en una butaca verde. Más acostumbrada que yo al lujo, me miró con complicidad y dijo:

—Vas a ser una diosa.

—Esta chica ya es una diosa —contestó Jeanne mirando a la chica de la cinta de las medidas y a mi amiga.

—Absolutamente.

Aquella noche, cuando cambié el uniforme de una niña de París llamada Alice por el de mademoiselle Humbert, advertí que había entrado en un mundo nuevo. Quizá resulte demasiado exagerado llamar *mundo nuevo* a una forma de vida, pero en mi padrenuestro de todas las noches en casa este lugar en el que ahora entraba no cabía en mis sueños. Nadie reparó en que yo era la chica que suplicó trabajo en la rue Grande Chaumière, excepto yo, que comencé a asumir mi rumbo. Fingí que me parecía normal todo aquel *show* de ricos contemplando cuadros y brindando a cada paso. Yo era consciente de quién era, pero me olvidé. Mi entrada en la sala de la galería Taitbout fue excitante.

—Tiene una espalda bellísima.

—¡Qué gran chica!

—Es superior a la obra.

—¡Oh, Kisling es un artista!

Yo continué caminando entre los invitados, pero más lentamente. Al principio estaba tan excitada que corría pisándome la pequeña cola del Lanvin marfil, disimulando con pequeños parones para admirar las obras del pintor y de sus alumnos. Tiraba de la tela y la desencajaba del tacón. La gente me sonreía. Yo me extrañaba cuando me saludaban por mi nombre. «Encantada, hola, encantada, muy bien..., encantada.» Era evidente que lo estaba. Luego seguí más calmada, sabiendo que no era necesario correr ni disimular. Estaba en medio de la vida. Tan extraño se me hacía todo que tenía la nariz helada, las manos frías y la piel pálida como la cera, pensé que estaba muerta. Nada podía ser real. Quizá lo estaba. Y recorrí mi vida desde aquel día como un fantasma. Quizá ya estaba muerta. Aquel Lanvin era la mortaja cerúlea para una chica nadie. Sin lugar, sin edad, sin pasado. Si llevaba semanas desnuda, por qué aquello no era el cielo de los finados. Quizá. Una vez fuera de mi lugar, de mi calle, cómo era posible que perteneciera al mundo en el que me hallaba ahora. ¿Cómo? Empecé a dar rodeos por la sala, buscaba algún sillón o butaca donde apoyarme, el vino estaba mareándome, el enajenamiento también. Al contemplarme en aquel lienzo colorista y extraño no me reconocí, pero no era difícil imaginar que aquellos pechos, las piernas abiertas, la postura provocadora, mi cabello, mi tristeza..., sobre todo esto último, eran míos.

—¿Se gusta?

—Hola, señor Kisling.

—Hola, mademoiselle Humbert.

—¿Soy yo?

—Claro que es usted.

Me giré hacia el lienzo.

—Parece que ha olvidado las horas posando en el taller...

—Oh, no, no.

—¿Le extraña verse así?

—¿Desnuda?

—Desnuda, sí.

—Me siento avergonzada en medio de tanta gente, pero confío en que no me reconozcan...

—Se equivoca. Su belleza está eclipsando mi obra de arte.

—No tengo conciencia de ser una obra de arte.

—Su físico es poderoso.

—Gracias, señor Kisling.

—Es el centro de atención. Ha hecho que todos parezcamos obreros de la construcción al lado de tanta hermosura. Está esplendorosa. Brillante. ¿Verdad? Thora ha acertado llevándola al *atelier* de Jeanne. Sabe cómo hacer refulgir la luminosidad de una dama.

La voz de Kisling era distinta al lado de su mujer, la hija del general. Ella se volvió con expresión de fastidio y se unió a otro grupo de invitados. Yo no me pude resistir.

—Ha pasado de llamarme *puta* a decir todas esas palabras...

—No ha dejado de serlo. Pero solo lo sé yo.

Y eso fue todo porque en ese momento le reclamó su mujer. Las lágrimas me escocían en los ojos, apreté los labios para que no salieran, no quise ni parpadear. Volví a dirigir la mirada hacia el cuadro. La sala me daba vueltas, y estuve a punto de desmayarme de ansiedad, mientras el pintor y los críticos de arte que aplaudían sellaban ventas e intercambiaban elogios. Kiki me miró entre la gente. Me mantuve en mi sitio. El cuadro estaba ahí, frente a mí. Reflejando mi nueva vida: desnuda. Yo me di cuenta de que por muchos vestidos de Lanvin que cosieran para mí, alfombras mullidas que colocaran bajo mis pies, champán que mojara mis labios, aplausos que llenaran la sala..., seguía siendo la chica de Mouffetard. La puta que servía desnuda para los artistas. La que posaba en cueros junto a la estufa. La que sonreía si lo pedían, se vestía si querían, se quitaba la ropa si lo exigían y se dejaba penetrar. No era nada más. No sé si volví a sonreír nunca más. Escuché la voz de Kiki acercándose.

—Alice, ¿estás bien?

La gente continuó la fiesta ajena a como yo me sintiera en aquel momento. No era más que una chica de París a la que de la noche a la mañana habían puesto nombre y físico. Me habían robado la ingenuidad. Qué estúpida. Pensaba que metida en un Lanvin de muchos francos iba a pasar a ser una de aquellas señoras que sonreían mientras tapaban sus escotes con tules. Yo estaba desnuda en medio de la sala, expuesta en un lienzo que todos contemplaban y valoraban.

Mi puerilidad en cueros era carne para aquellos lobos que comían bisté crudo.

Título de la obra: *Mujer joven desnuda*.
Técnica: óleo.
Año: 1918.
Autor: Kisling.
Estado de ánimo: ...

—Te noto triste.

Era Treize, que se acercaba con Kiki.

—No te preocupes por mí —les dije, secándome una lágrima absurda de la mejilla—. No pasa nada. Todo está bien. Debe de ser el vértigo.

—Te quiero, Alice, me caes muy bien —me dijo Kiki reconfortándome—, coge una copa y olvida lo que te pase.

—Debería hacerte caso.

—Por supuesto que debes hacerme caso.

—¿Qué me queda, no?

—Báñate en esta orgía de éxito. Aprovéchate de ello. Sumérgete en sus vanidades y saca todo el provecho que puedas. Nadie se va a preocupar de nuestros estados de ánimo.

Treize asintió.

—Una vez aquí, me refiero a este mundo de bebidas, modelos y pintores, no nos queda más que seguir subidas a los tacones. Haz, de la necesidad, virtud. Nos tienes a nosotras. Sé que esto te resultará extraño, pero yo vengo del inframundo de Francia, he comido en los peores sitios, he mendigado para salir adelante, he enseñado los pechos por cuatro monedas para estar viva. Has tenido la suerte de ser bella, ¡aprovéchalo! ¡Aprovéchate de ellos! ¡Qué más da!

Mis ojos seguían escociéndome por el bofetón moral de Kisling.

—No somos más que modelos.

—Lo sé. No soy nadie.

—No, no, no. ¡Te equivocas! —exclamó Kiki comiéndose la vida con los ojos—. ¡Lo somos todo! Ahora nosotras somos las dueñas. Para ellos somos trozos de carne que enseñamos los pechos, el sexo, las piernas… ¿Y?

—No sé —le dije—. No sé qué decir.

—Ellos son el camino para abandonar el lugar de donde venimos. No has podido entrar mejor en Montparnasse. Este es el centro del mundo, todos quieren pintarte, hay fotógrafos mendigando para que seas una de las modelos, la propia Jeanne Lanvin está entusiasmada con que tú lleves hoy este vestido. La exposición es un éxito. Y… ¡mírate!

Kiki me giró hacia la parte amplia de la sala ante la complicidad de Treize.

—¡Mírate! —exclamó señalando el gran lienzo—. Esa eres tú, esa es la nueva Alice.

La nueva Alice. Es como si estuviera ante otra mujer.

—¡Olvídate de la otra!

Me sentí abrumada, al mismo tiempo que extraña ante sus palabras. Las tres entrelazamos las manos y, cada una a uno de mis lados, nos metimos de lleno en la fiesta.

Levanté la mirada, apretando todavía mi mano a mis

amigas. El polaco, Kisling, estaba de pie, bajo mi desnudo. A su lado pude ver a Modi, que me miraba borracho, como siempre, hasta sus últimos días de vida. Tras ellos estaban los coleccionistas, de dos en dos, comentando afectados «la obra». Me vi con otros ojos, tragué la copa de un sorbo y me convertí en la mujer que querían que fuera. Durante un largo rato jugué a ser distante, a coquetear con los desconocidos clavando la mirada en sus miradas, los señores empezaron a salivar cuando pedía paso en busca de alguien que me ofreciera fuego, se abalanzaban en busca de tabaco y estiraban sus manos tendiéndome con ímpetu sus pitilleras abiertas como joyeros resplandecientes; las señoras empezaron a detestar mi lascivia y mi forma de llevar erguida la espalda, puro temor convertido en osadía. Todo fue cuestión de minutos. Me arrastré hasta la obra tirando de mi pequeña cola marfil que servía de bandera para que me hicieran sitio, primero fue un estorbo, luego fue convirtiéndose en una forma de que me abrieran paso creando una atmósfera de diva que por dentro me provocaba carcajadas, por fuera, extrañeza. Pensé en mi madre y yo sentadas ante la chimenea pelando patatas para hervirlas en el fuego, en el olor de su ropa, en el calor de sus besos al acostarme. A ella le gustaba abrigarme y peinarme por las noches, a mí también. Yo me sentaba entre sus piernas revolviéndome ante sus tirones, incómoda y al mismo tiempo feliz.

Ahora sentí otro ligero tirón de pelo. Muy distinto.

—¿Qué pasa? —dije girándome.

—¿Vas a estar tan distante?

Kisling iba borracho de éter. Se me puso encima, olía a alcohol tanto como su taller a aguarrás. Me agarré a la tela de mi vestido para seguir erguida en medio del gentío. Algo en su mirada me resultó tan sucio como su peste. Me sentí violentada y recordé todo lo que me habían dicho Kiki y Treize. Le pisé con fuerza y cuando se acercó a besarme en la oreja le mordí el cuello. «¡Puta!», vociferó. A nadie le sonó extraño. A mí me sonó indiferente. Había tanto ruido que muchos ni se dieron cuenta y los más cercanos rieron la gracia. Empezó a quejarse como una niña y me giré hacia la multitud más erguida que antes. Justo en ese preciso instante se hizo de día. Algo en mi estómago revoloteó.

—Soy su nuevo dueño.

—¿Cómo? —titubeé.

—Acabo de comprar su lienzo. Me presento. Me llamo Ërno Hessel.

CAPÍTULO 16

Un sonido me sobresaltó. Era mi móvil. El teléfono estaba sonando en el salón y yo todavía estaba tirada en la cama con las fotos pensando en la última vez que había estado acompañada entre unas sábanas. Unas veces por exceso de protección, otras por pudor, otras por recuerdos que riegas sin agua... Todo araña. Acabas tapando el pasado con capas de maquillaje como cuando ocultaba mis pecas con base oscura para no parecerme a la nívea de mi tía. El dolor no hay manera de maquillarlo. Es lo que tenemos las mujeres con el corazón cosido con hilo gris, el mismo gris de aquel uniforme del Liceo Francés, que un día hasta el azul de los ojos empieza a parecer ceniza. Me levanté corriendo, procurando no tirarlas al suelo. La luz del sol estaba iluminando el salón como uno de esos días luminosos que regalan los dioses a París después de nubes y lluvias. Descolgué.

—¿Sí? Soy Teresa.

Era el señor Ardisson, que me proponía quedar a almorzar en La Tour d'Argent. Un extraño pálpito me erizó la piel al escuchar el nombre. Jamás había comido en ese restaurante porque me parecía el típico exceso parisino propio de turistas con dinero, pero algo se puso a flotar en mi mente.

—¿La Tour d'Argent? —repetí.

—Le gustará. Creo que es el lugar en el que más sentido tiene lo que quiero contarle. ¿No ha venido a vivir el París de las películas? Pues este es un *must* de París.

—Me parece perfecto. ¿A la una?

—Sí.

Me apoyé sobre el alféizar de la ventana. Él parecía más interesado que yo, ¿por qué? Las palabras entraban y salían de mi mente flotando, algunas lúcidas, muchas aleatorias, otras incoherentes. Yo no acababa de entenderlo, pero inhalé hondo y me refugié en las vistas que tenía enfrente. El Pont de Sant-Louis estaba como una pieza de puzle encajado entre dos grandes porciones ya ensambladas de ciudad. Yo estaba empezando a encajar las mías. Todo parecía coger forma y me emocionaba tanto como esos rayos de sol que se reflejaban en el pavimento resplandeciente.

—Además, le pilla cerca. Está justo en el quai de la Tournelle. Lo puede ver desde su casa.

—Lo puedo ver… —miré hacia el muelle—. He pasado alguna mañana por la puerta paseando hacia Notre Dame.

—No crea que tengo muchos más datos —me dijo, abriéndome todavía más la inquietud—. Seguro que le sirven para algo.

—De acuerdo, a la una en La Tour.

Noté cómo algo vibraba dentro de mí, como si hubiera descubierto un sonajero en mi estómago. Sentí un calor extraño.

«La Tour d'Argent...»

Luego me puse la música de Françoise Hardy, una de esas canciones que me habían asaltado en Madrid de forma extraña como un aviso de que la vida estaba empezando a cambiar como una escala musical. Esta vez estaban sonando en el lugar apropiado, París; no hay nada más bonito que estar en medio de tus sueños y sentir que no duermes, que sigues despierta. Yo estaba así. Despreocupada y preocupada al mismo tiempo. ¿Sabes cuando sientes que algo va a pasar? ¿Conoces esos nervios? ¿Ese aviso? Algo más. Ese cosquilleo me tenía revuelta desde que llegué a mi nueva ciudad, y lo más difícil de explicar es que, al mismo tiempo que deseaba que se acabara la incertidumbre, estaba nerviosa por dejar bullir la excitación y disfrutar de ella... Tampoco es muy extraño. La emoción que se siente la primera vez que abres una puerta, esa sacudida al estrenar una calle, al probar un plato, el estremecimiento al sentirse conmovida por un monumento que solo has visto en fotos, en el cine, el efecto que produce sentirse nueva, hacer la primera foto, oler el primer café, colarse por una calle que no conoces, miedosa de perderte, curiosa; todo sucede en tu piel, todo es efervescente, caminas impresionada por la sorpresa, como los niños ante un juguete sin abrir, como un beso primero..., todo eso no vuelve a sentirse nunca. Nunca, nunca, nunca.

Nunca, nunca, nunca. Nunca aparece una primera vez.

Así caminaba yo esos días por París, como una cría con la sonrisa de estreno. ¿Cómo podía haber tardado tanto en venirme a vivir? ¿Cómo podía haber dejado pasar tantos años baldíos? ¿Qué había hecho durante tanto tiempo? Tanta pereza, tantos miedos, tantas inseguridades. Estaba anestesiada y me había despertado... Dormir no sirve de nada si no es para soñar.

No me canso de recordarme en ese preciso instante. París y yo. Cierro los ojos y vuelve a sonar la música que invadió mi casa.

Je ne sais pas qui tu peux être, je ne sais pas qui tu espères, je cherche toujours à te connaître et ton silence trouble mon silence...

Me arreglé para mi encuentro con el señor Ardisson. Algo tenía que decirme.

CAPÍTULO 17

Desperté en casa de Kiki a la mañana siguiente a la exposición de Kisling. El sonido del café me puso en marcha. Alcancé a ver la luz de aquel día desde la cama.

—Qué buen día hace…

—¡Uuuuhhh! *C'est Paris!*

Hizo un gesto de dolor.

—Creo que todavía estoy borracha.

—No me extraña.

—¡Aaahhh! ¿Quién fue la que se acercó a un gran señor ayer por la noche? —me soltó—. ¿Fui yo?

Kiki conseguía sacarme una sonrisa con tanta vitalidad.

—No, no fuiste tú. Fui yo.

—Y ¿quién era ese señor?

—Ërno Hessel. Un arquitecto húngaro.

—Vaya con la muchachita recién llegada a la vida, vaya, vaya.

Podía notar todavía el temblor bajo mi piel. Se suponía

que solo había sido una conversación de un comprador de una obra a la venta y una modelo. Se suponía que solo habíamos departido un momento. Se suponía que únicamente me había contado el porqué de su compra. Se suponía que solo tenía interés en ese gran cuadro del polaco que llenaba de colores la sala.

—Vamos, Alice —me animó Kiki, sirviéndome café—. Ese momento en que se acercó cuando huías de Kisling fue maravilloso. La sala parecía haberse quedado muda. ¡Pequeña! Te miró como se mira cuando hay deseo. ¡Si lo sabré yo!

—Nos sonreímos.

—¡Nos sonreímos! ¡Venga, Alice! Si tu cara de cenicienta pasó a ser la de la gran condesa de Greffulhe.

—¿Qué dices?

—Cuando se mira con interés... se mira de otra manera, pequeña Alice.

—Yo miraba porque estaba nerviosa por la situación.

—Ja, ja, ja. Nerviosa por la situación. Obviamente, la situación era romántica y sexual hasta el infinito.

—¡Estás borracha!

—El brillo de tus ojos te delató. Los ojos son el documento más real que existe, no hay manera de engañar... y a Kiki de Montparnasse no se la puede engañar ni con todos los vestidos de Paul Poiret puestos a mis pies. ¡Ja! Y sí, también estoy borracha.

—No tienes principios.

—Tengo finales, que son más interesantes.

—¿Cómo?

—Eso. Déjate de remilgos.

—Mis principios no cambian de la noche a la mañana.

—Justo es a esas horas del alba cuando cambian los principios…

—Yo hice lo que tenía que hacer.

«Hice lo que tenía que hacer.» No sé qué acababa de decir. Porque lo que tenía que hacer era vivir después de tanto malvivir. Ella sabía que la vida era esto, yo lo estaba aprendiendo a marchas forzadas.

—Y lo que tenías que hacer era haberte ido con él.

—Debería contestarte pero no lo voy a hacer. Eres una fresca. Y él, un señor.

—Uuuuuyyyy, resulta que la pequeña Alice es una romántica a estas alturas de siglo…

Paró de hablar y me miró a los ojos con la sobriedad de un borracho seguro de sus palabras.

—No vayas a enamorarte de un señor. Esos no se enamoran de nosotras —dijo agarrándome por los hombros.

Callé.

—Creo que me has entendido. De nosotras no.

Seguí callada. Lo dijo tan pausadamente que me dio miedo. «De-no-so-tras-no.» La vida acababa de aparecerse de lleno ante mí en pocas semanas, había ido de cero a cien. Todo eso que estaba dormido en algún lugar de París había estallado en mi cara como un frasco de perfume. Yo no tenía marcha atrás, yo estaba subida en un tren que me había colocado en un asiento con ventanilla, estaba en el viaje más alucinante de mi vida. ¿Qué podía pedir una chica de un barrio humilde invitada en medio de un gran baile? Bailar. Mirar. Vivir. Dejarse llevar. De niña había visto cómo las señoras armadas de pamelas y flores prendidas en la cabeza danzaban dando vueltas con señores de traje en el baile del 14 de julio delante del Panteón. Para mí era la verbena más emocionante del año, todas con sus mejores galas, pelos recogidos con agujas de brillos, moviendo sus faldas enredadas en los pantalones de ellos. La calle era una fiesta. París era una fiesta. Yo miraba desde la acera sorprendida y emocionada. Quería ser una de esas mujeres. Movía mis zapatos de los domingos estrechos y gastados al ritmo de aquellas canciones. Mi madre me apretaba la mano. Mi padre la sacaba a bailar en alguna esquina para no mezclarse con los señores. Yo quería ser una de las del centro, suspiraba por ser una de ellas, una con la falda de seda brillante, una con zapatos nuevos, con moño grande, pendientes, colorete y carmín rojo. Todo eso era lo máximo. No había más. Solo tendría diez años. Ahora podía convertirme en una de ellas…

—¿Me has entendido?

—Sí.

—Ellos son hombres. Un día seremos como ellos. Pero no lo somos.

Pasaron dos minutos de silencio mientras me echaba café en una de las tazas. Kiki fue a lavarse la cara, perfumarse y taparse con un *déshabillé* azul celeste.

—Tocan el timbre.

—Voy yo.

Un chico de pocos años nos entregó un sobre lacrado que

venía escrito con una letra elegantísima y llena de curvas que hacían difícil ver la letra. Estiró la mano con la palma arriba y Kiki le dio una moneda. Al coger la carta abrió los ojos exageradamente. El ron de la noche le había hecho un efecto excesivo y ella ya era excesiva. El sobre era abultado. Por un segundo pensó que la carta era para ella. Suspiró coqueta. La olió y la llevó hacia la zona luminosa del salón. No tenía remite pero sí destinatario. Le dio un vuelco muy teatral. Bajó el cuello y lo hundió entre los hombros bromeando con el sobre en la mano. Se puso más teatral y carraspeó para hablar. Leyó en voz alta: «Mademoiselle Alice Humbert».

—¡Oiga usted! ¡Es para la señorita Humbert!

—¿Me la puedes dar?

—La leemos juntas.

—¿De quién es?

Giró el sobre.

—¡No me digas que tienes al mismísimo Ërno Hessel comiendo de tu mano un día después!

—¿Quién?

—Ërno Hessel.

—¿En serio, Kiki?

—En serio, mujer. Tiene toda la pinta de ser de él.

Admirada Alice:

Solo un inicio así podía desembocar en algo todavía más íntimo y emocionante. No podía tener mejor comienzo. Era la primera carta que recibía en mi vida.

Nos conocimos ayer en la inauguración de la exposición de la galería Taitbout. Pude averiguar que se está quedando a vivir junto a mademoiselle Kiki, toda una estrella de este París que parece va a acabarse o a estallar. Nuestra querida amiga Thora Dardel ha sido tan amable como siempre, ante mi insistencia, de indicarme la dirección donde usted se aloja.

Sé que puede ser una sorpresa y admito que para mí también lo es. Me ha costado mucho escribirle, pero después de contemplar su cuadro ya en mi salón, no he tenido más opciones que arrojarme a este papel para dirigirme a usted. Tengo que confesarle algo que no pude verbalizar anoche entre tanta gente: la obra de Kisling no le hace justicia. Usted es inmensamente bella. Pero con el gran lienzo en mi poder debo decir que me recuerda a nuestro encuentro y que deseo volverla a ver.

Sé que estas palabras, sinceras, son demasiado atrevidas y probablemente se me escapa que usted pueda ser una mujer comprometida o que yo no sea de su agrado. Sea como sea, entenderé que me rechace y no quiera aceptar mi propuesta. Sé que es una locura, pero para qué está la vida. Me gustaría verla. Solo verla, ver cómo brillan sus ojos de nuevo o cómo llena el ambiente de su belleza. Hoy he partido de viaje fuera de París, mi trabajo me requiere estar en Clermont-Ferrand, pero a la vuelta desearía que llenara mi felicidad.

Entenderé que no me conteste y que quiera dedicar su vida al arte y a posar ante grandes artistas. Si está de acuerdo en que nos veamos, la espero para comer la próxima semana, viernes, en la mesa de la ventana de La Tour d'Argent. Un coche a mi nombre la esperará en la puerta para acompañarla hasta allí.

Por Dios, haga que el cuadro que ahora llena mi salón llene también mi vida.

Con toda mi admiración,

Ërno Hessel

CAPÍTULO 18

13.00 horas. Empujé la puerta de La Tour d'Argent con mi móvil en la mano. Me pellizqué sin querer y decidí guardarlo en mi bolso. Llevaba días pensando en llamar a la Fundación para excusarme por mi ausencia en el funeral de mi tía. Confieso que estaba todavía bajo los efectos del *shock*, pero llegué a la conclusión de que ya estaba anestesiada al dolor. En el fondo ahora sí que estaba sola en el mundo, completamente. A mí se me moría todo sin aviso. De qué me podía enfadar. Al contrario, esto significaba la completa libertad o la más dolorosa soledad. Opté por lo primero.

—Una mesa a nombre de Teresa Espinosa.

—La están esperando. Venga conmigo.

Un camarero con cierto aire de militar me abrió la puerta y crucé el pasillo. Parecía que estaba entrando en el pasado de una vida que no era mía y que se me hacía familiar. Es como si una legión de fantasmas se hubieran puesto de acuerdo para comunicarme ese día una noticia. El pasillo por el que me condujo el espigado joven erguido de afectación estaba abarrotado de fotografías de personalidades para impresionar, presidentes de gobierno, reyes, generales, coreógrafos, el Aga Kan, estrellas del cine, de la música, de la moda...

Mi sensación fue casi infantil. En los vuelos siempre paseaba por las nubes de forma imaginaria fantaseando con que salía de la ventanilla para hacer un recorrido mullido, esponjoso. Me di cuenta de que para andar por las nubes tampoco hacía falta imaginación. Al contrario, iba hundiendo mis tacones en la moqueta del suelo, esponjosa y exquisita, cosas de la memoria, hasta llegar a un ascensor que me condujo al gran salón. Al abrirse la puerta vi de frente un gran ventanal, tal como aparecía en las fotos, que se abría de lleno a todo Notre Dame e incluso a la torre Eiffel. Enmudecí del impacto. El tiempo y el lujo se habían detenido en un lugar determinado del mundo, todo era excelso, rico, aparatoso y recargado hasta el límite de la sofisticación y el buen gusto francés. Los camareros me saludaban a mi paso como si la vida se hubiera puesto de acuerdo para hacerme feliz. El suelo, apreté los dedos, eran nubes blanditas. Flotaba. Las mesas estaban ocupadas por señores de pelo gris con sus esposas, algunas parejas de turistas enamorados que se miraban en su mundo, ajenos a mi paso; hombres de negocios departiendo en voz baja alrededor de una botella de vino y, al fondo, en la mejor mesa del local, Ardisson. El periodista sonrió al verme y levantó su copa de champán para hacerme un gesto de bienvenida. Fui hasta el ventanal con una sensación de timidez y falsa seguridad que era una pérdida de tiempo porque mi zozobra se hacía evidente en mi temblor de manos y en el frío gélido de mis tobillos. Había asistido a decenas de recepciones en la Fundación desde niña, pero mi currículum diplomático no daba ninguna ventaja en aquel momento, en aquellos metros cuadrados. Estar en París era estar allí.

Llegué frente a la mesa de Ardisson y se levantó a darme dos besos.

—Ya está aquí la bella española —me dijo. Mi mirada nerviosa iba de la mesa a los vasos dorados, a la fachada de la catedral, a la luz del Sena, a la mesa otra vez; y, de pronto, mi incertidumbre ante la posible noticia se sacudió al ver unos papeles con el nombre de «Alice» sobre la mesa. Eso debía bastar para hacerme temblar de emoción.

—¿Y bien?

El camarero apareció por la espalda de forma espontánea y silenciosa.

—¿Han decidido el vino?

Ardisson sonrió.

—Entiendo que «el de siempre».

—Efectivamente.

Gracias

El muchacho miró mi escote sin querer, noté que se le escapó en vertical la mirada desde su altura, erguido a mi lado, entre mis pechos. No me molestó, me sentí halagada. Él, en cambio, estuvo a punto de decir «disculpe» cuando coincidí con su mirada impúdica.

—Está bien. Es un vino maravilloso —dijo el chico atropelladamente queriendo decir otra cosa.

Le vi los ojos. Me sentí femenina en su reflejo. Aquella mañana me había despertado coqueta y llevaba un escote digno de un tobogán del deseo, un vestido verde que estrenaba ese día. Algo absurdo para quedar con el jubilado Ardisson, pero me apetecía sentirme femenina en París. En el fondo era un hombre. Era mi mejor terapia en aquellos momentos, semanas antes de abrir mi tienda.

—Si me permite una sugerencia —empezó a hablar el periodista—, le recomiendo que nos vayamos hasta el inicio de los siglos de este restaurante. Pediremos el pato. Es la estrella de La Tour.

—Eso me ha parecido al entrar —dije para romper el hielo a tanta pompa—. Los he visto parpar en la entrada.

Al decirlo, me sentí boba, pero a Ardisson se le iluminó la cara ante mi estupidez. Rió y se puso a toser.

—¿Tiene usted familia? —me preguntó mientras carraspeaba.

—No. Ya no. Mi única conexión al apellido se fue hace poco, mi tía. La hermana de mi madre. Me he criado con ella.

—Vaya, lo siento. No quería importunarla.

—No importa. De hecho, es un alivio —confesé—. Como venir aquí.

Me entendió como si fuera un padre.

—¿Y usted? ¿Tiene familia?

—Pues no sé qué decir...

—Mejor entonces le enseño esta foto y cambiamos de tema.

Saqué una copia que había hecho de mi cartel de madera para que lo viera. Quise insistir en mi compra y en el impulso que tuve a la hora de quedármelo.

—Es una percepción que va más allá de lo racional —le expliqué.

—Dice que uno siente cosas cuando coge objetos antiguos. ¿Está hablando de algo negativo?

—No, no. A veces negativo, a veces bueno. Hablo de sensaciones. No sé si me explico bien, es que esto es algo muy de impresiones y me cuesta…

—… definirlo —terminó él.

—Sí. El recuerdo se queda con los objetos. Por ejemplo, yo llevo este colgante de mi madre, no tiene ningún valor comercial porque no lleva más que un bañito de oro. Pero tiene mucho valor sentimental. Es tocarlo —hice el gesto de apretarlo con la mano— y sentir que ella está conmigo. Una presencia que me dice «tranquila, estoy aquí, a tu lado». Me hace tirar para adelante; me aferro a mi colgante y lo aprieto buscando seguridad. Y la encuentro. Es ella. Me acompaña.

—El valor entonces es grande —me dijo.

—Lo importante es que es de ella. Hasta puedo sentir su olor si me lo acerco. Ya sé que no huele, me ducho con él, no me lo quito nunca…, pero me viene el olor de su piel, su temperatura, el beso que me daba. Le puede parecer una tontería.

—No me lo parece. No me lo parece en absoluto…

—Lo que es seguro es que las cosas que quieren quedarse se quedan. Lo decía siempre mi madre. Si yo ahora llevo su collarcito es porque necesité que se quedara a mi lado, más que una protección es una necesidad. Si me lo quito y no lo encuentro, puedo volverme loca. Tal vez me aferro a cosas que son inanimadas.

—Eso es absurdo. Las cosas, como usted dice, también nos dan vida.

—¿A dónde quiere llegar?

—Me refiero a que lo que usted presiente con el collarcito de su madre o con la compra de ese cartel de madera va más allá. Los objetos nos eligen y se quedan.

Me quedé muda, sugestionada con su frase: «Los objetos nos eligen, los objetos nos eligen, los objetos…».

Temblé mientras me desnudaba ante Ardisson. Estaba cansada de muertes, me había pasado la vida despidiéndome de todo. Habían muerto mis padres, había muerto mi perro, había muerto el amor. Todo se me moría. Y ahora alguien me hablaba de vida.

—Alice es un nombre precioso —arrancó de nuevo para cambiar de conversación.

—¿Sabe que ya tengo todo pensado para reabrir la tienda? He organizado mi cabeza y creo que lo que me pide el cuerpo es un lugar con pequeños objetos de joyería, anillos, pendientes, obras de arte de orfebrería de poco valor, sencillas, todo muy accesible. Ya me he puesto en contacto con varias artesanas de sombreros y broches, todos hechos a mano, que tienen algo especial. Ah, por supuesto, pañuelos. Pañuelos de colores, fulares.

—Por lo que veo, le fascina el color.

—Necesitaba el color. No sabe cuánto.

—La entiendo. La vida ya se encarga de poner el gris. ¿No se ha dado cuenta de que esta ciudad es gris?

—Pues a mí me parece que París está lleno de color.

—Es que somos unos ingenuos. El color no se busca, aparece.

—Aquí me siento mejor.

—Porque está feliz. Por eso ve el color.

—Me alegra oírlo.

Me recordó a las palabras del viejo pintor. Los dos tenían razón, el color aparece si has abandonado los grises, mientras quedan restos de tristeza no hay manera de colorear la vida. Y aunque una se empeñe en tapar y tapar, cubrir de color, vestirse de rojos, de naranjas, de verdes…, la mirada sigue sombría cuando todo sigue sombrío. Solo cuando todo está blanco puede una empezar a pintar. Los niños felices lo pintan todo de color, y en el dolor todo se vuelve apagado, pardo, mate. No puedes ser feliz en el borrón, debes limpiar el lienzo.

—Yo ya veo todo en gris. La edad, supongo, se encarga de mezclar los colores. Y estas malditas cataratas que me velan la vista.

Quise evitar la nostalgia que apareció en sus ojos. Eché vino en las dos copas y levanté la mía para invitarle a brindar.

—Creo que voy a poner también una pequeña colección de objetos para novias, coqueterías para el día más feliz de sus vidas…

—¿Es ese el día más feliz?

—Supongo.

—¿Está casada?

—No, soltera.

—Entonces, ¿cómo sabe si es el día más feliz de una mujer?

—Si todas lo dicen… La verdad es que… para mí —dije clavando la mirada a través del ventanal—, mi día más feliz fue…

Me acordaba perfectamente de cuál había sido el día más feliz de mi vida, pero también me venía a la mente el más infeliz. Así que decidí cortar en seco para quitarme de la cabeza a Laurent.

—¿Esa carpeta?

—Son los documentos que he recopilado para usted de Alice Humbert.

CAPÍTULO 19

Ërno Hessel rellenó mi copa de vino tinto. Temí manchar mi vestido blanco, sabía que no era el más apropiado para comer con un desconocido, pero estaba tan feliz que quería ser un foco de luz.

—Su cuadro acabará colgado en un museo.

—Qué vergüenza que me vean todos.

—No se la reconoce, Alice, ya sabe la técnica del polaco…

—Es muy raro.

—… sé de qué habla. Su conducta no es ética.

—No sabría qué decir.

—No diga nada.

—Llevo muchas semanas trabajando como modelo en su estudio.

—¿Y? ¿Se ha planteado dejarlo?

—De momento es mi trabajo, entiendo que no es...

—No se justifique, gracias a él estamos aquí. ¿Qué importa ahora?

—Al principio me parecía terrible, si no hubiera sido por la estufa que calentaba mis músculos, habría estado entumecida desde la primera sesión y me habrían echado. No es fácil. El maestro tampoco lo hizo fácil...

—Es un frívolo que va de duro.

—Es Kisling, ya sabe.

Callamos un segundo como si los dos tuviéramos la misma información y las mismas ganas de olvidarla. Escondí mis manos bajo la mesa como una niña, él se llevó la copa a los labios, bebió un sorbo y me miró fijamente. Hasta ese momento no reparé en sus ojos. Dos pinceladas verdes que reflejaban en sus pupilas todo el escenario exterior. Vi el Sena en sus ojos. Estaban llenos de silencio.

—Usted es más bella que ese lienzo.

—Gracias.

—Todos los que han visto su retrato en mi salón han elogiado su belleza... y la magnífica obra. Kisling acabará siendo un grande si deja de estar siempre a la sombra de Modi.

—¿Usted cree?

—Ërno. Yo la llamo Alice, ¿no? Llámeme Ërno...

En ese precioso instante en que él y yo empezamos a llamarnos de tú supe que era el hombre que marcaría mi vida para siempre. De hecho, al brindar, dijo algo en húngaro, el vino se vertió ligeramente sobre mi falda y su firma quedó estampada como un pagaré a tiempo incondicional sin fecha de vencimiento ni razón social. *En virtud del momento el pago del amor se realizará hasta la fecha prevista, el avalista se convierte en deudor solidario con el avalado, el tomador está obligado a recibir un pago parcial del pagaré; pero retendrá el documento en su poder.* «Perdón, Alice, no sé lo que me está pasando, me ha temblado la mano», o bien «discúlpeme, he sentido un pánico momentáneo a la hora de brindar». ¿Qué nos dijimos? ¿Importa que no lo recuerde? También yo me sobresalté, también sentí el sonrojo, estaba encogida ante la emoción y no sé qué dijo él, no sé qué dije yo, algo digno de dos chalados, algo que sonaba a fantasía, un fragmento de felicidad, un trastorno atropellado a la hora de brindar, lo más probable. Deseé que desaparecieran las voces de los camareros ofreciendo su ayuda y que volviera a caerme el vino.

El amor se firmó de rojo burdeos.

—Te has manchado… —comentó.

Intenté quitarle importancia.

—No es nada.

—¿Quieres que llame a un camarero? ¿Pido que te traigan un vestido?

—Es poca cosa, el vino es felicidad —contesté—. Creo que eso dicen.

—¡Manchémonos, pues!

—¿Qué?

—Solo estaba bromeando —me dijo, abriendo la boca en la sonrisa más maravillosa del mundo—. Si cogemos esas flores de la mesa a modo de ramo, podrás tapar la mancha al caminar cuando salgamos, parecerás una novia deslizándote entre las mesas.

No contesté. Se está bien callada a veces. Contemplé su mirada luminosa. Me preguntaba en qué estaría pensando. Me apreté las manos bajo la mesa, otra vez, y le pedí un deseo a mi santa, rogándole que ese momento fuera eterno.

Por eso sentí que debí haber guardado el vestido blanco para otra ocasión, que me había adelantado ofreciéndome vestida de novia. Las prisas por ser la primera por una vez en la vida. La urgencia por empezar de cero, las ganas de poner en blanco mis días, mis emociones, mi corazón. Allí estaba yo, en el restaurante más caro de París, sentada ante una vida desconocida. Aguijoneada por el amor. La mancha iba expandiéndose en mi falda al mismo tiempo que me dejaba llevar, abandonada en sus pensamientos más que en los míos. Él estaba sentado con la espalda arqueada hacia mí, acurrucándome con su voz y su acento ronco. Volví a notar las lágrimas escociéndome los ojos.

El amor se extendía por mi falda hasta mi pecho.

Él estaba tan seguro hablándome de la gran bodega del restaurante que mi vida entró en ebullición frente a aquella ventana de París en la que se veía la vieja Notre Dame y la torre de hierro de la Exposición. El monstruo de metal se me hizo hermoso en medio de tantas palabras. Sé que me habló de viajar, de sus libros favoritos, de sus amigos, de la arquitectura, de la vida de Montmartre y Montparnasse, de su gusto por el arte, por comprar a los nuevos pintores..., pero yo estaba en otro lugar. Todo era nuevo. Yo era nueva.

Inspiré profundamente y de repente me encontré contándole toda la historia de mi familia, de mi padre muerto, de los Fresnault, de mi niñez, de mi madre. Cuanto más hablaba, más se enternecía, su gesto era el de un doctor que sabe el diagnóstico. Me sentí culpable por no haber sido sincera, pero también me aliviaba no estar contando toda la verdad. Incluso fue mejor.

Cuando acabé de hablar, Ërno puso su mano sobre la mía.

Quise mirar de nuevo sus ojos pero sentí que la vergüenza me sobrevenía de golpe. Me giré hacia el ventanal y todo estaba en su orden, el París que no sabía de su existencia se mostró desnudo, como yo en el cuadro de la galería. Volví a temblar, esta vez por la realidad. El cristal reflejó su cara involuntariamente, me estaba mirando; a medida que yo disimulaba buscando los arcos de la catedral, él aparecía frente a mí, dibujado en la ventana, apocado y enamorado. Mirándome.

La mancha y el amor se habían extendido.

CAPÍTULO 20

Todavía estaba petrificada. Me levanté gradualmente para que no se notara mi pasmo y corrí al baño a mirarme la cara en el espejo. La alfombra de La Tour d'Argent sirvió de obstáculo a la hora de moverme con agilidad entre las mesas; de hecho, hizo que perdiera el equilibrio en numerosas ocasiones hasta que logré esconderme tras una de las puertas, sobrecogida por la información que acababa de escuchar de Ardisson. Me quedé en el baño abandonada ante la sorpresa. Escondida. Necesitaba estar sola.

«Repítame la fecha, por favor...»

No podía ser verdad o era una macabra casualidad. Abrí el grifo y dejé correr el agua durante unos minutos, me lavé las manos inclinada en el lavabo. Me asaltó la angustia, opresiva, a la que se añadió la impotencia por no saber qué decir, ni qué pensar, ni cómo actuar. Tragué saliva. Mamá decía que cuando se tienen pesadillas hay que encender la luz, pero la luz estaba iluminándolo todo. ¿Cómo reaccionaría el viejo pintor? ¿Y yo? ¿Cómo debía reaccionar yo…, confiada? ¿Tranquila?

«6 de septiembre de 1972.»

Inspiré profundamente como me había enseñado el doctor para curarme el asma en la adolescencia. Respiré y exhalé con fuerza. Comencé a hacerlo con un ritmo más acompasado, me era imposible. Inspiré todo el aire que pude y espiré la cantidad que quedaba en mis pulmones. Otra vez. Hice mis ejercicios de cuello para relajar la tensión de la espalda. Cada vez que volvía a inspirar profundamente, sentía que me tragaba todas las casualidades de los últimos meses. «Es una coincidencia, Teresa…, es una coincidencia, Teresa, otra más… Estás bien, es la eventualidad de las fechas…, nada más…» Al cabo de un momento sentí que mi respiración era más relajada y que el pitido de la angustia que me había surgido del pecho como una asfixia era ya imperceptible incluso para mí.

Encendí un cigarrillo y esperé unos segundos antes de decidir salir del baño para incorporarme al postre. Tuve que estar así un largo rato. ¿Qué estaba pasando? ¿Podía ser todo una coincidencia de la vida? Una carambola de esas que nos pellizcan el destino y que nos voltean por completo como a campanas. Seguramente. Me incliné a pensar que la coincidencia de fechas era eso, una simultaneidad del azar. ¿Hasta qué punto mi destino estaba dominado por esa mujer? ¿Yo era su desencadenante? Avancé por el baño de un lado a otro reflejándome solitaria en los espejos de la pared como única compañía. No obstante, no podía evitar musitar palabras sin sentido: cartel, anticuario, París, tejidos, fotos, tienda...

«6... septiembre... 1972...»

Entonces tuve la necesidad de sentarme, tiré de una de las puertas y me dejé caer en el W. C. para esconderme un rato. «Esto es una casualidad de la vida.»

Comencé a pensar en lo maravillosa que estaba siendo mi vida en París, en lo nueva que me sentía caminando por las calles como una extraña; visualicé mi ventanal, el del Sena, el agua bajando con calma, los crepes de L'Ébouillanté calientes, las librerías de antiguo, las ideas que tenía para mi tienda, mi nueva gabardina azul. Orientando mi pensamiento hacia el color azul de la tela, hacia lo agradable que fue la dependienta, el aroma al entrar en la boutique. Y de pronto...

Un ruido.

La puerta principal del lavabo se entreabrió y escuché las pisadas de una mujer accediendo al tocador, que enmudecieron al acercarse a mi reservado. Mi corazón palpitó más fuerte en ese momento. Inspiré profundamente y comencé de nuevo mis ejercicios de respiración. Los nervios se hundieron en mi pecho y contuve el aliento. «¿Es ella?» Era la misma punzada que tuve cuando me quedé mirando el cartel de Alice en el anticuario de Madrid y supe que mi vida me daba un toque de atención decisivo. La mujer estaba quieta frente a mi puerta, la sentía porque me vino el aroma de un perfume antiguo, viciado por el tiempo. Estaba a menos de dos metros de mí, procuré no hacer ruido para parecer invisible. Bastaba con toser o con salir decidida de ahí dentro para saber quién estaba envolviéndome con su perfume... ¿Por qué tenía miedo?

Apoyé mis manos en la puerta del baño y me incliné para escuchar su aliento, sin embargo, solo pude oír el mío. La música del piano llegaba hasta allí dentro a pesar de los cortinajes de terciopelo que cubrían todo el pasillo de entrada a los excusados que relativamente insonorizaban la sala. ¿Qué hacer? No se escuchaba nada, ni su voz, ni el uso de los grifos, ni la puerta golpeándose al salir. Sin embargo, seguía allí dentro y seguía sin moverse. Mi pavor era que ella fuera... ella. Las notas lejanas del piano me relajaron. Al cabo de un momento sentí que mi corazón latía con mayor sosiego.

Esperé unos segundos y decidí salir del W. C. «Ahora salgo directamente y me la encuentro. No pasa nada. Saldré para lavarme las manos. Nos vemos, nos saludamos y respiro aliviada.» Puse la mano en el pomo, giré sin brusquedad y salí.

¡¿Cómo?!

Me retorcí buscando en todas direcciones. «¡Nada!» «¡Nadie!» La única mujer que estaba en el baño era yo, reflejada en los espejos. Me lancé a las otras puertas y todas estaban vacías, no había nadie y el aroma seguía, mitigado ahora por mis movimientos en círculo buscando nada. Tuve que mojarme la cara con agua fría.

«Alice Humbert murió el 6 de septiembre de 1972.» Las palabras de Mathieu Ardisson seguían en mi cabeza.

Mis miedos de niña se manifestaron de golpe para hacerme sentir absurda, irracional, pero, sobre todo, inmovilizada ante lo invisible. En ningún momento tuve sensación de espanto, pero comencé a sospechar que aquella presencia femenina tenía un sentido en mi vida más importante de lo que pudiera imaginar. Comencé a avanzar despacio para salir del baño, en el fondo tampoco había pasado tanto tiempo, no tenía que inventar ninguna excusa cuando me sentara de nuevo con mi confidente. Mi pensamiento estaba ahora más volcado en Alice que nunca; tenía su cartel, conocía su cara, tenía sus fotos y, ahora, sabía cuál era su perfume. Antes de cerrar la puerta del baño vi por el rabillo del ojo los espejos barrocos del tocador. En el reflejo observé unos ojos llenos de inquietud, tal vez poco alegres, pero reflejaban mucha serenidad. Eran los ojos de una mujer feliz.

Era yo.

Salí del baño hacia el salón, donde me esperaba el señor Ardisson.

CAPÍTULO 21

—Respecto a ese dato querría decirle algo...

—¿Sobre la fecha de su muerte? —me interrumpió Ardisson.

—Sí.

Un silencio.

—¿Sabe que ese día… nací yo? Nací el 6 de septiembre de 1972.

—Hermosa coincidencia.

—No creo que la palabra para definirla sea *hermosa* —me enfadé—. Macabra tal vez. ¿No le sorprende?

—¿Por qué me había de sorprender?…

—Es el mismo día, el mismo mes, el mismo año.

—La casualidad nos da siempre lo que nunca se nos hubiese ocurrido pedir.

La cabeza no dejaba de darme vueltas, en mi mente los mismos pensamientos. Resulta increíble cómo la incapacidad de comprender una situación puede generar tanto estrés. Mathieu me puso más vino en la copa y señaló con el índice una de las fotos.

—Fíjese en su cara. Y fíjese en la de este cuadro —dijo intentando redirigir la conversación—. Alice Humbert fue la modelo anónima de muchos pintores del Montparnasse de entreguerras. Su cara incluso es reconocible en muchos lienzos del Museo de Arte Moderno de París. ¿Se ha fijado en la similitud de las caras?

Asentí mientras él seguía.

—He estado en el museo estos días para hacer algunas comprobaciones, me lo conozco de memoria y muchos de esos alocados pintores tenían a las mismas modelos, que se pasaban de unos a otros como quien se pasa el vino para brindar en una cena. Estoy seguro de que esta mujer estuvo posando tanto para Kisling como para Modigliani, Pascin y alguno más de la pandilla de Le Dôme. Estuvo con los grandes durante su apogeo y su decadencia. El arte cambió a una velocidad de escándalo, todo era pura evolución. Los años treinta, los cuarenta, la fotografía, el cine... Antes le he dicho que murió el 6 de septiembre de 1972...

—Sobre ese dato estoy intentando mantener la cabeza fría.

—Teresa, cuando la casualidad se mostró en su vida con la simple compra de un cartel, tal vez era porque debía suceder.

—¿De qué modo?

—Ya ve. Usted llega a París empujada por el instinto de algo inexplicable para cambiar de vida alejándose de todo aquello que la estaba desvaneciendo y se encuentra aquí con algo más en común.

—Eso es precisamente lo que me angustia... O me inquieta. Es que no sé explicarme... —titubeé, y sonreí, a causa de los nervios y la emoción—. Que haya alguna razón más que no pueda averiguar.

—Al contrario, ese miedo seguro que la acerca a la solución. A veces, huyendo de nuestra vida nos tropezamos con la de otro.

—¿Quiere decir que huyendo de mi vida me acerco a la de Alice?

—Tal vez. O a la suya, a su verdadero destino —aseguró Mathieu con cierta firmeza.

—Eso es terrible. Esa mujer está muerta. Murió el día que nací yo. ¿No le parece que eso ya debería paralizarme?...

—O hacerla correr —enfatizó.

—¿A dónde? No veo de qué manera.

—Donde sea —soltó mi confidente tratando de acercarse los papeles—. Hace semanas salió huyendo de Madrid porque todo le parecía gris, ahora está aquí, en París, persiguiendo un...

Cortó en seco. Nos callamos los dos de nuevo de forma exagerada.

—¿Iba a decir «fantasma»? —acerté a decir, escapando de mí la palabra.

—Sí —los ojos de Ardisson enrojecieron y se desviaron de mi mirada.

—Señor Ardisson, olvide la palabra, hay algo positivo en todo esto. En cualquier caso, no he conocido a ningún fantasma, que quede claro; ni he dicho que tenga miedo de ese que se imagina. El día que vi ese cartel, lo recuerdo perfectamente, sentí una inquietud inmensa. Me acerqué como si me hubiera visto en un espejo, como si fueran a decirme algo en voz baja. Evidentemente, no oí ninguna voz ni algo que se le parezca, no estoy boba ni he perdido la cabeza. Fue como si me hubieran dado la vuelta para empujarme a otro lugar…

—Puede ser. ¿Qué tiene de malo? De hecho, está aquí.

—Y quiero estar aquí. Pero comprenderá que me revuelva cuando he escuchado la fecha de su muerte…

—Si no quiere seguir, lo dejamos.

—¡Oh, no! —apenas dudé.

—¿No? —repitió.

—Por supuesto que no.

—Como a veces la noto dudar… —señaló bajando la voz.

—Le parecerá extravagante —señalé—, pero ahora no quiero dejar de dar un paso. Ya sea por Alice o por mí. Es como si hubiera puesto en marcha mi vida por fin. Mi vida está por completo en manos de ese cartel, de ese nombre.

Mathieu Ardisson sacó una de las fotos de su carpeta, era la foto en la que Humbert aparecía con una tortuga. La imagen había sido tomada por Man Ray y no era la única que había posado así, había otra casi idéntica a la de Alice, pero ahora la protagonista era Kiki. Después abrió un viejo libro de arte mal encuadernado y tras buscar las páginas que había señalado con post-it amarillos, me enseñó los retratos de los pintores que antes había mencionado. Resultaba curioso, las caras eran similares. «Estoy convencido de que es Alice», dijo con su voz ronca, ejercitando una pose de investigador. No respondí. Me quedé observando el parecido de las caras, los ángulos que enmarcaban el rostro y la forma de los ojos coincidentes de las fotografías y de los lienzos. Mathieu dejó pasar unos minutos mientras observaba cómo mi sorpresa inicial empezaba a convertirse en deslumbramiento, avisó al camarero para pedir la cuenta y gestionó el pago con su tarjeta. Ni me inmuté cuando salió hacia el baño, volvió y se sentó a la mesa de nuevo. Yo seguía intentando salir de mi asombro. Seguí callada un rato hojeando fotos y fotocopias. No podía creérmelo. Me conmovía la posibilidad de haber entrado en la vida de una mujer que había posado para pintores importantísimos. El pasado parece que no existe hasta que lo imaginas en movimiento.

—¿De dónde sacó esa información, señor Ardisson? ¿Cómo ha llegado a esta conclusión?

—Me están ayudando —respondió mientras guardaba los folios.

—¡¿Se lo ha contado a alguien?! —me asusté—. Van a creer que estoy loca.

Mathieu Ardisson se puso tenso. Pareció que le había puesto en un compromiso.

—Nunca me dijo que no lo contara.

—Debió sospecharlo. Dije que era algo muy personal —espeté, dando a entender que yo era la dueña de las fotos—. Le recuerdo mi miedo cuando llegué a su casa.

—Sí, efectivamente. Estaba muy nerviosa. Se bebió mi té.

—¿Cómo?

—Después de su taza —afirmó esbozando media sonrisa de juez imperturbable ante las novedades.

—Eso debió decírmelo. Debí de parecer una grosera.

Mathieu se encogió de hombros y dijo:

—Era lo de menos. Yo también estaba muy nervioso mirando su descubrimiento.

En ese momento no respondí. Me sentí una patán.

—Además, ¿qué tiene de malo beberse la infusión de otro?

—Pero era suya.

—Pero usted estaba sedienta..., también de información.

—Entonces disculpe.

Ardisson apenas se inmutó, se irguió en la silla y despejó el plato para acercarse una libreta moleskine en la que, de vez en cuando, miraba o anotaba pequeñas frases en un francés ilegible. Los dos mantuvimos un segundo de silencio hasta que yo volví al asunto.

—Dijo antes que había compartido nuestra información.

—Pero usted no debe temer nada —vaciló, miró hacia la libreta y bajó la voz—. Tiene mi confianza.

—¿Cuánta confianza? —dije con expresión desconcertada—. Tiene que prometerme que no voy a parecer una extravagante.

—Mi hijo.

Mientras respondía, deslizaba su pluma en la moleskine escribiendo no sé qué garabato numérico. Me pareció que era un simple rayajo para apartar la mirada. Observé sus dedos sin decir nada y vi cómo se manchaba con el plumín en el dedo índice. Acabé por ofrecerle uno de mis clínex.

Parecía observar por primera vez una grieta de emoción y nudo en la garganta en su discurso. Supuse que había algo que yo tampoco debía saber. Era comprensible que no quisiera contarme nada, no nos conocíamos, y bastante había hecho abriendo las puertas de su casa a una extraña. Sin embargo, volvía a comportarme como si estuviera en Madrid, algo obtusa.

—¿Quiere contarme algo, señor Ardisson?

Me miró turbado por mi acercamiento y respondió brevemente:

—Nuestra relación no es la mejor del mundo, pero ha venido a ayudarme con una exposición que quiero volver a montar, no vive en París.

—Eso es estupendo.

—Sí —repuso él, limpiándose la tinta de su mano—. Supongo que lo es.

Cuando vi cómo bajaba la mirada hacia la libreta para observar perdido el garabato, comprendí que la vida de Ardisson también tenía sombras de carboncillo como las que a mí no me gustaba pintar. No supe qué responder, fingí alegría por su futura exposición de fotografías de época y dije que había que brindar por ello.

Mientras sonaban las copas, dije con tono sincero:

—Dele las gracias.

—Sí, sí, se las daré. Se las daré.

Tal vez yo estaba en lo cierto y la vida de Mathieu estaba agarrotada por otras manchas que no quería ni iluminar. Era comprensible, no teníamos confianza. Al fin y al cabo, era un elegante periodista francés de edad y cultura que se había unido a mi causa con apasionamiento y curiosidad. Solo compartíamos esa efervescencia. Es difícil saberlo.

La charla siguió su curso, y los duplicados de las fotografías empezaron a convertirse en cartas de una baraja que revolvíamos con preguntas. Cuando llegamos a una de ellas, Mathieu insistió en su extrañeza, lo que la hacía más preciosa. A juzgar por las apariencias, me explicaba, aquella mujer fue una vividora, todo lo contrario a mí, pensé. Escuchando su voz, la de Ardisson, casi podía oír cómo reían y murmuraban con sus copas en la mano Alice y otras amigas apostadas en la barra de un bar con piano.

—He estado en el estudio de Calvier, en las galerías de Saint-Paul —explicó, haciendo memoria—. Tiene una curiosa colección de fotografías antiguas; afortunadamente, una de ellas guardaba anotaciones similares a las que tiene usted. Para mí es una locura, pero mi hijo se ha pasado horas escudriñando en las cajas, el dueño no es muy organizado, ¿sabe? Tiene pequeñas joyas, pero todo bajo epígrafes tan generales como siglo XIX, siglo XX…, y yo no tengo buena vista. La edad. Muchos turistas se llevan litografías por puro capricho, como decoración.

—¿Podemos ir a la tienda? —pregunté.

—¿A la de Calvier? Claro —sonrió ordenando al mismo tiempo la baraja—. Pero no creo que encontremos nada más. Yo mismo tengo mejores piezas de toda esa época, parte de ella es la que exhibió el Ayuntamiento de París y parte es la que quiero exponer con la ayuda de...

Un trémulo en su voz me sirvió para cambiar de tema.

—¿Sabe qué he pensado? —repuse con fingida alegría—. Alguna de estas fotografías pienso ponerla en mi nueva tienda.

—¿Para qué?

—Para decoración.

Me miró volviendo a aparentar ser un serio periodista francés y me dijo:

—Señorita Teresa, haremos más copias.

Fruncí el ceño y él siguió hablando:

—Sospecho que si se quedaron en el sótano es porque nuestra mujer quiso que no vieran la luz, son demasiado personales, ese tipo de fotografías no son habituales de la época, las pocas que han sobrevivido están en los libros de historia. Fue gente muy dada a dejarse ver, al hedonismo, a la belleza. Es realmente extraño que desapareciera de la vida parisina... Tengo una certeza.

—Entiendo que algo atroz debió de pasar.

CAPÍTULO 22

Coco Chanel nos invitó a cenar en su apartamento de la avenida Gabriel. Ërno me dijo que desde que había muerto «Boy» Capel, su amor, no levantaba cabeza, había que arrastrarla para que saliera de casa y se pasaba el día vestida de negro. Aun así, habíamos quedado con ella y varios amigos suyos allí, a las ocho.

Coco había insistido en que fuéramos puntuales. Me parecía imposible estar invitada a una cena de ese círculo social tan íntimo y, para hacerlo más único, Ërno hizo llegar a mi apartamento un paquete dos horas antes de la cita.

Pour Alice, mon amour, escrito a mano.

Era la primera vez que leía *mon amour* más allá de las novelas viejas de casa de los Fresnault. Por supuesto, me puse a llorar. La caja era bastante grande. Desgarré el papel de estraza con cuidado para no romper la parte donde estaba escrita su dedicatoria con aquella caligrafía tan llamativa. Mientras hacía hueco en la cama para abrir la caja, recorté el cacho de papel en el que estaba su letra y lo metí doblado en uno de los libros que me había regalado Thora para decorar mi apartamento, un librito en inglés. Pensaba que no había duda de que Ërno era un hombre maravilloso, generoso y guapo. Y con un gusto soberbio para elegir un regalo. Retiré la tapa y, envuelto en un delicado papel blanco, descubrí un vestido de chifón color verde agua que me hizo palidecer. Me lo puse rápidamente y me miré frente al espejo. No pude reprimir una lágrima. Me recogí el pelo en un moño suelto con una aguja de concha y dejé el cuello desnudo para perfumarme con una esencia de Kiki demasiado fuerte pero suficientemente femenina para esa noche.

Me asomé por la ventana y allí estaba él. En la puerta. Sonriendo. Ërno me guiñó el ojo con esa serenidad tan suya que hacía elegante cualquier gesto. Era un hombre bello, fuerte y distinguido. Mientras salía del apartamento dando un portazo pensé que era la mujer más feliz de París. No era posible todo lo que me estaba sucediendo y me pellizqué los dedos de una mano mientras con la otra me iba ajustando el pelo tras las orejas. Claro que podía ser feliz, lo estaba siendo.

El frío de la calle movió la gasa de mi vestido.

—Estás radiante, Alice. Te sienta fenomenal el verde.

—Vas a hacerme enrojecer —dije mientras abría la puerta para que pasara al *hall*.

No se equivocaba, estaba radiante.

—Me niego a que vayas así.

—¿Qué quieres decir?

—Date la vuelta, gírate.

Ërno lanzó toda la batería de sonrisas que puede crear un ser humano en diez segundos. Me volví de espaldas a él mirando hacia la entrada de la casa, donde los cristales de la portería reflejaron la escena. Así pude ver cómo sucedía todo. Metió la mano en su bolsillo, sacó una cajita con forma de concha, la abrió y acercó sus manos a mi cuello. Podría haberme matado y haber muerto feliz. El ventanuco me devolvió el brillo de las esmeraldas engarzadas en una gargantilla que acababa de ajustar bajo mi pelo.

—Ërno..., es preciosa. No sé qué decir.

—No digas nada.

No dije nada. No sabía qué decir. Y no habría sabido qué decir aun repitiendo la escena mil veces. Y todo por su culpa.

El impacto de la llegada a casa de Coco Chanel lo solucionó un vaso de ron, el primero que me ofrecieron dos camareros uniformados que cubrían sus manos con guantes blancos. Todas las señoras se volvieron hacia mí. Tragué saliva, tragué el ron y me tragué el pudor. No terminaba de acostumbrarme a ese cambio de decorados en mi vida, todo era desmedidamente nuevo para mí. Sobre todo, más que los sofás de terciopelo que me gustaba acariciar mientras no miraban, los muebles de maderas brillantes y los vasos de plata de verdad, me costaba amoldarme a ese cambio de personajes a mi alrededor y a sus conversaciones. Por supuesto, había aprendido a disimular y no parecer una mentecata aturdida en todos aquellos lugares que, gracias a Ërno, había empezado a frecuentar. Había visto París desde fuera, gracias a mi afición a caminar mirando fachadas inaccesibles —qué iba a hacer—, imaginando historias tras las ventanas de esas avenidas enormes que no me llevaban a ningún sitio y que ahora me tenían como protagonista principal. Los edificios siempre me parecían cajas de joyas. Ahora estaba dentro de uno de esos joyeros. La casa de Coco no podía ser más majestuosa. Todo me llamaba la atención.

La música, «adorable el jazz de estos chicos», como lo calificó Ërno, envolvía la sala y se esfumaba hacia los pasillos amplios que conducían a otras salas llenas de luces y más muebles.

Antes de llegar, Ërno me explicó que Leopold era un gran amigo suyo que se dedicaba a la producción de tejidos, íntimo también de la anfitriona. Se habían conocido en Nueva York por medio de otro amigo arquitecto que estaba haciéndose de oro en la Gran Manzana con su estilo parisino, muy del gusto de la sociedad efervescente por la industria del metal. Los dos vestían igual y sonreían ante las mismas bromas, así me lo contó Ërno. Efectivamente, la efusividad de Leopold al verme fue inversamente proporcional a mi sorpresa.

—Usted debe de ser la esperadísima Alice Humbert —dijo mientras me besaba la mano—. La belleza que ha conquistado a mi buen amigo Hessel. Debí tropezarme yo primero con usted, al verla ahora entiendo que la tuviera oculta sin presentármela. ¡Maldito truhán! Es un placer, mademoiselle.

Ërno y Leopold parecían dos gotas de agua, peinados igual y con trajes impecables. Sin embargo, el aire de mujeriego de monsieur Vionnet, así le llamó a Leopold una de las invitadas totalmente entregada y curvando la espalda como una serpiente, era muy descarado; la decisión con la que me presentó zalamero a tres mujeres de la fiesta, que cayeron rendidas a su encanto cosmopolita, fue implacable.

—Si me permiten ustedes… —dijo mientras agarraba por la cintura con calidez y descaro a una de las chicas.

Ellas se acercaron a nosotros con más interés por él que por mí.

—Qué maravillosa noche vamos a tener, me alegra volver a verlas. No puedo soportar el paso de los días sin admirar su belleza. Les presento a mademoiselle Humbert. Alice, le presento: estas bellezas que me tienen abandonado con sus conversaciones de moda son Valentine, Isère y Loulou. Esta última, ¿me equivoco?, trabaja estrechamente para Coco.

Sonrieron. Él era brutalmente agradable, despiadado con las miradas; y ellas se dejaban cortejar seducidas por su aroma y su postura de hombre que lo sabe todo. Ërno lo conocía bien y en segundos marcó territorio acercándose a mí, lo hizo pegando su pecho a mi hombro, tanto que sentí su respiración en mi espalda. En ese momento los dos varones se hicieron un gesto para traer bebidas.

—Creo que lo mejor para antes de la cena es compartir un brindis, les acerco algo de bebida y brindamos los seis —dijo mientras hacía ademán de buscar a uno de los camareros. Ërno se movió hacia él para ayudarle.

—Sí, por favor, sería estupendo —apostilló una de las chicas, animada por las otras dos.

Salieron directos al mueble bar.

Rompió el hielo Isère dirigiéndose a Valentine.

—Pedazo de zorra la que se quede con él.

—El partidazo de París.

—Muerdo.

—Ya ves.

Yo enhebraba mis dedos en un juego nervioso. Bajé los ojos hacia el suelo alfombrado y no acusaron ningún gesto de preocupación.

—Cuanto más me gusta —dijo la de mi izquierda—, más le miro y, cuanto más le miro, más me rehúye. Es terrible.

Resopló.

—Todas han estado tras él. Y él jugando a ser el mejor caballero de toda la ciudad. ¿A ti también te ha llevado en coche?

—Incluso invitado a cenar. Varias veces.

—Y… nada.

—Nada.

—Pues que sepamos, sigue soltero. Acabará eligiendo lo peor.

Hundí mi mirada en mis dedos y la apagué como quien apaga un faro.

—Mira, ese de ahí es Dardel. Debe de haber venido con Thora —soltó con gesto de admiración por él—. Y me cuentan que están tan embelesados que son más que una pareja de recién enamorados. Ella acaba de llegar a París, es estudiante de arte y pertenece a una familia sueca de clase alta. Creo que se han conocido los dos en un viaje en barco.

—Es el hombre más guapo de París. Él y Modigliani.

—Olvídate de él, siente devoción por Jeanne.

—¿Dardel?

—No, Modi. Si no bebiera tanto, sería el hombre perfecto. Siempre pintando, siempre bebiendo... ¡Siempre borracho! Bebe para la tos, dice.

—Le conozco —añadí compinche para unirme al grupo—. Es muy muy amable.

—No calificaría a Modi de «agradable», siempre me lo han presentado apestando a ron, va con las manos manchadas y como si acabara de levantarse. Aunque, tal vez... —pensativa, Isère paró un instante—..., eso es lo que le hace brillante.

Rieron de forma cómplice.

—No te olvides de Abdul, no existe hombre como él —dijo Valentine, bastante lanzada.

—Oh, por favor, sí. El tunecino Abdul Wahab es lo más atractivo de Montparnasse —contestó Isère en plan sugerente—. Aunque nada que ver con el estilo tan tentador de Leopold, es...

—Es adorable y sabe cómo jugar a todas las bandas.

—No te engañes. Es un experto en el cortejo —dijo Loulou echándose a reír.

—Un encantador arrogante —soltó la tal Valentine, mientras la tercera, Isère, añadía cerrando posibles dudas:

—... pero nos gusta así. Para qué engañarnos. Los exquisitos canallas no dan miedo, se les ve venir desde los bulevares. Los canallas conocidos son menos canallas.

En ese momento percibí que no solo eran bellas chicas de ciudad, sabían dónde se movían. Hice un repaso mental a ver si había quedado como una ñoña. Aquellas tres sabían de la vida tanto como yo. Lo que se dice mujeres de mundo, aunque yo intenté seguir jugando a la sofisticación para mezclarme con sus barajas.

—Bueno, no sé, acabo de conocerle. Es amigo de Ërno. Pero sí, muy exquisito. Acaba de decir que vosotras trabajáis también en la moda, ¿no? Me parece maravilloso.

—Unas estamos con Coco —dijo Loulou adelantándose—, y otras forman parte de un taller de telas que selecciona tejidos y colores para los estampados. Últimamente se han vuelto locos, no hay límites. Aunque las tres hemos pasado por el agotador episodio de los posados.

—Posar para fotógrafos, ¿sabes?

Las miré y tuve la impresión de que intuían algo más de mi subsistencia en París. La vergüenza se apoderó de mí en segundos y apuré de un trago el vaso de ron.

—Me fascina el mundo de las telas, debe de ser muy interesante —respondí para no hablar de mí.

—Eso es que nunca has estado en un taller, luego es como una imprenta. Tijeras, máquinas, rollos de telas...

—No hagas que parezca una fábrica de metal, querida Isère —añadió Valentine en tono más suave—. Querida, es fascinante, asombra ver el colorido y el cuidado con el que se hace todo. Y por allí pasan los modistos. El más particular es Paul Poiret, que no para de crear con esos vestidos tan pesados.

—¡Particular! Qué críptica eres, Valentine. Pero sí, muy particular. Y muy divino.

—Si lo que te apetece es conocerle, podemos quedar una tarde.

—Bueno, me parecería maravilloso —dije tímida.

—... Alice estará encantada de ir —respondió Ërno al acercarse hacia nosotras codo con codo con Leopold con dos copas en las manos y acompañados de un camarero.

—Sí, será estupendo, por supuesto —soltó Loulou cogiendo una de las copas—. Y verás cómo trabajamos en Chanel, Coco es única. Tan masculina y tan fuerte y a la vez tan femenina. Es..., ahora la conocerás.

Por el salón había gente de la casa Chanel y algunas invitadas extranjeras como una recién llegada, Elsa Schiaparelli, un tanto loca, que charlaba con Thora amigablemente. Memoricé y repetí para mis adentros los nombres que me iban diciendo para no parecer la simpática novata que recuerda las caras pero olvida los nombres. No tardó en hacerme falta porque el salón empezó a llenarse de más invitados que se movían entre el humo y las bandejas de los camareros. Aquello no era una cena, sino una fiesta. Uno de ellos me sonrió como si me conociera. El exotismo de las señoras y los caballeros de trajes ceñidos respondía poco a mis orígenes y era muy posible que alguno de ellos se hubiera tropezado conmigo cargada de cestas en los alrededores de la maternidad. Temía no poder disimular ni con el maravilloso vestido de chifón verde que me había regalado Ërno.

—¿Te sientes bien? —me dijo mientras nos acercábamos a una de las ventanas gigantes que daban a la avenida Gabriel.

—Si lo que querías era impresionarme, lo estoy.

—Pero ¿feliz? —repitió desconcertado.

—Muy feliz —dije acercándome la mano al pecho para sentir el calor de la esmeralda.

Coco pidió que esa noche la sacaran de esas paredes porque «la casa se le caía encima» mucho más que otras noches. Imaginé a mi madre cerca de la leña, con el olor a cebolla caliente. Suspiré y bebí más ron. Una de las cosas que más me chocaba aquellos días era la mezcla de tristeza y alegría de la gente, tenían de todo, elegancia, coches caros, perfumes... y muchos andaban afligidos. «Es el éter —me dijo Ërno—, muchos artistas se drogan para crear, para salir, para beber.»

—Esta ansiedad me va a matar —dijo Coco—. Mejor cenar fuera.

—Entonces salgamos de aquí —le contestó Ërno—. Bajemos a Chez Maxim's.

Coco agarró un abrigo del armario de cristales y se lo echó por los hombros.

—Por cierto, ¿sabes con quién he estado esta mañana? —dijo cariñoso mientras la ayudaba.

—Sorpréndeme.

—Con Beaux, me ha dicho que está a tus órdenes metido entre jazmines yendo y viniendo a Grasse. Sorpréndeme tú ahora.

—Un perfume —contestó lacónica—. He decidido lanzar una fragancia, hemos quedado la próxima semana para valorar las muestras. No quiero que se parezca a nada de lo que llevan todas estas desmayadas. Debe ser algo rotundo, lo tengo en mente y debe respirar sexo.

Ërno pasó por alto el tono con el que Coco había pronunciado la última palabra.

—¿Te sienta mal que hable de sexo? Es algo normal, yo también creía que podía vivir sin un hombre, pero no puedo. No sé.

No pestañeé ni para interrumpirla. Disimulé como pude, pero ella siguió tan deslenguada como las chicas de Le Dôme.

—Ponte perfume donde quieras que te besen —bromeó dirigiéndose a mí.

Ërno preguntó, fingiendo entusiasmo, qué nombre le iba a poner al perfume y Coco musitó algo como «es lo último en lo que he pensado, en el nombre». Por supuesto, no hice ningún comentario y sonreí a las señoras que se acercaban a nosotros buscando la atención de la diseñadora.

—¿Has oído hablar de Maggy Rouff? Está haciendo cosas preciosas.

Treize comenzó a reírse a carcajadas, mostrando sus dientes a toda la sala.

—Esa mujer está equivocada. Debería fijarse más en Paul Poiret y menos en Lanvin. La guerra los ha distraído a todos estos nuevos —contestó Paulette, una gorda de mi edad que se parecía a la frutera de mi calle si no fuera por sus brillos del vestido y de los carrillos.

—Tienes razón, ninguno será como «le Magnifique». Los pioneros son los pioneros.

—¡Qué verdad!

—Habrá que innovar. Dejemos hueco, ¿no?

—A las pirañas no.

—¡Qué mala eres! —replicó Coco a la de los cachetes rojos.

—¿Conoces a Jean Patou y al tal Molyneux?

—Querida, claro. Por supuesto.

—Hacen cosas bonitas.

—En algunas están poniendo todavía demasiado adorno…

—… demasiado lazo, diría yo.

—¡La comodidad! Por el amor de Dios, el corsé es cosa de otro siglo. Hay que tener mucho cuidado con los sombreros, no se nos puede ir la cabeza con el exceso.

—A mí me gustan.

—Vamos, vamos —exclamó irguiéndose una que bebía apoyada en la cómoda de las botellas—. Si siguiéramos con los perifollos de 1900 en la cabeza, en los hombros, en las caderas y ¡en los culos!, no habría manera de distinguir a una mujer de una carroza.

Me uní a la conversación de las chicas con una sonrisa, que era mi única forma de intervenir. La señora Pozzati, la que se acababa de incorporar, me miró para darme pie a hablar y la tal Paulette hizo el mismo gesto. Sabían que me intimidaban. Hasta que hablé.

—Hay una tela específica para cada mujer. Igual que hay un hombre especial para cada una de nosotras. Es el valor de la tela, el precio de la piel.

Es lo único que dije. Las dos más viejas, con cara de cadáver, me observaron estupefactas arrugando el morro, pero Coco se giró como un ave y me aplaudió en medio de una carcajada.

—*Elle a du chien!**

Me ardía la cara, le di un trago a la copa y luego intenté disimular mi bochorno con una sonrisa como si esperase una complicidad de mujer a mujer.

—Hay que echarle valor para hablarles así a estas «siesas» —me dijo, por fin, llevándome hacia donde estaba Ërno—. No saben ni de hombres ni de telas —concluyó, mirando mi vestido.

—Eso quería, sí.

—¿De dónde la has sacado, Ërno? —preguntó mademoiselle Chanel sin quitarme ojo de encima.

—Es la mujer más maravillosa de París, Alice. ¿Verdad? Os presenté al llegar, pero…

—No me habré dado ni cuenta. Sabes cómo soy —dijo afectada ofreciéndome la mano—. Discúlpame… ¿Alice?

—Sí —respondí.

---

* ¡Qué perra!

—¿Qué te dije? ¿Eh? Estoy extraña últimamente.

—Ya te hablé de ella —dijo Ërno.

Cuando pensé que iba a explicar más sobre mi procedencia, temblé. Coco asintió con la cabeza, yo me mordí el labio y me miré las manos. Fue algo mecánico que solucionó el trago que di al vaso para apurarlo, debí de parecer una cabaretera pero me dio fuerza para salir.

—De modo que te gustan… las telas.

Asentí con la cabeza.

—El tejido es importantísimo, un buen vestido con una mala tela es basura, y una buena tela puede hacer precioso un mal corte.

—La de su vestido es muy suave —le dije.

—Seda.

—¿Puedo?

—Claro.

Acerqué mi mano a uno de los pliegues que volaban sobre su cadera como hojas de un árbol. Era tan delicado su vestido que me parecía estar mancillando a una de esas ricas que bailaban el 14 de julio y a quienes a mí tanto me gustaba mirar de pequeña.

—Sabes apreciar el tejido, se nota por tu forma de coger la tela. Podrías trabajar en mi taller. ¿Te gustaría?

Me quedé muda sin poder articular palabra, quizá porque Ërno se quedó mirándome.

—Piénsatelo. La moda es lo que pasa de moda, el estilo, jamás. Tú lo tienes. Y eres bella. Las mujeres necesitamos la belleza para que los hombres nos amen…

—Claro —bromeó Ërno, adulador.

—... y la estupidez para que nosotras amemos a los hombres —contestó con una carcajada Coco.

Y tras dar un respingo miró a Ërno fijamente.

—Cuida a esta chica —espetó antes de girarse hacia otros invitados para salir de casa.

Después de agradecer sus palabras me quedé junto a él. Afortunadamente, el salón estaba relativamente lleno de gente y pasábamos más desapercibidos. Me acarició el hombro para conducirme hacia la puerta. Me vi reflejada en el espejo gigante de la entrada. Me quedé ensimismada unos segundos. Había pasado la prueba de la alta sociedad parisina y me gustó cómo se había desarrollado todo. Ahí estaba yo, vestida de verde y chifón. Me encogí por la vergüenza, me sentía una recién llegada que estaba tomándose su tiempo para hablar, para caminar, para beber, para imitar los gestos y para olvidar los míos. Las damas, las conversaciones, los lujos y el hedonismo de sus actitudes, todos tenían la vida solucionada y la vida giraba en torno a los vestidos. También yo. Me ajusté los hombros y enderecé el colgante que iluminaba mi pecho. Empezaba a contagiarme de una vida que jamás hubiera imaginado junto a la chimenea de mamá.

No pude reprimir una lágrima.

—¿Qué te pasa, Alice?

—Es este maldito humo, detesto los cigarrillos.

—Acabarás fumando. Suele pasar.

Respiré hondo para parar el estallido de nostalgia y Ërno me secó la lágrima con su pañuelo.

—He visto cómo has conquistado a Coco. Chanel es una casa de modas maravillosa. No he podido evitar emocionarme cuando ha hablado de ti. ¿Por qué sospecho que no me he equivocado contigo? ¿Es lo que te gustaría?

—Querría tener una tienda de telas, tejidos para vestidos, estanterías repletas de rollos de telas, ¿sabes cómo la imagino?

Me tocó la mejilla con el revés de la palma de la mano a modo de respuesta y me preguntó casi en voz baja:

—¿De verdad ese es tu sueño? ¿Una tienda?

—Una tienda en París —respondí.

Recorrimos las escaleras hacia la puerta y varios coches nos llevaron a todos hacia Chez Maxim's. En el asiento de piel, sentados detrás, Ërno puso su mano sobre la mía haciendo circular la sangre por los dos cuerpos a la velocidad de unos caballos de carreras. Cuando la entrelazó y apretó con fuerza me vino a la cabeza la forma en la que Kisling hurgó en mis senos. Contemplé mi reflejo en la ventanilla del coche con aversión y solté su mano con miedo. No tenía miedo al sexo, lo había utilizado para sobrevivir en el taller y salir de la miseria, tenía miedo a enamorarme. Ërno era un hombre y yo quería disfrutar de ser mujer.

CAPÍTULO 23

Las semanas que siguieron a aquella noche estuvieron llenas de esperanza, cuanto más me acercaba a él, más me alejaba de mi vida. Con Kiki y las chicas recorría los antros de Montparnasse, las fiestas de The Jockey, las locuras. Con Ërno desfilé por los teatros, los restaurantes y las tiendas más caras de París. La ciudad era la misma, pero yo no. Esto no es un matiz, era una realidad. Por primera vez en mi vida era una mujer admirada que todo el mundo conocía y con amistades de reconocido prestigio. La sociedad parisina me había acogido con los brazos abiertos. Por otra parte, había descubierto los modales y las normas del buen gusto que tantas puertas abrían más allá de Montparnasse. Las señoras me veían como la novia perfecta para Ërno, la dulce Alice; los hombres suspiraban al imaginarme como amante porque corría la voz de mi procedencia y mi *savoir faire*. «Sé mujer y hazles creer que puede volver a suceder, eso les hará estar siempre al borde del desespero por ti», decía Kiki. Así, había adaptado mi físico a las oportunidades que se presentaban en cada lugar. Sabía exactamente cuándo estar callada hasta la obsesión y cuándo convertirme en una descarada. La aventura era la nueva mujer que había despertado en mí. Totalmente frívola y feliz.

Ërno era perfecto. Tenía siempre gente que venía a saludarle y que reclamaba su atención para pedirle opinión sobre este u otro tema. Había buscado diseñadores y me había presentado a fotógrafos interesados por mi belleza para que, al mismo tiempo que tenía un entretenimiento, me ganara unos buenos francos con los que sentirme segura, aunque él pagaba todo. Me recogían, me llevaban, me esperaban en las puertas de las tiendas, me reconocían los conserjes, me recomendaban qué llevar, me pedían opinión como si se la reclamaran al mismo Ërno Hessel. Todo era así. Tanto que me estaba acostumbrando suficientemente.

Me había instalado en un precioso apartamento frente a la isla de Saint-Louis, muy cerca del Hôtel de Ville, entre la rue des Barres y la rue du Pont Louis-Philippe, que pagaba con los posados semanales que me hacían para varias revistas de moda y todos esos nuevos fotógrafos amanerados que había conocido gracias a las amigas de Coco y Thora y que me vestían para catálogos de novedades. De ahí que vestir se hubiera convertido casi en una ocupación bajo las miradas asesinas de modistas y sastres que luchaban por hacerme aparentar la mujer más bella de París.

Cuando tomábamos un ron en las aceras de Le Dôme o La Rotonde, Hessel insistía en que fuera llamativamente bella. «Sé un faro que ilumine el lugar», eran sus palabras. No pretendía engañarme, Ërno había insistido en que no posara para los pintores, esos «locos» como les llamaba quitándoles importancia. Yo era consciente de que entre tanto humo y gentío ebrio por agotar las noches y apurar la vida, la mejor forma de verme o vigilarme era yendo vestida de fiesta. Efectivamente, era un faro en medio de la noche. Él tampoco pretendía engañarme, conocía bien ese mundo, tanto como el del lujo de la otra orilla. Lo que no le apetecía era ver cómo me hacían, una y otra vez, propuestas para desnudarme en los talleres con la excusa de una nueva exposición.

—Tengo amistad con muchos de ellos, pero... ya sabes cómo son.

—Descuida, entonces lo tuve que hacer por necesidad.

—Lo sé.

La visión de mi cuerpo a la vista de aprendices y pintores era lo que le atormentaba; se quedaba parado con un semblante serio. En ese momento yo intentaba ser dulce.

—Hazme caso. No quiero que pongas esa cara. Y tampoco deberías rechazarlo como si fuera negativo, a fin de cuentas, fue gracias a eso por lo que estamos aquí.

—No quiero ni imaginar qué sería mi vida ahora sin ti.

—Repítelo.

—No quiero ni imaginar lo que sería mi vida sin ti.

En aquel momento, después de casi un minuto mirándonos, remató la frase con una caricia. Aunque Ërno, vestido impecable, atractivo como pocos, sobrio a la hora de hablar, con aplomo en todas las conversaciones, quisiese aparentar seguridad, noté que le temblaba la voz como una alerta de desasosiego. Los dos miramos al suelo en una pausa adolescente y levantamos la cabeza a la vez. Justo cuando yo iba a arrancar a hablar para romper el ángel de silencio, él, cohibido, con un extraño malestar, se lanzó a mis brazos y apretó mi cara contra su pecho.

—Lo qué me espanta es imaginarte desnuda frente a ellos.

Cuando dijo «desnuda» me di cuenta de que todavía no lo había estado para él. Era curioso, pero no había sucedido nada todavía. Era un hombre sensible que se pasaba los días intentando hacerme feliz y tenerme cerca. Yo no tenía nadie con quien competir.

Esa noche, al salir de Le Dôme, Kiki nos dijo que nos quedáramos para ir a una fiesta «grandiosa» que habían preparado en Le Boeuf.

—Alice, ¿no te apetece? ¿Otro ron? —preguntó la fabulosa Kiki de Montparnasse haciendo aspavientos con los brazos en las puertas del local—. Os va a encantar, ¡convence a Hessel! ¡Ah!, Hessel, yo no soy la misma si no bailo con mi amiga.

—No, gracias, no. Es tarde.

—¿Tarde en esta orilla de París? ¿Cuándo es tarde en Montparnasse? Pero si está Fujita, ¡ya sabes! Y Toutain, Moysès, Wiener, Doucet..., todos a Le Boeuf.

Ërno me miró para que yo decidiera.

—Hessel tiene razón, Kiki, es tarde. Prefiero que me lleve a casa.

—Oh, ¡no! ¡Alice! Tú sabes cómo divertirte... ¡Oh, perdón, monsieur! Quiero decir, que ella sabe cómo... Yo me entiendo. Bueno, chicos, viene todo el mundo. No se hable más.

Efectivamente, 10 de enero, un frío terrible y allí estaba todo el mundo. Los alrededores de Le Boeuf sur le Toit estaban abarrotados de coches y gente intentando entrar. Los poetas, los músicos, hombres de negocios, editores... se habían acercado hasta Boyssy d'Anglas para ver a los dueños, Cocteau y Moysès. El sonido del jazz era estruendoso y apenas podían verse las mesas. Estaba claro que Hessel tenía fuerza hasta en los antros más ruidosos de París. Kiki, con el escote más grande de todo el lugar y acompañada de la adorable Treize, nos señaló una mesa que estaba reservada por casualidad para nosotros.

—Sabía que vendríais.

—Sabes siempre demasiado, Kiki —dije recriminándola mientras ella me hacía burla con la lengua.

—Mira, ese de ahí es Jean, le conozco por Max Jacob. Es encantador, brillante y enamoradizo..., que sabe sacar partido de lo mejor de cada persona. Vive con su madre.

—Pero ¿tú no estás enamorada del fotógrafo ese? —pregunté sorprendida.

—Sí. Pero es de noche, de noche todo es posible. Algunas de las fotografías del fondo son suyas, las que hay al lado del cuadro aquel...

—Bueno, veo que nos falta bebida —dijo Ërno mientras llamaba a uno de los camareros—. ¿Os apetece champán?

—¡Oh!, perfecto. Nos apetece, ¿verdad, Alice?

—Verdad, Kiki.

Hessel fue tan rápido de pensamiento como el camarero en descorcharnos una botella de champán y acercarla a nuestra mesa. Delante de nosotros estaba Leopold, que también había sido invitado a la fiesta y que conocía a uno de los patronos, Moysès.

—¿Has visto qué locura?, esto supera al pequeño local de Charleville, se había quedado pequeño. Brindemos, mi querido Hessel, por... ¡las mujeres! —Ërno fue cortante con su amigo porque se dio cuenta de la compañía de modelos de la que se había rodeado. No era el único.

—Mira, ese de la barra es Pascin —señaló Kiki a Treize—. Y esas que tiene alrededor también son modelos, bueno..., modelos. Siempre suele aparecer así, rodeado de amigos y chicas. No falla. Aquí o allí. Siempre igual.

—Conozco a Pascin.

—¿Sí? Es como Jean, les falta dar dos gritos, levantar la copa para brindar y se hacen los dueños del local.

—Pero ¿quiénes son los dueños? —preguntó Ërno interesado.

—Antes todo esto estaba en el local de un barman, el tal Charleville, amigo de un pianista amigo mío...

—Jean Wiener —apostilló Treize.

—Justamente él. Precisamente Wiener le dijo no hace mucho a Moysès que el local de la Gaya de la rue Duphot se les estaba quedando pequeño. Yo creo que desde el día de la apertura se citó allí todo París, como Le Dôme. Llamó a

Milhaud y a Cocteau y arreglaron un cambio de sitio. Pero solo ayudaron, aunque parecen los dueños.

—Entiendo.

A mí, tanto relumbrón seguía haciéndome parecer una torpe social porque realzaba mis inseguridades, al contario que a Kiki.

—Jean es maravilloso. Ha venido a veces a escucharme cantar y una noche me regaló un collar digno de una reina.

—Lo que no consigas tú… —contestó Treize dando un trago largo a la copa.

—¿Aquellos de allí no son Thora y Nils Dardel?

—Son ellos. Está todo el mundo, la verdad.

—No te extrañe, son amigos de Marie Laucencin e Irène Lagut, que trabajan con el grupo. Están siempre aquí de chismorreo intelectual.

—… y lo que no es intelectual.

—Bueno, supongo que les gusta estar rodeados de mujeres.

—No lo dudes.

—Claro, claro. Por cierto, voy a saludar a Nils —Kiki dio un respingo y se fue directa a las mesas en las que estaban algunos de sus conocidos.

—Bueno, yo creo que os vamos a dejar

Me levanté con Ërno de la mesa y empezamos a despedirnos de las chicas, aquel antro nuevo estaba tan lleno de gente que apenas hacía falta decirse adiós para huir. El jazz sonaba rebotando en las paredes y haciendo vibrar las tulipas de las lamparitas que colgaban del techo. Tuvimos que serpentear entre las sillas para encontrar hueco y salir hacia la puerta, donde esperaba el chófer.

—¡Hablamos mañana, Alice! —gritó Kiki poseída por el espíritu de la noche. Había empezado a bailar y cantar subida en una de las mesas mientras todos la vitoreaban: «¡Kiki! ¡Kiki! ¡Kiki!».

Ërno me sonrió entre agotado y pasmado por aquel espectáculo. Yo volvía como siempre la mirada hacia él, como si esperase su aprobación para compartir la complicidad. No tardamos ni un segundo. Empezamos a reírnos a carcajadas, a pesar del frío que corría, nada más pisar la calle.

—¡Ah, Kiki! —dijo suspirando—. No cambiará nunca. Es pura dinamita.

—Pero… —dije excusándola— no es mala, es así. Vital.

Hizo un ademán con la mano y se acercó el coche a la puerta desde el otro lado de la calle. Se sentía poderoso y protector a mi lado. Y yo, ¿cómo me sentía yo? Era una mujer nueva. Incapaz de recordar a la anterior. Miré a Ërno y no necesité más preguntas.

—¿Pasa algo?

—No, nada… Tengo frío únicamente —le contesté mientras se acercaba el vehículo.

Y era verdad. Era de lo único que me podía quejar.

—Bueno, cúbrete con esto.

Tuvo un gesto que me quitó de lleno todo el frío del cuerpo, no solo el físico; puso su abrigo sobre mis hombros y levantó las solapas para que me sintiera resguardada del hielo que soplaba en esa noche de enero. Cogió sus manos y las frotó con las mías para entrar en calor. La vida se comporta a veces como si lo fuera, solo que en ocasiones tarda mucho. El coche frenó frente a nosotros y al levantar la vista para colarme en él miré sin querer hacia la otra acera. En ese instante sentí que me desmayaba.

Era mi madre.

Estaba envuelta en una manta como los días en que nos faltaba la leña y debíamos cubrirnos por completo para que el frío que entraba por las rendijas del ventanuco no nos acabara matando. Apenas podía vérsele la cara y unos ojos encendidos de tristeza bajo la tela que la ocultaba. Nadie se dio cuenta de ella. Solo yo. Estaba temblando, y era la mujer que en esas noches de frío se había acostado conmigo para que entrara en calor. Ahora yo era incapaz de hacer lo mismo por ella.

—El coche nos está esperando, sube —dijo Hessel empujándome a entrar.

Mi madre esperaba al otro lado, agarrotada. Mirándome yerta y aterida por ese silbido que escupe el frío cuando corta el aire. Hice todo lo que no debí haber hecho. Vacilante, indecisa, como abrumada por la situación y bajo el peso de su mirada desarropada de ira, pero cargada de compasión..., entré. Me colé en el coche buscando el calor y me sentí la mujer más entumecida del mundo. La dejé allí, al otro lado de la acera. Entré en el coche y me dejé caer sobre el asiento.

—¿Tienes frío?

—No sabes cuánto.

CAPÍTULO 24

Llovía como hacía tiempo que no había llovido. Llegué al Museo de Arte Moderno empapada y con las manos agarrotadas a pesar del paraguas, los guantes y la gabardina. No hay nada peor que cuando llueve con viento, acabas hecha una bolsa de té. Era una tormenta de esas que rasgan el cielo con relámpagos. Sin embargo, llegaba dispuesta a todo y con la mirada receptiva del que espera una señal que aclare sus días. «Algo» que cambiara este exhaustivo argumento de búsqueda en círculo; no encontraba justificación y me preocupaba cada día más la idea de volver a mi casa para arrojarme a las garras de la incertidumbre. El guión de estos meses en París estaba siendo una secuencia llena de preguntas, posibilidades, imaginación y sirope de chocolate. Un día y otro me lo pasaba probando la carta de la crêperie de Saint-André des Arts, incluso los domingos. Creo que había engordado dos kilos no ya tanto por el dulce, sino por la tranquilidad que me daba la ciudad. Y por fortuna ya no tenía a nadie que me humillara con «estás más ancha» desde lo alto de las escaleras. Mi tía había muerto para dejarme la herencia más importante: la libertad. La de comer, la de hablar, la de vestir... Me amenazaba con la mano abierta, llena de huesos, y yo me sentía cada vez más inútil, como un animal perdido. Un chasquido de sus dedos diciéndome que dejara de comer y me desintegraba; así crecí.

Cerré los ojos, me palpé y estaba liberada. No era un animal perdido arrastrando la cuerda, era un animal que decidía su ruta. Tal vez extraviada, abandonada, pero redimida en mi nuevo lugar.

Había previsto una estancia en París mucho más agitada, en la distancia se había convertido en una isla llena de sueños y de nueva vida. Sin embargo, la reforma de mi tienda estaba siendo un quebradero de cabeza de carpinteros y obreros para llegar a puntos en común. Unos querían tirar abajo las escaleras, «por viejas», yo quería mantener casi todo. Ellos, en cambio, se empeñaban en hacer una limpieza general y empezar de cero. A mí me espantaba la idea de perder la esencia de aquel pequeño lugar. Si tenía magia era precisamente por todas esas imperfecciones de desniveles y rincones añejos. No había previsto que mi empresa se eternizaría en esos detalles. El carpintero había venido expresamente recomendado por la dueña de al lado, la de Orphée, Hélène. En nuestra primera conversación sobre mis pensamientos para mi tienda con aquellos franceses supuestamente expertos en restauraciones parecía que todo había quedado claro. Les anticipé un treinta por ciento de los gastos, tal como dijeron, pero ni con esas. El día a día era un tormento de tiras y aflojas. No es que tuviera mucha idea de electricidad, maderas apolilladas y ajustes de vigas, pero… tampoco lo ponían fácil.

Estoy convencida de que me estaban cobrando el doble por todo. Así se lo decía a Hélène y esta se me reía, «no titubees con ellos o la cagamos, hay que ir por delante de sus decisiones».

Buff.

La tienda iba lentamente, pero iba. Estaban manteniendo las vigas estrechas del suelo de la entreplanta, pintadas en blanco. Y las verticales de la pared derecha, en madera original, barnizadas ligeramente tras un tratamiento para depurarlas y darles vida. La escalera empinada era incómoda y demasiado vertical pero a mí me gustaba, por suerte, la dejaron tal cual. Bajo ella picaron la pared y dejaron, como dijo uno de ellos, la piedra vista. La luz quedó toda al aire, con unos funcionales halógenos que disimulaban bien y no molestaban visualmente. Tampoco era tan difícil, solo quería dejar el sabor original.

—No se lo oculto, señora: es un trabajo largo y duro, tardaremos más.

—Salvo que mantengan la pared tal como les digo.

—Tendríamos que habernos puesto a ello mucho antes.

—Es el plan que les dije la primera semana.

—No, eso es imposible…

—No, no es imposible.

—Hay muchas dificultades en llevarlo a cabo tal como está.

—Por supuesto, lo imagino. Así habíamos quedado.

—No es eso lo que quiero decir. Así no es nuestro método de trabajo. No trabajamos así, lo siento.

—Bueno, a ver qué pasa.

Así eran las conversaciones entre obreros, electricistas y yo. Una especie de suerte y órdagos. A veces me sentía ansiosa, luego confiada, después creía que perdía la razón con ellos y sobre todo el aguante.

—Paciencia, que no se te note —decía Hélène—, son como los elefantes, huelen la tragedia.

Hubo que decidir de qué color pintar el escaparate, que se mantuvo tal cual, la columna de hierro y la lámpara vieja del techo, un colgante de latón. En esos momentos de tortura y duda me ponía en la piel de Alice, ¿qué habría hecho ella?, ¿de qué color?

—No van a tardar en traernos el pedido de pintura. Solo falta usted.

—Espere un poco —les decía en tono amable.

—Todo lo que tarde ya no es problema nuestro.

Me mordía la lengua. Ardía de impaciencia con ellos y viceversa.

—Azul. Lo quiero azul.

—Ah, muy bien, madame. Pero qué tipo de azul.

Pensé en Alice y respondí estirando el brazo hacia el cielo que tenía en ese momento París.

—¡Aquel!

Quería el cielo de París. El obrero jefe sacó un papel del bolsillo de su cazadora y después de estar en un punto de ensimismamiento, mitad rechazo y mitad reto profesional, miró al cielo durante un largo minuto y anotó algo. Quería demostrarme que no hacían falta más preguntas, que su credibilidad como experto no tenía ningún género de dudas, aun así noté cómo disimulaba sus dudas.

Yo me moví por el impulso de Alice. Quería creer en ella, pero tenía tanto miedo a equivocarme...

La cafetería del chaflán de George V, la que estaba abierta y abarrotada de gente, fue mi refugio en esa mañana tan desapacible en la que había quedado con Ardisson para ver el Museo de Arte Moderno. Pedí un café y pregunté si ya estaba cerca de mi lugar de destino.

El café estaba hirviendo. La leche también. El camarero me trajo un vasito de agua por si no tenía bastante con la que estaba cayendo. Me lo tomé y salí de nuevo a la calle.

Así, tiritando, llegué a la plaza cercana al museo alrededor del mediodía. Quería ventilar mi cerebro y oxigenar las ganas de ver el cuadro de Alice Humbert. Sin embargo, la lluvia y el terrible viento de la tormenta arruinaron mi paseo. Tuve que echar a correr por la acera saltando charcos.

La tranquilidad de los parisinos con la lluvia me enervaba, tan calmados, tan acostumbrados al mal tiempo y, sobre todo, a ignorarlo con ese sosiego tan francés. Me repetía mentalmente «camina como ellos, sin agitación». Me detuve un segundo frente a la llama dorada del Pont de l'Alma que se yergue sobre el túnel en el que perdió la vida la princesa de Gales y después levanté la mirada a las ventanas de esos edificios tan imponentes del distrito 8. De vez en cuando, algunos truenos cambiaban la cantinela permanente del tráfico en el barrio.

Al principio me quedé esperando en la puerta, junto a la columnata de la entrada, próxima al mostrador de tickets de grupos, pero como la multitud también empezaba a aprovechar para resguardarse de la lluvia en el mismo sitio que yo, opté por comprar un ticket y pasar a la sala. Mi ya amigo Mathieu Ardisson me había dicho por SMS que no tardaría mucho.

—No sabe lo que cuesta encontrar un taxi en París.

Era Ardisson quien hablaba. Venía resoplando y dejando un reguero de agua con el paraguas chorreante.

—Ya me he dado cuenta, es imposible. Qué diferencia con Madrid, no se lo puede ni imaginar.

—Oh, pequeña turista. ¡Veo que lo echa de menos!

—No, no. Me refiero a la cantidad de taxis, en Madrid es tan fácil encontrar uno en verde que ahora aquí llego tarde a todos los sitios. Estoy mal acostumbrada.

—Es lógico. Aquí lo que debe hacer es memorizar bien el plano del metro.

Me pareció mejor obviar la verdad por lo pueril del asunto, así que no quise decirle que no soportaba meterme en las catacumbas de los túneles por una claustrofobia infantil que arrastraba desde que jugaba al escondite.

—Bueno, si quiere, lo mejor es que pasemos. La voy a acompañar al lugar.

—Bueno, yo había pensado pasear un poco por el museo primero, pero... si quiere...

—La noto nerviosa.

—Mucho —respondí, desamparada.

—Es solo un cuadro.

—Tal vez es solo un cuadro, pero para mí esto se está convirtiendo en algo más emocional. No querría parecer una asustadiza, en absoluto. Pero desde hace un tiempo doy vueltas en mi cabeza a todas las posibilidades, y ninguna me lleva a alguna conclusión sensata.

—Pero ¿acaso tiene ganas de ser sensata? ¡Uno no viene a la vida a ser sensato! El miedo es lo que más nos paraliza y lo que nos hace infelices.

—Ahora estoy siendo feliz.

—Lo dice muy tímidamente. Cuando la vi en mi casa por primera vez noté que estaba ante una aventurera que quería derrochar su vida.

—Empezar mi vida, diría yo.

—Se sentó con miedo, ¿se lo recuerdo? Decidida a explicarme sus cuitas con ese cartel de madera y ese nombre. Me levanté y me fui hacia el ventanal, lo hice para que se relajara. Así le daba espacio.

—Creo que todavía estoy nerviosa por aquel momento. Pensé que me iba a tomar por loca.

—¡Todos estamos locos! A algunos se les nota, a otros no.

—No tengo ninguna duda.

Me hizo sonreír mientras seguíamos caminando hacia la sala en cuestión.

—¿Cómo quiere que sea su vida en París?

—No sé qué decirle.

Dudé.

—Nueva. Quiero que sea nueva. Yo debía ser... —volví a dudar y contesté pausadamente— feliz.

—¿Qué se lo impide ahora? —preguntó con voz franca.

—Supongo que yo misma.

—Insisto en lo del miedo, nos paraliza y no nos hace ser felices. Usted lo tiene todo para ser feliz. Vive incluso en la ciudad en la que quiere vivir.

—Sí.

—¿Entonces?

—No lo sé. Supongo que soy yo misma la que no consigo ver lo que hay a mi alrededor. ¿Quiere que le diga lo que me decía mi profesor de pintura?

Mathieu asintió y me cogió del brazo para girar hacia un amplio pasillo. Íbamos caminando hacia la sala en cuestión.

—... me decía que debía aprender a empezar de nuevo, a saber dar carpetazo y arrancar el papel para iniciar otro dibujo. Sin miedo al error. Yo me envenenaba disimulando los fallos para que no se vieran y él me inyectaba un ímpetu tremendo para romper el folio y empezar.

—Pintar es bueno para distraerse, ¿por qué no lo hace también aquí, en París?

—No sé. Aquí no lo necesito. Allí era para gastar las horas en otras cosas. Por distraerme.

—Cuando conozca París a fondo también necesitará volver a distraerse. Las ciudades no cambian si no cambiamos nosotros.

Me sentí absolutamente desconcertada. ¿Qué podía responderle? Definitivamente, Ardisson era de ese tipo de personas que mezclan lucidez y sutileza analítica. Solo que a mí, en ese momento, me daba igual, evidente. Soy realista: estaba en la ciudad donde quería estar, haciendo lo que quería hacer, algo totalmente distinto. Buscando la ilusión que se había perdido con los años. Y cambiar de lugar había sido incuestionable para mi bienestar.

—¿Ha estado enamorada? —espetó de golpe.

—Pero... ¿y esto? ¡Parece periodista!

Ante mi manifiesta incomodidad, me sondeó frunciendo el ceño.

—No lo olvide, a pesar de la edad sigo siendo periodista.

—Bueno, pero prefiero contestarle como a un amigo.

—La respuesta será la misma, imagino.

—Bueno...

Levanté la mirada hacia él, no sabía si quería responder. Me acordaba perfectamente de en qué momento había sido feliz. Clavó entonces en mis ojos su gesto de hombre tranquilo y volvió a preguntarme sin titubear. Sostuve su mirada sin responder. Callada.

Fuera del museo se escuchaba el aguacero y cómo los relámpagos de la tormenta hacían temblar los cristales y mi tranquilidad.

—Bien, entonces hablemos de su tienda mientras llegamos.

—Creo que estará lista en pocas semanas.

—¿Ya? Oh, bien.

—Creo que es imposible, está siendo tan complicada la restauración... Pero al final todo va a salir bien. Lo sé.

—Todo saldrá bien, yo también lo sé.

Se me paró el corazón. La sala del museo adonde nos dirigíamos estaba al girar el pasillo.

—Estamos ya —me dijo.

—Es raro estar aquí.

—Es interesante.

Se sentó en uno de los bancos y exhaló fuerte reconociendo su cansancio.

—Este es su lugar —dijo entonces pausadamente, con voz profunda—. El cuadro que venimos buscando está aquí.

—Cómo quiere que esté tranquila si me lo dice así de golpe.

—Y cómo quiere que se lo diga. No es la cripta del Santo Grial.

Clavó entonces en mis ojos una mirada arrogante.

—Teresa...

Sostuve su mirada cuando se iba haciendo más paternal.

—... la he traído hasta aquí porque posiblemente este sea el lugar que tanto ha buscado estos meses. La respuesta a quién fue esa mujer o a quién es usted.

Sentí que me flaqueaban las piernas. ¿Qué iba a conseguir de allí?, nada. ¿Ver un cuadro? ¿Sentir la complicidad con una pintura de principios de siglo? Lo más sabio que podía hacer era mirar, tomar un café y salir de allí con Ardisson. Tal vez había llegado demasiado lejos. Mis anhelos de sentirme unida a una mujer que debió de tener una vida diferente a la mía estaban sumidos en la fantasía de una adolescente. Y sin embargo, algo me había llevado hasta allí. Algo irracional.

—Mire, ahí está.

—¿Quién?

—Mi hijo, le he dicho que viniera. Él ha estado buscando fotos en los archivos, le apasiona la fotografía, la pintura...

—Ah, muy bien. Perfecto.

—¡Estamos aquí! ¡Aquí! —gritó Ardisson.

Apareció de entre la multitud de turistas como una visión a contraluz con su chaquetón, su sombrero y una volada bufanda violeta que se batía al caminar. Me quedé sobrecogida por la sorpresa y la alucinación. Efectivamente, estaba en manos del destino y aquel era el lugar al que debí haber llegado hacía años. El chico que venía deshaciéndose de los guantes y sonriendo en medio de los turistas era... Laurent. Mi querido Laurent...

Un escalofrío recorrió mi cuerpo, no podía ser cierto, no, aquello debía de ser producto de la tensión. Laurent, Laurent...

Nos quedamos inmóviles. Callados durante largos segundos, mirándonos a los ojos. Parecía tan aterrado como yo.

—¿Teresa...?

—Hola...

—Teresa.

—Laurent...

Sentí que me desmayaba. No estaba muerto. Su perfume, el mismo de años atrás, volvía a llenar la atmósfera de felicidad, tal como cuando noté su aliento en mi espalda aquel día de la exposición. «¿Te gusta?» El tren de los sentimientos arrolló todos y cada uno de los días del calendario que habían pasado desde que me abandonó en aquel apartamento abuhardillado de Madrid y me quedé huérfana de amor. De su amor. Vi el estupor en su mirada de igual manera que él debía de estar viéndolo en mí. En ese momento éramos un espejo de sentimientos incapaces de reaccionar. Me desperté de un letargo de años cuando vi que en sus ojos también estaban aflorando las lágrimas, como escocidos por la sal.

No dijo nada. Yo tampoco. Ardisson nos miró tan aturdido que solo quebró el silencio para preguntar, como un relámpago más de los que sonaban en el exterior del museo.

—¿Os conocéis?...

Di un paso hacia él para romper el hielo, pero solo pude abrazarle sin decir nada. Así estuvimos un larguísimo rato, sin hablar. Noté cómo su corazón palpitaba con la misma fuerza que el mío por él, por mí, por aquel adiós, por el insoportable dolor que me había provocado su marcha.

CAPÍTULO 25

Hacía días que le daba vueltas a la cabeza con la imagen de mi madre en la calle aterida y envuelta en una manta. No había ninguna manera de volver atrás, ya me había alejado de ella tanto como de mi vida. No solo había rechazado su mirada, también había ignorado su presencia cuando él me preguntó si conocía de algo a «esa señora de la manta que te mira». Me di miedo cuando titubeante negué con la cabeza. Cuanto más avanzaba, más repulsa me daba ver la mujer en la que me estaba convirtiendo.

Acabé por admitir que me estaba pareciendo demasiado a Kiki en el desapego por las cosas, incluso por las personas. Era una nómada de los sentimientos. Capaz de todo. Tardé muchos días en borrar de mi mente el dolor de su cara. Sin embargo, mi vida empezaba a acelerarse.

A veces huíamos a una casa de campo donde también se alojaban muchos artistas, estaba cerca de la pequeña ciudad de Le Blanc. Siempre había cumpleaños que celebrar, como el de Pascin en el Dagorno, que apareció envuelto en un batín con sombrero de hongo dorado que le regalaron sus amigos y que se convirtió en su amuleto. Allí estaban algunos conocidos de Ërno, Valentine, Leopold e Isère. Y siempre modelos, jóvenes modelos que cambiaban de nombre y de aspiraciones. Pascin me retrató varias veces, decía que «los retratos deben pintarse de dentro hacia fuera». En ese sentido me estaba enamorando, de dentro hacia fuera. Al principio, Ërno me decía que era una tímida, luego empezó a decir que no me alegraba lo suficiente cuando me traía un nuevo regalo. «No sé cómo sorprenderte», me dijo una tarde en La Rotonde.

—Es muy bonito.

—Ya sé que es bonito. Es el más bonito.

—Me gusta mucho, querido Ërno.

—¿Y por qué no te brillan los ojos?

Yo no sabía cómo explicar que me estaba enamorando como los retratos de Pascin, de dentro hacia fuera. En lo poco que sabía yo de amor, de lo que sí estaba segura era de que esa era la peor forma de enamorarse porque el miedo al fracaso lo podía maquillar con carmín y colores, pero cómo maquillar el dolor interior. Cómo. Thora me dijo que si seguía así, con «esa cara de desasosiego», acabaría echando a Ërno de mi lado. Y yo lo que estaba intentando era no enamorarme, no enamorarme, no enamorarme, no enamorarme, no enamorarme...

No enamorarme más.

Al día siguiente de volver junto a Thora, Nils, Kiki y

las chicas de Saint-Tropez mi dolor se desdibujó poco a poco con la noticia de un viaje de Ërno a Nueva York con Leopold. Aquello removió todos mis instintos porque pensé que Ërno ponía kilómetros de por medio para darme tiempo a pensar.

—Vamos, Alice —me dijo—, sabes que te quiero con toda mi alma. Voy porque debo ir y sabes que quiero contar contigo.

Ërno se movió por el salón nervioso, lo único que hacía era agarrarse las manos y empezar una frase que no sabía cómo cerrar. Se llevó la mano al corazón y durante un rato se quedó mirándome en el cuadro que había colgado encima de la chimenea, aquel que nos unió por casualidad. La cicatriz de su cuello era más visible cuando se ponía nervioso porque empezaba a rascarse sin dejar de ladear la cabeza. No me gustaba notar su debilidad o vulnerabilidad. Era mi arrecife. Mi islote. Necesitaba que fuera fuerte para yo agarrarme a él como si fuese una niña que no sabe nadar.

—Sabes que me voy a Nueva York.

—Sí.

—Tienes que pasarlo bien con las chicas, contarme todo lo que hagas, el club, los talleres de Coco, recuerda que debes ir… No olvides escribirme, y no puedes olvidarte de mí —me dijo, entrelazando los dedos. Estaba tratando de contener las lágrimas, pero se le humedecían los ojos.

Por dentro de mí solo podía morderme las uñas ante su tibieza.

—Venga ya, dime lo que quieras decirme.

Su mirada se había quedado paralizada ante mi cuadro. Se había inclinado hacia la chimenea y estaba apoyado dejando caer todo su peso en los brazos. Me imaginé que si estaba tan nervioso era porque estaba rumiando algo que a mí no me iba a gustar; por mucho oropel que ahora me rodeaba, no había sido una chica feliz. Precisamente al verle escorado en la boca de la chimenea se me aparecieron aquellas chispas de leña que ardían en casa de mi madre, con mis hermanos, y que nos quemaban los pies mientras mamá calmaba las quemaduras con su saliva. Esa imagen me hizo temblar porque una puede dejar la pobreza, pero la pobreza nunca la abandona a una. La vida me había desviado hacia los grandes bulevares, pero cuando soñaba, o peor, cuando tenía pesadillas, los lugares no eran alamedas y parques por los que ahora paseaba con Ërno, eran estrechos callejones llenos de humedad y paquetes de comida que nos pasaban los Fresnault como caridad. Esa cicatriz era mucho más importante que la que ocultaba mi amor en su cuello.

—Necesito que me digas que sí —me dijo Ërno.

Levantó la mirada del mármol y se puso de frente. Me sonrió.

—Tengo miedo de que te vayas con Leopold. Es un canalla —espeté.

—No habrías podido definirlo mejor —me dijo cuando di un paso hacia la ventana intentando acercarme a la luz.

—Puedes confiar en mí. Pero hoy yo quiero confiar en ti.

Mi rostro debió de parecerle desencajado porque repitió la frase antes de meterse la mano en el bolsillo.

—Claro que puedes confiar en mí... —sollocé nerviosa.

—Te voy a echar de menos estas semanas —comentó Ërno más seguro que yo de sus palabras.

—Yo también —repetí.

Clavé la mirada en el suelo reluciente y supliqué que terminara de una vez alguna de sus frases, o buscaba una grieta por la que diluirme.

—Me paso todo el tiempo pensando en ti —me dijo hundiendo su mano en el bolsillo en busca de una cajita aterciopelada. Ërno tragó saliva y acabó la frase en tono ronco—. En cuanto vuelva del viaje quiero casarme contigo.

El arrecife, mi islote, se había convertido en un anillo brillante que apenas me dio tiempo a mirar porque, lleno de nervios, me cogió la mano, buscó mi dedo e introdujo el compromiso en mi anular. Se me subió la sangre a la cabeza y una bocanada de aire me inundó los pulmones. Quizá, si hubiera sido capaz de respirar y ahogar mis lágrimas, podría haberle dicho a Ërno Hessel lo mucho que le quería, que yo estaba sufriendo tanto porque era el hombre que había cambiado mi vida, que estaba loca por él, que le amaba, que... Pero lo único que pude hacer fue sonreír estúpidamente y colgarme de sus hombros.

—¿Por qué lloras, Alice?

Me agarré de su cuello, acariciándole la cicatriz como si estuviera siendo la enfermera de la guerra que le curó desinteresadamente. En mi dedo brillaba el diamante y en mi corazón se instaló toda la esperanza del mundo, tragándose todas mis frustraciones.

—Me da miedo pensar que podemos llegar a ser increíblemente felices.

Aquella noche decidí quedarme en su casa. Le abracé, le besé, me agarré a su torso y hundí mi cara en su pecho. Pensé en la fragilidad de mis sueños y en la debilidad que había tenido con otros pintores mientras salía con Kiki de madrugada. Ella me decía que el coño no era más que un pasaporte para pasarlo bien y hacer amistades, «no es más que carne, úsalo». Sin embargo, era la primera vez que me desnudaba por amor y me asusté.

Temblaba. Todo mi cuerpo palpitaba.

No quería que pareciera que estaba pagando con sexo mi felicidad. Y en ese temblor de dudas y de inseguridades todo París se me hizo pequeño en su cama. ¿Cuántos miedos caben en una historia de amor?

Tiritaba. Más aún. Si me mostraba con las ganas que me pedía el cuerpo, iba a notar mi falta de pudor entregándome a sus desahogos sexuales y por eso no pude relajarme en toda la noche. Pensaba que era mejor que esa primera vez pasara rápido, para que no se detuviera en los detalles, así que reprimí mis instintos. Le pedí que se fuera de la habitación para desnudarme, meterme en la cama y esperar a que entrara. Él aceptó, y cuando apareció de nuevo me encontró como un pájaro acurrucado entre los almohadones, delicada e indefensa.

—Ërno, por favor, ¿puedes apagar la luz? —le pedí también.

La habitación quedó casi a oscuras. Casi.

Las cortinas estaban abiertas y sobraba luz para iluminar su cuerpo y comprobar cómo iba desnudándose a los pies de la cama, sin dejar de mirarme. Tenía un cuerpo fibrado, sin apenas pelo, firme. Me dieron ganas de destapar las sábanas y aproximarme hacia él para ser yo quien tomara las riendas de aquel combate. Estaba claro que iba a gustarle, pero quería ser diferente con Ërno. No habíamos pasado de los besos, de los roces de manos o los abrazos intensos en las despedidas tras la ópera, las cenas, las fiestas. Ërno había mantenido la prudencia que en ese momento, allí de pie, completamente desnudo, no pudo ocultar: la luz que se colaba de las farolas de la calle iluminaba su miembro dispuesto a sellar el amor. Se echó sobre mí sin quitar la ropa de cama que me cubría y empezó a moverse jadeante mientras balbuceaba palabras de amor. Ërno era un hombre inteligente y con un cuerpo perfecto, pero avanzaba demasiado delicadamente para tanta belleza. Fue en ese momento cuando aparté las sábanas y me fundí con él.

CAPÍTULO 26

—Me dijeron que estabas muerto.

—Me dijeron que no querías verme.

—Laurent… No sabes lo que ha sido mi vida…

Entonces, mi pintor suspiró, exhausto, y girándose hacia mi lado de la cama dijo las siguientes palabras:

—Teresa, mi amor.

CAPÍTULO 27

—Dime que tienes todo el tiempo del mundo para mí cuando vuelvas.

—Dime que tienes ganas de que vuelva de Nueva York.

—Ërno... No dejes de pensar en mí.

Entonces, mi general suspiró, exhausto, y girándose hacia mi lado de la cama dijo las siguientes palabras:

—*Alice, mon amour*.

CAPÍTULO 28

Hicimos el amor durante toda la noche. Varias veces hasta acabar exhaustos de sudor y cansancio. El deseo se había convertido en una carcasa que había que hacer trizas, y la ansiedad de nuestros corazones casi adolescentes en ese momento puso todas las trabas a la hora de abrazarnos, acariciarnos y besarnos. Jamás hubo tanta torpeza ni tantas ganas. Parecía que rompíamos la virginidad otra vez, con los mismos miedos, con las mismas ganas. Las únicas cosas que nos decíamos eran frases entrecortadas que ahogábamos con besos como si no fuera a amanecer nunca, enredados en *te quieros*, en recuerdos y en juramentos.

No hubo manera de dormir, se hizo de día y nos iluminó las caras, que es como decir que se había hecho de día en nuestra vida. Por eso pude arrancar a hablar.

—Conocí a otros hombres, pero duraron poco, todos me recordaban a ti, pero ninguno eras tú… Era como intentar buscarte en los cuerpos de otros. Incluso intenté viajar a tu casa. Recordaba una dirección...

—Nos mudamos varias veces —me interrumpió para cortar mis justificaciones—. Nosotros también empezamos a dar tumbos de casa en casa, era una forma de buscar o de huir de un problema.

—¿Nosotros? ¿Qué pasó, Laurent?

—Con mi padre apenas tengo relación, he venido a París para ayudarle en su exposición. Me suplicó que viniera para estar con él y ser su mano derecha en este momento.

—Dime —dije casi en voz baja.

No respondió enseguida, sino que apartó la mirada hacia la ventana, que ya mostraba un día luminoso.

—No sé por dónde empezar.

Suspiró.

—Laurent... —arranqué a hablar para ayudarle—. Ha pasado mucho tiempo, pero no hemos perdido la confianza...

—Lo sé.

Cogió aire, se le veía incómodo.

—Mi padre está muriéndose.

—¿Tu padre? ¿Ardisson?

—Sí.

—Oh, no tenía ni idea. En ningún momento se ha mostrado débil. O habré sido una burra y no me he dado ni cuenta. Estoy tan ciega con el asunto de las fotografías...

—Él también, está entusiasmado con la empresa.

La tristeza formó una brecha entre los dos en la cama.

Nos incorporamos, sentándonos para hablar mejor en ese momento de abatimiento. El viejo Mathieu, mi confidente, el padre de mi amor, estaba muriéndose.

—Teresa, él y yo nunca nos hemos llevado bien... desde hace mucho tiempo. Yo escapé de su lado porque no podía ni verle la cara, ni verle respirar...

—Pero...

—Meses después de conocerte, mis padres me llamaron. Yo sentí que debía estar con ellos y por eso volví a casa, pero nada más llegar me di cuenta de que su relación era un horror. Ella estaba llena de vida, era adorable, cariñosa y divertida. No hacía más que canturrear por casa y abrazarme a la mínima como si fuera todavía su niño de cuatro años. Cuando me la encontré de nuevo no levantaba la mirada del suelo y se pasaba el día bebiendo a escondidas en la cocina, en el salón... Tardé meses en saber qué estaba pasando. Entonces me lancé en su ayuda, sacándola todos los días, íbamos a cafés, teatros y pequeños conciertos... Me convertí más en su padre, su marido, su protector que en su hijo. Las tardes eran solo para ella, para estar juntos y hacer planes que yo organizaba, aunque solo fuera dar una vuelta por las Tullerías, tomar algo y volver. La llegada a casa era la misma, estaba presa de la angustia y con un dolor tan profundo que acabó con ella.

—Hiciste todo lo posible...

De pronto los ojos de Laurent se enrojecieron y se llenaron de lágrimas.

—No lo sé. Se suicidó una de esas tardes que íbamos al

teatro porque la dejé sola, me dijo que estaba bien, que saliera esa noche con mis amigos, que la dejara en casa, que se sentía cansada. Entonces, le hice caso, me fui de copas y volví de madrugada. Ni me percaté de que estaba dormida, muerta, en el salón. Los médicos dijeron que podía habérsele salvado la vida, que las pastillas la habían dormido, que... Yo ni me di cuenta de que estaba agonizando a pocos metros de mí. Ni me di cuenta..., me metí en la habitación.

—¿Y Mathieu, tu padre?

—Él llamó a la policía antes de avisarme a mí. Y esperó a que llegaran los agentes para que el ruido me despertara. Lo sabía, él sabía que estaba mal, él sabía que podía suceder y no mostró ni un gesto de arrepentimiento. Ella cubierta con una sábana saliendo en camilla y él realizando llamadas de espaldas para no mirar. Noté cómo una de esas voces era más familiar, la voz de una mujer que le pedía tranquilidad. Ya te puedes imaginar lo demás. No pude permanecer más en esa casa, ni verle, ni siquiera recoger las cosas de mi madre. Se convirtió casi en una obsesión para mí, podía haberla salvado.

—No lo creas...

—Sí. Lo creo —dijo sin levantar la vista.

Apenas dudó.

—Nadie tuvo la culpa —aseguré para evitar más dolor en sus palabras.

—¿Cómo puedes asegurarlo? —refutó como una descorazonada queja.

—Es mayor, está mayor, enfermo... Ya no vale la pena.

—Seguramente en eso tienes razón. No me parezco a él. No soy como él.

Volvió a gemir y sus ojos se llenaron nuevamente de lágrimas.

—Y… ¿por qué has venido?

Laurent me miró en silencio, luego se encogió de hombros y siguió hablando.

—Sé que ha pasado el tiempo y también sé que su enfermedad es un chantaje para tenerme a su lado, pero… ya no puedo cargar con más culpas. No lo soportaría, tampoco soy tan fuerte. Además, la exposición es sobre la mujer francesa y sé, conociendo a mi padre, que es una forma de expiar sus pecados recordando a mi madre. He reconocido sus manos en un cartel que están preparando en la imprenta, no podría olvidar los dedos finos de mi madre, vacíos de anillos, llenos de vida. Ese gesto tan suyo de agarrarse con una mano el pulgar y apretar las manos.

Me erguí y alargué la mano tratando de recuperar su cercanía.

—No le niegues estos días, Laurent, yo podría ayudarte a estar más cerca de él.

Pensé que era una forma de decir también que así estaba también más cerca de él. Había tardado más de quince años en aparecer y el azar lo había puesto a mi lado de nuevo. Sin embargo, noté en su cara, cuando tuve el valor de mirarle, que en el fondo no había perdonado a su padre y que su presencia en París era circunstancial. Pero él, que quería controlarlo todo, había tragado con la exposición, con su padre y con los recuerdos. Esperé a que bajara la intensidad de su respiración para abrazarme a su pecho y farfullé incapaz de ordenar mi frase.

—¿Y yo?... Nuestro París, te vas, ¿verdad?

Me miró con generosidad.

—No sé qué hacer. Quiero ayudarle en la exposición porque es su último sueño, pero no soporto tenerle cerca.

Tragué saliva. Sentí una sordera hueca que me impidió escuchar su justificación.

CAPÍTULO 29

Unos días después de que Ërno partiera hacia Nueva York empecé a trabajar en el taller de Coco Chanel. ¿Cómo olvidar la perturbadora imagen de aquel lugar? Ella era la emperatriz de aquella flota de modistas ordenadas entre mesas amplias llenas de telas, tijeras e hilos. Las chicas de la costura entonaban siempre la misma canción en voz muy baja y parecía la banda sonora de unas tardes que para ellas eran rutina y para mí todo un acontecimiento indiscutible que me resulta imposible expresar dada mi fascinación: no cesaban de llegar junto a sus sirvientas señoras de la burguesía que se dejaban aconsejar por mademoiselle sin rechistar. Para Chanel no eran más que clientas a las que imponía su sencillez impersonal. Cuando le preguntaban el porqué, se encogía de hombros. Entraban sin cesar cartas, equipajes, paquetes del extranjero, regalos...

—¡Déjelo ahí! —decía al mensajero después de darle una propina. No les miraba a la cara, supongo que por si alguno llegaba en vano a parecerse a «Boy».

Para mí, aquel lugar era un salón de baile en el que todo se movía con una armonía de ejército eslavo, como alguna de las costureras, siempre luminoso y recién encerado. Mamá habría sido feliz con solo mirar mi felicidad tras alguno de los biombos que cubrían las esquinas. Pensaba llevarle algo de todo lo que acababa sin uso. A veces, sentía el impulso de volver a casa y contarle cómo era aquel lugar en el que mi dolor se había traducido en fiesta.

—Un gran fotógrafo de la Croisette nos tomó una imagen con un sombrero parecido a aquel, querida Gabrielle —dijo una clienta bellísima mientras se dejaba caer en la *chaise-longue*—. Aquella noche no faltaban admiradores —añadió.

—Lo recuerdo —cortó voluntariamente Coco—. No vale la pena.

—Llevé veinte sombreros —insistió en recordar.

—¡Veinte! Son muchísimos, ¿no? —dejó escapar una de las chicas a mi lado.

Había en el tono de voz la misma sorpresa que la que sentía yo.

—Anoche yo perdí uno —explicó otra en voz baja—, vete a saber tú dónde.

—Lo que no habrás perdido tú.

—¡Calla! Podrás tú hablar.

La vida no acababa nunca de pasar en aquel taller. Las pillerías de la vida alegre de las chicas, nosotras, se mitigaban cuando las señoras, como princesas de sombrero blando echado hacia la nuca, narraban con entusiasmo sus viajes por Niza, San Petersburgo, Deauville, hoteles bajo el sol de Saint-Tropez… Calladas, atendíamos a las crónicas —¿cómo ignorarlas?— y descubríamos que las clientas no hablaban más que de amantes, generales, lecturas, mobiliarios, cristales de Lalique, alhajas de Cartier y películas de cine en las que aparecían los modelos que querían tener. La reacción de Coco, en esos momentos sumida en las tinieblas, era de aversión. No quería adornos porque le sobraba todo atavío superfluo, cualquier artificio iba directo a la papelera de los diseños, sin miramientos. Del mismo modo que arrugaba un patrón con mucha compostura, se burlaba sin pudor de las horteras que cuanto más dinero, más lazo pedían. «No», era su respuesta. Coco era una mujer frágil pero fuerte, y entonces comprendí qué adecuadas eran aquellas dos letras. Era el último muro que se erguía entre mi anterior vida y yo. Yo también aprendí a decir que no. Algo que a Kiki y a las chicas les pareció terrible.

—El amor no está reñido con la diversión, querida.

—Es que estoy agotada, me paso las mañanas con Coco —me excusaba para no unirme a sus correrías nocturnas—, debo madrugar. Se lo he prometido a Ërno.

—Aburrida, ¿lo sabes? La futura señora Hessel es una mujer aburrida.

—Sabes que estoy deseando que vuelva…

—¡Oh, no! No lo había notado. Entre tú y Thora voy a quedarme sin amigas. Menos mal que me quedan los hombres.

—¿Todos?

—Si hace falta, ¡todos! No hago ascos. Además, contigo menos en el mercado tocan a más.

—Cuando vuelva Ërno hacemos planes, ahora quiero sacar todo el provecho a los talleres de mademoiselle, esto es apasionante, ni te imaginas... De hecho, me ha dicho que me ayudará si quiero montar mi propio negocio.

—¿Estás a vueltas con tu tienda?

—Sabes que sí.

Kiki balbuceó. Tenía la boca apretada, como si estuviera tratando de leer mis pensamientos. Lo mejor y lo peor de mi amiga era que sabía leer entre líneas, hasta callada conseguía arañar mis preocupaciones. Hubiese dado mi vida por saber qué estaba pensando en ese momento, y, aun así, pudiendo preguntarle, no tuve más remedio que callar para evitar una radiografía.

—Quiero que sepas que estaré a tu lado, como lo estuve cuando salías manchada de pintura y carmín de los otros talleres —me dijo Kiki mientras salíamos del café.

Hizo su típico chasquido de dedos para cambiar de tema, se puso más carmín y agarrada a mi brazo me acompañó de nuevo hasta la puerta de los talleres de Coco. Ese chasquido resonó en toda mi sien. Mi camarada sabía perfectamente que yo era una mujer que venía de ese otro París que no viste vestidos de chifón ni juega con las perlas a la salida de los restaurantes, yo conocía el sabor de la cebolla y había mendigado queso para compartir con mis hermanos. Tenía el estómago hecho a todo y la piel acostumbrada al frío, por eso mi mayor miedo ahora era descender en caída libre si me fallaba el apoyo de Ërno en la alta sociedad. Con él podían cerrarse todas las demás puertas que ahora tenía abiertas. Todo irá bien, pensé. Contuve la respiración para despedirme de Kiki y observé cómo buceaba dentro de mí zambullida en el océano de mis quebraderos.

—A las amigas nunca las separa un hombre, ni dos. Sabes que estoy.

—Lo sé, Kiki.

—Recuerda que Leopold es un *playboy*, que Ërno es su amigo…, que son hombres, que a los hombres…

—¡Para ya!

—Te lo digo con cariño, porque te quiero… No vayas a hacer demasiados planes. Ellos son de una manera, nosotras somos de otra.

Y me daba cuenta, aunque fuera fingidamente, de que mi rabieta para no oír a Kiki era simple y llanamente para no escuchar mis contradicciones. Tal vez tenía razón. Pero yo quería, suplicaba, que fuera solo tal vez.

—Por cierto, me voy rápido, que me están esperando —soltó meciendo las puntas de su melena *garçon* para frivolizar el momento—. No quiero desaprovechar ¡ni un minuto!

La reina de Montparnasse estaba enredada en otro de sus amores pero seguía combinándolo, como siempre, con ron y con canciones. De hecho, ahora había empezado a ser una más de las estrellas que poblaban los escenarios, actuando, cantando, pintando y dejándose fotografiar por su media naranja, Man Ray, en todo tipo de publicaciones. Siempre desnuda. Desprovista de pudor y de miedos. Mi adorada Kiki era el centro de París y agotaba las veinticuatro horas del día con tanta pasión que renacía y moría cada día como una mariposa de seda. Yo, en cambio, me reprimía para evitar la tentación. Los miedos nunca desaparecieron en mí, por eso me maquillaba tanto.

Cuando Kiki se marchó hacia su destino yo me subí a los talleres de la rue Cambon. Pensaba, sin embargo, que había tocado mi punto débil, y el de mis miedos sobre mi futuro. Para que sucedan los sueños tienen que soñarse muchas veces, y yo estaba tan temerosa de perderle que no conseguía dar dos puntadas seguidas. La clave de mi seguridad la tenía en mi mundo, en aquel barrio de Mouffetard, que ya era un simple recuerdo, pero fuera de él necesitaba de otros asideros. La clave ahora era él. Y todos mis esfuerzos por estar atenta a las tijeras y a los hilos eran vanos.

Todavía estaba sumida en mis pensamientos y mi lugar en el mundo cuando vi que Coco avanzaba hacia mí, como siempre vestida de negro de la cabeza a los pies. Su mirada se cruzó con la mía, perdida en la ventana, y fingí que no me daba ni cuenta. Por desgracia para mí, lo que tenía entre manos era un vestido de madame Arnauld, amiga de la jefa. «Lección número 1: estar atenta. Lección número 2: no manchar las telas.» Volví la cabeza con brusquedad y me di cuenta de que había empezado a sangrar en el patrón.

—¡Lo siento, mademoiselle Chanel! —me azoré limpiándome en la falda la sangre que chorreaba de mi mano.

Desconcertada como yo, me extendió su pañuelo para que me cubriera la herida.

—Alice, he visto cómo te cortabas con las tijeras y no te dabas ni cuenta.

—No volverá a pasar —dije avergonzada por haber manchado la tela.

—Claro que no volverá a pasar.

—Lo sé.

—¿Qué te pasa? Yo había conocido a una chica segura de sí misma, atrevida incluso. Y me encuentro ahora a una muchacha que parece que venga por primera vez a la ciudad.

—Lo siento.

—Ya sé que lo sientes. Lo que quiero saber es qué te pasa. Cómo has cambiado desde que te conocí… No puedes negar que no pueden ser solo nervios.

Las chicas de la costura disimulaban escuchando nuestra conversación.

—¡Volved a lo vuestro! —dijo con cierta arrogancia.

—Es… ¿cómo decirlo? Miedo.

—¿Miedo? ¿Sobre qué?

—Bueno, miedo a estar aquí, a fallarle, a no estar a la altura de lo que espera de mí…

Me miró en silencio, con la mano apoyada en la cintura y otra en la mesa donde había quedado una mancha de sangre junto a las tijeras. Permaneció así largo rato, indiferente, mirándome con sus ojos abiertos. Me pareció que no me creía y, al final, terminé por ser honesta.

—Yo no soy una mujer como aparento. Y temo que Ërno se dé cuenta.

Su mirada se tiñó de discrepancia. Cogió las tijeras y, decidida, rasgó por completo la tela en la que había caído la sangre.

—¿Qué hace? ¡Podía limpiarla!

—Mi querida Alice, esta tela es solo un trozo de vestido. La señora Arnauld puede pagar doscientos vestidos como este. Más incluso. Yo misma puedo convencerla para que elija otro color, otro diseño, otra tela. Sin embargo, no puedo convencer a un hombre que ha decidido amar a una mujer. Ërno está enamorado de ti, le conozco bien y no hay tijeras que puedan romper sus sentimientos.

Dio media vuelta y al llegar hacia la puerta de su despacho se giró de nuevo.

—¡Y no vuelva a manchar otra tela! —me advirtió esperando una reacción del resto de las chicas del taller.

Concluida mi jornada, llegué a casa. Mi apartamento era tan acogedor que casi olvidaba que era una mujer feliz y enamorada. Todavía tenía el pañuelo de Coco apretado entre mis dedos para parar la herida; al retirarlo, seco y pegado, descubrí que en las líneas de mi mano había quedado otro surco que partía en dos la línea de la vida.

Reconocí mi miedo en el espejo pero no reconocí mi cara debilitada por el pesimismo. Busqué en el armario la gargantilla de las esmeraldas que me había regalado Ërno la noche de la gran cena y la acaricié como si estuviera rozando la cicatriz de su cuello vestido como en esa foto de general. Luego reparé en que al apretarla entre mis dedos, la herida también se había abierto y estaba manchando las piedras.

Temblé mecánicamente.

CAPÍTULO 30

El viaje de Ërno se estaba retrasando y las palabras de Kiki no hacían más que machacarme la cabeza. Mal que me pese, si tardaba más acabaría dándole la razón a ella. Un día sí y otro también tenía que ausentarme del taller para mojarme las sienes, mareada por la presión de los días y la ausencia. Nueva York estaba tan lejos que contaba los días de la travesía como si por ello fuese a acelerar las máquinas del buque, cuando lo único que hacía era acelerar mi corazón. Vomitaba cada vez que pensaba en Ërno mirando por la cubierta en esa bañera gigantesca de mar. Como si fuera a llegar cada tarde, ilusa, miraba el reloj y, acelerada, ordenaba mis cosas del taller para marcharme a casa. Creía que por correr a cambiarme de ropa y esperar su llegada haría que todo fuese más fugaz. Coco me entendía bien. «Los nervios son lo mejor para empezar a parecer una amada», según sus palabras.

—Ojalá yo pudiera nadar para encontrarlo.

Hablaba de ella. De su pérdida. Entonces entendí que yo

podía esperar, ella no. Y que esperar puede ser tan angustiante como feliz.

—Ojalá.

Lo dijo tocando una de las telas que por mi tensión empezaba a descolgarse de la mesa de los patrones. Me parecía injusto y disimulé mi cosquilleo de emociones para liquidar mi tensión en segundos. Despaché mis asuntos entre hilos y telas y salí raudamente. No sé ni cómo llegué a casa. Tal vez el «ojalá» de Coco me había lanzado por la borda de mi angustia. Cuando me di cuenta estaba en la bañera, en casa, jugando con las burbujas y mirándome en las pompas de jabón que me reflejaban de manera infinita vuelta del revés.

Yo, en medio de mi mar.

Soplé las pompas como quien despliega las velas de un barco a sotavento.

Él estaría en medio de otro mar.

Hice lo que todas las tardes desde que partió a Nueva York, cada día de cada semana, esperando..., esperándole... Elegí el vestido que mejor me quedaba, comprobé que el pelo estaba perfecto, me perfumé y, después de mirarme en el espejo no sé ya ni cuántas veces porque iba y venía corriendo del baño al vestidor, me ajusté el collar al cuello para que Ërno se encontrara a la Alice que esperaba. Así me quedé un rato. «Pensaba que no ibas a llegar, pensaba que te habías olvidado de mí, pensaba que...»

Las odiosas vigas del techo vibraron por la presencia de alguien subiendo las escaleras del edificio. Sonreí coqueta.

Sonó un golpe en la puerta.

CAPÍTULO 31

Una de las ventajas de la felicidad es que puedes huir o llegar a la puerta en segundos. Un chico simpático, joven, preguntó por la señorita Humbert.

—Soy yo. Alice Humbert.

—Esta carta es para usted.

El remite era de los señores Fresnault, sin más. No indicaba quién de los dos me enviaba la misiva. Supuse que era de él porque reconocí su letra. Rompí el sobre con cuidado y desplegué el papel, en el que se podía leer:

> Querida Alice, creo que esta carta llegará tarde. Debes saber que te guardamos mucho cariño y que nunca hemos olvidado tu compania siempre tan feliz y tan amable con nosotros. Esta ausencia no ha hecho más que aumentar nuestro amor a tu familia, entendemos que si no estás es porque tu vida ha sido generosa con tus sueños y que el rumbo que has elegido será el que siempre quiso tu familia para ti.

> Tanto mi esposa como yo guardamos muy buenos recuerdos de tu infancia y adolescencia y sabemos que serás una mujer feliz. No cabe duda, tu ángel de la guarda debe estar protegiéndote como nos ha protegido a nosotros. Así deseamos que siga siendo. Confiamos en que vinieras algún día a casa porque siempre has sido y serás bien recibida, pero no ha habido manera de encontrarte en París hasta ahora. Imaginamos que no serás todavía conocedora de la terrible noticia. Tu madre ha fallecido después de una larga enfermedad, tus hermanos ya no están...

No tuve suficiente aire para respirar, mamá había muerto. Sacudí la cabeza y arrugué el papel entre mis manos, no podía soportar leer ni una palabra más. Ni una sola palabra más... En las calles se escuchó una banda de música alborotando las aceras con carreras y bailes que acabaron por destrozarme, la música de la felicidad ajena se mezclaba con la inmensa tristeza que llenaba mi habitación. Era un cadáver viviente. La gente gritaba canciones, yo estaba envenenada de dolor, arrugada, con el mismo frío que debió de tener mi madre aquella noche en la que la hice invisible. La angustia me atravesaba el cuerpo hasta hacerme llorar. Podía notarme el pulso en el cuello, ahogándome la respiración. El dolor me hizo sentirme la mujer más despreciable de la tierra porque mientras intentaba asimilar la muerte, olvidar la música, respirar, aguantándome de pie..., no podía arrancarme de la cabeza la imagen de mi madre envuelta en una manta, aterida de frío mientras yo me colaba disimuladamente en el coche de Ërno. Aquella noche huí de ella huyendo también de mí sin saber que iba a ser la última vez en verla viva, mirándome, esperando algo de mí. Las dos habíamos muerto de una manera. Con una diferencia: yo pude haberme despedido.

Dejé caer la carta al suelo y me senté, mirando la puerta por la que acababa de irse el chico. Nunca me volví a sentir tan mal en mi vida, puedo repetirlo hasta agotar las palabras que me quedan porque nunca sentí tanto espanto de mí misma. En ese momento me di cuenta de que estaba sola y que así lo iba a estar para siempre. Sola. Quien huye de la verdad acaba tropezándose con ella. Una cree que va a durar toda la vida y que va a tener tiempo para corregir sus errores, pero no. Los errores se encargan de echarnos sal en los ojos.

Me eché a la calle vestida como iba: apestando a dolor y a perfume.

—Discúlpenme —le dije a uno de los que iban aporreando unos tambores mientras me secaba las lágrimas con los puños.

El que iba moviendo una bandera llena de flecos me agarró de la cintura y me obligó a bailar con ellos.

—¡Venga, belleza!

—¡Déjenme! —grité.

Se me puso la espalda rígida, recordé la primera noche en la que aquel médico intentó abusar de mí. Me trató como lo que debía estar aparentando ser, un desecho. El músico borracho que me agarraba por la cadera intentó besarme y me zafé echando a correr entre los tambores, tropezando con ellos, rasgándome el vestido como si me rasgara el alma. En las calles por las que iba colándome merodeaban vagabundos y maleantes que empezaron a darme miedo como nunca antes me había pasado. Era ese frío que da la soledad real y que antes no me había asustado. La gente andaba por las aceras violentamente, salvando los charcos y las aguas que bajaban por los bordillos llenos de basura.

Llegué a la casa de mi madre con la esperanza de que todo fuese mentira y aporreé la puerta para que me abrieran. No había nadie, sin embargo, la puerta cedió y caí de bruces en el que había sido mi hogar durante tantos años de pobreza. A gatas, como debí de haberlo hecho de niña buscando a mi madre, me deslicé por la casa en tinieblas, «¿mamá, mamááá?», sin ningún éxito. Tropecé con las sillas y me dejé caer en una de ellas, en la que todavía sentí el calor de tantos inviernos. Esa soledad que tienen las casas después de la muerte es infinita. Mi mesa estaba donde tenía que estar, junto a la ventana en la que mirábamos el bullicio de la calle y donde comíamos las ayudas de los Fresnault. Arrastré la butaca hasta los cristales, traté de no mirar la manta con la que se cubría mamá las piernas, y me quedé horas resecándome en el frío de lo que había sido un hogar.

Aparté mi cara de las fotos que teníamos sobre la chimenea, ahora negra como una boca de túnel, entonces alegre como si siempre fuera Navidad. En la repisa, inmortalizados, estábamos los cuatro, con las caras limpias y los pelos retirados hacia atrás. La blusa de mi madre era prestada para aquella sesión, una con unas puntillas abiertas sobre la que se puso un broche también prestado de la esposa del fotógrafo, que nos miraba con la envida de la felicidad ajena. Nos pellizcó los mofletes para sonrosar la alegría que ya venía de casa, porque esa no había manera de ocultarla con joyas prestadas, y nos besó. Luego un flash nos cegó. Mi muñeca estaba sobre el alféizar de la ventana, junto al cestillo de mimbre con agujas e hilos.

Aparentemente la casa estaba viva, incluso se notaba el calor de los cuerpos que acababan de salir por la puerta. Y las pisadas extrañas que en otros días parecían visita ahora se hacían intrusas en la calma de una casa que ya nunca iba a ser hogar. Un silencio tóxico llenaba el aire de soledad. Pegué la cara en el cristal helado de la ventana y el aliento marcó mi silueta, aparté la vista de la calle y borré la marca que había dejado mi respiración. «¿Mamá, mamááá...?», volví a preguntar sabiendo que no iba a obtener respuesta.

—Mamá...

El encaje de su delantal asomaba por detrás de la puerta. Se había quedado colgado del clavito en el que siempre lo dejaba para salir a abrazarnos. Usé su espejo para secarme las lágrimas y mirar el desierto que se había instalado en mis ojos. Me limpié con la tela y fue peor porque todo su olor de madre vino a colarse hasta los tuétanos de mis huesos. Anhelé abrazarla.

Ese era un hogar pequeño y tranquilo, era mi casa. Solo donde está tu madre está tu casa. Así me senté, destrozada, en su cama. La habitación era pequeña y austera, en el centro, rozando con la puerta, su cama de madera y metal, que inexplicablemente no estaba tan gélida como el resto, cuando siempre había sido una casa que entumecía las articulaciones. A veces dormíamos juntas para evitar amanecer rígidas de frío, nos frotábamos las manos antes de salir de las mantas para al menos poder vestirnos. Una pequeña luz de la calle iluminó su lado como si me obligara a mirar en esa dirección.

Podía verla tumbada, cuando se dormía antes que yo.

Miré conteniendo el aliento.

Me pregunté cómo podía haber sido tan mala huyendo aquella noche y la cama chirrió al echarme sobre la colcha de lana. Me sentí despoblada. Pasaron mis cinco años, mis siete años, mis doce, mis catorce, mis quince y en todas direcciones aparecía ella, con la espalda encorvada para abrazarme. Qué habría sido de mí sin ella. Peor. Qué sería de mí sin ella…

El chirrido de la madera de la cama fue la única respuesta, como un lamento que se fundió con el mío, agonizante.

Por fin, cuando el sonido se perdió, salí hacia la puerta, la cerré y me eché perdida a las calles, mi nuevo hogar.

En la fachada oscurecida donde había vivido tantos años se me representó la figura de mi madre asomada a la ventana como cuando me iba a clase bien temprano, cargada con mi libro y mi lapicero recién afilado con el cuchillo. Me pareció ver su mano pegada al cristal, levanté la mía como tocándola en un intento absurdo de despedirme o pedir perdón. El dolor subió por mi cuello hasta mis mejillas.

Lloré.

Al llegar al final de la calle, un hombre meneó la cabeza con gesto displicente y me llamó por mi nombre en medio de la noche.

—Alice...

Escuché miedosa cómo, burlón, volvía a repetir mi nombre de forma susurrante. No había mucho que ver, solo una farola al fondo debía iluminarme a mí como un fantasma errante. Pasé la mano por mi pecho para abrigarme el miedo y cambié de acera intentando evitar la silueta del animal que caminaba hacia mí.

—Bueno, bueno, niña Alice.

Era la voz de Kisling, que caminaba borracho. Sin embargo, la soledad hacía que yo sintiera solo miedo de mí.

—No imaginaba que te encontraría por aquí a estas horas...

Seguramente mi expresión me traicionó porque él se arrimó.

—Tú siempre has sido ave nocturna.

Me pellizcó fuertemente en el trasero y me apretó contra él, que venía abrigado y caliente de ron de algún bar. Yo estaba glacial y sin capacidad para expresar sentimientos. Kisling hizo una pausa y me abrazó para no caerse del bordillo escarchado de frío. Yo me abracé a él para no caerme del abismo.

No tuvo que decir ninguna palabra para llevarme hasta su casa. Ese era uno de sus secretos.

—No está lejos —apuntó—. Allí entrarás en calor.

Seguramente ni recordaba que yo ya había estado en su casa. Tampoco necesitaba ninguna explicación para salir de aquellas calles porque él fue quien, cubriéndome con su abrigo, hizo que yo mudara de piel como las serpientes. No hay muchos lugares en los que uno encuentre la meta, pero sí hay muchos lugares de donde huir. Sus manos ásperas, sucias de pintura y olientes a tabaco y ron, me sirvieron de acicate para salir de allí dejando mi piel en las alcantarillas.

Sin duda había advertido mi desamparo porque me llevó caminando zurcida a él para abrigarme del frío de la noche al mismo tiempo que me empujaba atrapada, como una mariposa en un frasco de vidrio.

Ya no era la rue Campagne Première donde tenía su taller, había pasado mucho tiempo desde la última vez; ahora se escondía en el número 3 de Joseph Bara, donde también Modigliani había ido a pintar hasta su muerte según la última conversación con Kiki.

—Discúlpame —le dije, luchando contra sus manos lascivas que buscaban entre mi ropa.

Kisling me agarró la muñeca y me obligó a desnudarle.

—Alice, no es la primera vez. Viniste aquí para que te pintara, te recuerdo que te gustó sentirte observada, eras tan provocativa cuando colgabas la ropa… ¿Te lo recuerdo? Debes afrontar la realidad. Este es tu mundo. Olvídate de los grandes salones y vuelve.

—Moïse, me estás asustando —le dije—. Por favor, déjame salir. Estoy derrotada.

—Ya no eres una niña. Estamos solos.

Kisling sacudió la cabeza.

—Mira qué pálida estás, bebe algo de ron —comentó acercándome una botella que tenía abierta sobre la mesa de los pinceles—. Da un trago.

Era capaz de cualquier cosa y yo esa noche estaba perdida y más vacía que nunca, así que mi cuerpo no fue más que el envoltorio de un paquete hueco. Kisling y yo empezamos a hacer el amor a golpes, con su violencia habitual que tantas tardes había volcado en mí para cerrar el taller. Me agarré a la mesa para no caerme. Las manos sudadas recorrían mi cuerpo en una euforia que mezclaba borrachera y pasión, yo estaba tensa al principio, luego me dejé llevar por su excitación y acaloramiento. La idea de pensar que me estaba gustando me ponía los pelos de punta. Tampoco hacía falta que dijera nada. Mis gemidos dejaban claro que nadie me hacía el amor como Moïse. Nos agitamos de forma desesperada.

—Me voy a vestir —le dije—. Quiero irme a casa.

Su rostro se contrajo.

—Quiero pintarte.

Al principio me sentí sorprendida, pero a esas horas en las que ya despuntaba el día por entre los tejados de París daba igual huir o quedarse.

—De acuerdo... —balbuceé.

—Quédate como estás.

—¿Así?

—Sí, claro —contestó.

Era incapaz de mover un solo músculo después de vomitar tantos sentimientos. Me quedé impávida, apoyada en su sofá como si hubiera sido abandonada. Se quedó mirándome como si estuviera enajenado, sus ojos vidriosos eran los de un reptil que sabe que la presa ya es suya.

—Retírate la tela —continuó—. No encojas las piernas, déjalas así, abiertas. Estás bella, no hay pintor que pueda retratarte en la inmensidad de tu atractivo.

—¿Me quito *esto*? —pregunté.

Kisling sacudió la cabeza. Inclinándose hacia delante, susurró:

—Me es indiferente.

«Esto» era el collar de Ërno que todavía llevaba colgado al cuello, las esmeraldas que me había regalado aquella noche en la que debí ser feliz y que había sido incapaz de quitarme. Dejé escapar un lamento nervioso que Moïse entendió como un suspiro lascivo y tragué aire para evitar vomitar el terror que me estaba empezando a subir por las venas.

CAPÍTULO 32

Ese invierno fue muy duro, tal vez el más duro de mi vida, porque significó un antes y un después en mi forma de ser. Yo nunca había confiado en mí, pero ahora temía que tampoco pudieran confiar los demás. Eso era lo peor. A la mañana siguiente decidí perderme por mi viejo barrio para contemplar qué raíz quedaba de mí en aquellas aceras, tuve fuerzas para volver a entrar en casa. Anduve perdida, disimulando que buscaba un determinado portal para ir parándome caprichosamente en cada número y respirar el olor de los puestos de verduras, de las frutas, de los quesos, la leña quemada, las flores… Perdida hasta que me tropecé con una cría que salía corriendo de mi portal y que me recordó a mí cuando sabía que nada podía pasarme porque estaba mamá en casa.

La pequeña me sonrió levemente como si leyera mi pensamiento. «Hola, señora», me dijo mientras se alisaba el vestido y pasaba delante de mí.

—Hola —correspondí, afligida involuntariamente.

Tras ella salió su madre, que iba pidiéndole a la pequeña que se abrochara bien el gabán. «Sí, mamá, sí, mamá...», replicaba corriendo libre entre los puestos.

—Haz caso a mamá —balbuceé sabiendo que no me escuchaban. A los ojos de cualquiera que pasara por allí, yo era una extraña que vagabundeaba.

Recogí todas las prendas de mi madre del pequeño armario que tenía a los pies de su cama como una autómata, intentando evitar emociones y dejarme llevar por la lamentación que cada prenda me evocaba; ayudé a los señores Fresnault regalándoles algunas de nuestras humildes pertenencias y cerré con llave la puerta. Antes de salir me quedé apoyada en la pared, en un llanto infantil que no aliviaba ninguno de mis lamentos. Me habría gustado que fuera un sueño del que despertar, pero allí no estábamos más que yo y mis arrepentimientos. Las lágrimas no me dejaban escuchar el silencio que salía de las habitaciones. No supe dónde mirar. Me concentré en mis manos, que se parecían mucho a las de ella. Cuando terminé de llorar me recompuse y bajé las escaleras sin hacer ruido para no llamar la atención de los vecinos. Era el final de una etapa. La mía y la de mamá. Me despedía de todo aquello que acababa con un beso en la frente, un café con leche caliente, un «abrígate, Alice», un abrazo intenso del que siempre quería zafarme para salir a la calle y que ahora, ahora, querría que fuera eterno. Siempre queremos el día cuando llega la noche. Siempre quise crecer. ¿Para qué?

Mientras regresaba a casa, pensaba en ella. Recordé un día en el que me detuve frente a una crêperie en la que empezaban a calentar las planchas y quise desayunar una de azúcar. Yo era una niña todavía y levanté mi mano para señalar mi antojo con tan mala suerte que apoyé los dedos en el hierro candente. El deseo resultó ser enormemente doloroso. Quizá en ese momento no me di cuenta del verdadero amor de mi madre cuando en mi angustia se metió mi mano en su boca para cicatrizar mi dolor con su saliva.

¿Cómo cicatrizaba ahora mi desconsuelo? No volviendo a pisar mi calle, ni mi casa.

CAPÍTULO 33

Semanas después, Kiki me anunció la llegada de Ërno de Nueva York. No sabía cómo se enteraba de todo, pero lo hacía antes que nadie. Me lo dijo mientras vaciaba su bolso en una mesa de Le Dôme y se repasaba con carmín rojo los labios.

—¿Qué vamos a hacer para celebrar la llegada de tu amor? —me preguntó mirándose en el espejito—. Si tuvieras otra cara deberíamos escaparnos a por Thora y Treize y buscar algún modelo con el que sorprenderle. Pero claro…, tú así…, ¡qué falta de vida!

—Tienes razón.

—Claro que tengo razón —dijo Kiki alzando una ceja—. Siempre te salvo.

—Me salvas.

—Sí, señorita. Thora tiene muy buen gusto y tú ahora has decidido ser una señorita. Es la más adecuada. Yo, al final, siempre acabo recomendándote demasiados escotes.

Kiki me miró, inclinó la cabeza condescendiente y parpadeó como una mariposa echando a volar. Una parte de mí quería volver a ser como aquella alocada tan genuina.

El cielo de París estaba limpio y azul. Anunciaba la llegada de Ërno, que siempre aparecía limpio y resplandeciente oliendo a perfume y jabón. Me sentí aliviada al ver que, aunque yo había mudado de piel, todo seguía igual: Kiki, el bullicio de nuestro club, el cielo, las calles, el cielo. Las muchachas aparecieron, no se sabe cómo, avisadas por mi amiga, era lo mejor: vivían por y para la felicidad.

—Bien, chicas —señaló Kiki como si ya supiera también que había que animarme cubriendo de frivolidad el dolor—. Hagamos que nuestra adorada Alice empiece a parecer la señora Hessel. La bellísima y educadísima señora de Ërno Hessel.

Asintieron, dejándose llevar por el ron que había pedido Kiki y por el ambiente festivo que siempre contagiaba la loca de Montparnasse.

—Hay que vestirla como si fuera la oficiala de la casa Chanel.

—No sé si será lo más adecuado —opiné sin éxito.

—¡Coco! Coco estará encantada de vestirla para la llegada de su amigo, ya sabéis que son íntimos.

—¿Coco Chanel y tu chico son íntimos? —preguntó sorprendida Treize, que nunca se enteraba de nada.

—Por supuesto —sentenció Kiki.

—De todos modos, si nos damos una vuelta por la otra orilla, podemos buscar algo que puede ser más divertido —apostilló Thora animada por un trago.

—Bueno..., hoy debería conformarme con estar presentable. Esto que llevo es bonito —me expliqué—. No quiero parecer que es el baile de julio, sed sensatas.

Kiki volvió a arquear una ceja.

—Si cambio este estado de ánimo, bastará para el recibimiento —continué.

—No es tu mejor cara, tienes razón.

Abrió su bolso de nuevo, vaciando parte del contenido en la mesa y me empezó a untar las mejillas con maquillaje para darme color.

—El color es vida, ¿verdad, Treize?

Yo no prestaba atención a sus maniobras de esteticista, pero me dejé llevar por su ímpetu y sus manos.

—El color es vida —repetí.

—Eso espero, porque he gastado mi última paga en dos prendas de Carine.

La prudente Thora Dardel, esposa de Nils, eficaz y dulce, siempre parecía un espejo de la felicidad más sensata.

—Oh, Thora —exclamó Kiki emocionada—. A ti cualquier cosa te sienta bien. Pero no sé quién es esa tal Corine.

—Carine —corrigió Thora.

—¿Son bonitos? —preguntó tomando entre sus manos el carmín.

—Preciosos.

—Pues basta con eso —sentenció.

Kiki se movía más entre los colores de los artistas que entre los de la moda y eso le hacía estar de vuelta de todo.

Decía que vivir era el cuadro más bonito, y tenía razón. La belleza como libertad era su modo de vida.

—Debes ir a descansar, Alice —aconsejó Treize buscando alrededor a alguna que le diera la razón—. Por Ërno y por ti.

—Me quedo con vosotras.

—No, no, no —repuso Kiki—. Tiene razón. Vete y pon la vida a punto. ¡Todo puede empezar hoy! ¿No?

No pude evitarlo y la miré con enojo. Me pareció que sabiendo cómo estaba no tenía motivo para maquillar tanto la realidad, bastaba con ser templada conmigo.

Cuando fui a dejar dinero en la mesa para pagar mi parte, Thora gruñó y movió la mano sobre los vasos.

—Déjanos.

El camarero se acercó, y Thora cuidó de que no pagara nada de lo que habíamos tomado. Incliné la cabeza agradecida por la invitación y salí hacia el apartamento. Opté por ir caminando.

El cielo rojizo se levantaba sobre París, ese rojo entusiasta que avecina paradójicamente la llegada del frío. El contorno de la ciudad se dibujaba como una pintura rasgada sobre los tejados. El coche de Ërno había llegado una hora antes. Puse la mano sobre el capó y todavía estaba caliente. Me pasé las dos manos por la cara para recomponer el estado de ánimo que me había dejado mi desamparo en casa de mamá. La puerta se abrió. Escuché ruido de grandes maletas arrastrándose por el suelo. El portón se cerró de golpe. Por delante de mí caminaba mi ansiedad como si yo fuera una desertora de mí misma.

La puerta de casa estaba abierta y pasé al salón. Contemplé varias cajas de regalos en la mesa y supuse que eran para mí.

—Los abrirás después de besarme.

—¡Ërno! —me giré hacia el pasillo.

—He visto cómo los mirabas... —dijo señalando los paquetes envueltos en lazos rojos.

—¿Puedo? —le pregunté sin ser consciente.

—¿Y yo qué? —dijo. El rostro cansado por el viaje de semanas se le iluminó al mirarme.

Ërno aprovechó que me quedé inmóvil para estrecharme entre sus brazos con un gesto tan típicamente suyo como acariciarme la nuca mientras me besaba. Yo deshice el lazo de uno de los regalos que tenía aún entre las manos jugando con la cinta.

—Estás muy guapa —me dijo.

—Kiki me ha maquillado esta mañana.

—¿Qué tal están las chicas? —me preguntó.

—Maravillosas. Ya sabes... —me expliqué para no parecer adormecida—. Tú andabas por Nueva York y yo he tenido que entretenerme con ellas.

—Estoy seguro de que te lo has pasado bien.

Respiré.

—No te equivocas. Ya sabes cómo soy.

Ërno se sentó conmigo en el sofá y me acercó uno de los regalos. Yo me sentí tan culpable que los nervios me hicieron descalzarme.

—¿Todo esto es para mí? —quise saber.

—Pensé que te haría ilusión, no está bien que te deje sola justo cuando vamos a estar juntos...

—Voy a abrirlos.

—Parece que lo hayas adivinado —dijo Ërno en tono burlón mientras miraba mis pies sobre la alfombra—. Son...

—¿Zapatos? ¡Dime que sí!

—Espero haber acertado con el número... —murmuró destapando él mismo los papeles que cubrían mi regalo—. Es una de las razones por las que te quiero, tienes unos pies preciosos.

—¿Bromeas?

—Claro, boba. Los compré en una tienda cerca de Grand Central, Leopold me llevó de compras, ya le conoces. Él ha tenido tiempo de hacer visitas a varios sastres, encaprichado por adoptar el estilo neoyorquino.

—¿Se parece a París?

—Es diferente. Allí están obsesionados con el cielo, todo debe ser altísimo. Perfecto para los negocios y agotador al mismo tiempo —dijo volviéndome a dar un beso—. ¿Y bien? ¿Te gustan?

—Humm..., me encantan. Mira.

Me puse de pie.

—Son maravillosos. Voy a ser la envidia de las chicas cuando diga que me los has traído de Nueva York.

—Pues... —se paró para señalarme las otras cajas—. Vas a tener que presumir mucho porque tienes varios para elegir.

—¡Dime que no es cierto! ¿Más zapatos?

—Sí. ¿Quieres abrirlos?

—Por favor, por favor… —repetí como una niña en Navidad—. Déjame que descubra qué me has traído.

Esta vez fui yo la que me abalancé sobre sus hombros para colgarme de su cuello, agradecida por su generosidad. Le besé. Olía a limpio, recién bañado y perfumado, como siempre. Me acordé del sabor de su piel al morder cariñosamente el lóbulo de su oreja. Intuí con su reacción que venía con muchas ganas de verme.

—Para que veas cuánto me he acordado de ti —me respondió—. Y… no creas que esta es la única sorpresa. Allí he pensado mucho en ti e, incluso, he hecho algunas gestiones.

Con mis zapatos nuevos crucé la habitación hacia la mesa pensando que hablaba de la boda. Me puse de espaldas a él para disimular mi inquietud jugando con el envoltorio de las cajas. Ya se había ido el rojo de la tarde de entre los tejados y habían empezado a iluminarse las ventanas de algunos edificios.

—Futura señora de Hessel —dijo masticando todas las palabras como si se abriera de par en par a mí—. Quiero comunicarle el regalo que más le va a gustar.

—¿Cómo? —contesté sucinta.

Se levantó hacia mí y me contestó:

—Creo que los zapatos que llevas puestos son los más adecuados para llevarte donde lo voy a hacer…

Como si hubiera una señal codificada entre él y el chófer,

escuché cómo se encendía el motor en la calle. «Vamos», me dictó con una sonrisa.

Le tendí la mano y, sin esperar a preguntar nada más, me dejé llevar por su sorpresa como si ya fuera la señora de Ërno Hessel. Fuera, el coche esperaba pacientemente a que entráramos para llevarnos a otro lugar de París.

—¿Sabes dónde vamos? —le dijo cómplice al empleado.

—Por supuesto, señor.

El coche salió con una nube de emoción y tensión hacia el destino que había fijado mi prometido. De nuevo me olvidé de mi traición cuando, feliz, me agarré a su mano como aquella noche que salimos de Maxim's con Coco Chanel. Un concierto de gorriones me iba acompañando en la cabeza, imposible de articular palabra o de responder a los continuos gestos de cariño de Ërno.

—¿Señor? —intervino el chófer al cruzar un puente que no recuerdo.

—Ya sabe —dijo como si hubiéramos llegado a destino.

Media hora más tarde de haberme puesto los zapatos nuevos, el coche paró en la rue Pont Louis-Philippe. Se abrió la puerta y salí a la acera, por la que bajaba agua de manera acelerada. Intenté no mancharme.

—Alice... —dijo entonces con su voz profunda, estirando el brazo hacia la fachada.

Allí estaba. Una señorita vestida de uniforme azul nos sonrió desde el cristal y abrió la portezuela invitándonos a pasar. Las campanillas tintinearon alegremente, yo sentí bombear la sangre de mi corazón como el agua que corría apresuradamente por el filo de los bordillos buscando salida.

—Alice, siempre hablaste de tu sueño —dijo en mi oído—. Aquí está.

Yo dibujé con la mirada todas y cada una de las cosas que llenaban el escaparate, con los ojos humedecidos. Al fondo, mi nombre, en letras rojas: Alice HUMBERT, Tejidos de los Vosgos. No sé exactamente qué verbalicé en ese momento en el que Ërno sonrió con toda su satisfacción y yo temblé feliz. Me dio unos golpecitos en el hombro para que reaccionara porque me había quedado agarrotada, rígida por la emoción y el frío. Era mi futura tienda. Una pequeña boutique de telas que, iluminada desde el interior, parecía un caleidoscopio de colores girándose hacia mí.

—¿Qué te parece? —me preguntó pausadamente mirando desde la puerta con la mano apoyada en el picaporte dorado.

—Nada —contesté sonriendo.

Y entramos en la tienda.

Yo, que había aprendido a vivir a trompicones, unas veces empujada por mi ansia de llegar la primera, otras por la timidez de no querer llamar la atención, me vi reflejada en aquella escalera de tejidos de colores que cubrían todas las paredes de la tienda. Cuántas horas habría pasado allí, pensando en las musarañas, en mi felicidad, en las telas. Era mi lugar en el mundo, aquella tienda que olía a madera limpia y pintura nueva, con la que soñaba mi madre en las noches de vigilia y frío, el sueño que había perseguido tanto y que yo había heredado en mis ilusiones estaba ahí, conmigo. ¿Qué hacer cuando un sueño es tu única herencia? Por eso me quedé inmóvil y en silencio durante largos minutos, digiriendo colores como un espejismo. Mis manos vacilaban aún cuando me acercaba a los rollos del género. ¿Qué podía decir? «Te amo.» Lo solté en medio de la tienda, subida en mis tacones nuevos y entregándome a él entre telas de colores. Resonó en el silencio de la tienda.

Sonrió.

—Lo sabes muy bien.

—Esta mañana me creía muerta —acerté a decir—. Ahora creo que voy a ser la mujer más dichosa del mundo.

—¡Y encima tienes una tienda tal como soñabas!

—No, Ërno, perdóname, pero sigo soñando.

—¿Te despierto?

Giré la mirada hacia él. Sonreía tranquilamente muy seguro de sí mismo.

—Es la primera vez en mi vida que no quiero despertar de mis sueños. Merece la pena seguir así.

Se me hizo un nudo en la garganta después de hablar.

—¿Y ahora qué te pasa?

—Nada. Que tengo ganas de llorar.

—¡Pero dime que es de felicidad!

—¡Claro!

—Cada vez que estés a mi lado, cada noche que pasemos juntos, cada vez que me preguntes si te quiero, te diré que sí; cada vez que me esperes de un viaje, que cuentes horas, días, semanas..., estaré a punto de llegar. Quiero ser tu único pensamiento porque tú ya te has convertido en mi único destino. Tú. La culpa de todo esto la tienes tú, no soy más que el que hace realidad tu deseo...

—No sé qué decir.

—Era tu ilusión, ¿verdad?

—Sí —dije mordiéndome el labio.

—Entonces no hace falta que digas nada —dijo él sonriendo—. ¿Quieres que volvamos a casa?

—¿Estás orgulloso de mí? —deslicé vacilante después de que sus palabras resonaran en la tienda.

Se llevó las manos al pecho y suspiró. Entre sus manos latía un corazón sereno, un hombre que se juraba a sí mismo quererme para siempre, sin pretextos, sin excusas, y que seguramente era consciente de que yo latía a otra velocidad.

—Cuando llegué a tu mundo venía de quitarme la ropa —me disculpé, incapaz de evitar la emoción que asomaba por mis mejillas—. Ahora quiero ser la que vista a todas las mujeres de París.

Él me observó, entendió la expresión de mi cara. Sabía que yo me seguía sintiendo avergonzada de aquellos días.

—No voy a negar que he olvidado ese tiempo, querida Alice, pero te quiero demasiado para imaginarlo. No soportaría que volvieras a desnudarte como entonces.

Incliné la cabeza, como si me dispusiera a besarle para que fabricara otros pensamientos.

—¿No?

—Nunca —repuse con los labios temblorosos—. Por ti y por mí.

—Solo tú y yo.

—... solo tú y yo —repetí.

La chica que andaba por el taller de la primera planta bajó al escuchar la puerta, apagó las luces, se despidió de nosotros y salió en otra dirección mientras nos subíamos al coche.

—¿Y bien, cómo estás?

—Estoy pensando en venir mañana a ver si sigue aquí la tienda.

Ërno empezó a reírse y me apretó la mano en su muslo.

—Por desgracia, señorita Alice, esta tienda es suya y seguirá aquí mañana esperando sus gestiones —contestó bromeando para sacarme una sonrisa.

—Calla, Ërno, no digas eso.

—Pues entonces quedémonos en la tienda, tonta, no vaya a ser que mañana haya un café en lugar de tus telas.

—¡Te aseguro que podría quedarme a esperar el día para abrir al público!

—Evidentemente..., te creo —suspiró profundamente antes de proponerme algo—. ¿Qué te parece si vamos a por Leopold?, está con el grupo en Le Dôme. Creo que iban a tomar algo. Esta es noche de sueños, debemos hacer que sea larga.

—Pero si estarás agotado...

—Quizá, pero no creo en el cansancio si estoy contigo.

—Pues entonces vamos. No perdamos la noche.

Ërno le indicó al chófer dónde debíamos ir y me apretó contra su pecho. París estaba alegre; yo decía entonces que cuando fantaseas con la felicidad la ciudad parece más hermosa, hasta tú te sientes más bella. Así me lo parecía en ese momento: perfecta. La noche era un reflejo de mis deseos, tanto que la ciudad se me hacía irreal al mirar por la ventanilla, ya no por despreocupación, sino por extraña. Sobre todo porque había empezado, otra vez, a olvidarme de mí. La mayor parte de mi felicidad coincidía cuando dejaba de ser yo.

La superficie del Sena se me hizo en cambio muy oscura cuando cruzamos uno de los puentes en dirección a Montparnasse. Esos detalles que me recordaban que los viajes tienen un destino siempre. Miré por la ventanilla buscando los reflejos plateados de otros días. El agua se agitaba demasiado oscura.

—¿En qué estás pensando? —preguntó Ërno acercándose a mí.

—Nada, miraba por la ventanilla, nada más.

—No hay luna, ¿verdad?

—No me he dado cuenta… —mentí—. Creo que no.

—A ver —replicó asomándose a mirar. Fue en ese momento cuando me quedé mirándole un largo rato.

—Es cierto —continuó—. La noche está más densa que de costumbre.

Me agité al recordar las noches sin luna, nerviosa. Era el único farol para mi barrio cuando desaparecía el día y se instalaba la oscuridad en aquellas correderas llenas de recovecos y humedad. Había tenido una revelación en mitad del trayecto, en el momento en que miré buscando en el cielo recordé cuánto había necesitado a mamá muchas de aquellas noches en vela en las que tardaba en llegar de la maternidad cargada de ropa vieja en medio de las calles oscuras sin luna, aquel tipo que me acosaba al verme aprovechando el despiste de la gente, las horas de espera pegada a la leña, con los Fresnault, la muerte de papá poco antes de terminar la guerra... Todo sucedía en noches sin luna. La inquietud cayó sobre mí como un mazo y de repente me sentí vacía, sin fuerzas para llegar a la fiesta. Me acurruqué en los brazos de Ërno fingiendo sueño, pero él estaba tan feliz que no se dio cuenta de mi desasosiego. La falta de luna volvía una y otra vez a mi mente, agobiante, mientras llegábamos al local.

—¿De verdad estás cansada?

—Ha sido un día muy largo...

—¿Me esperabas?

Unos segundos más tarde, después de mirar embobada hacia el cielo oscuro de París, respondí.

—Claro, Ërno, ¡qué cosas dices!

—Parece que te has quedado callada...

—Calla tú, diablos —le dije alegrando mi gesto—. Miraba la noche, estaba absorta. Estoy aquí, contigo, ¿no lo ves?

—Evidentemente —suspiró—. Y me gusta sentirte de nuevo.

Mientras volvíamos a besarnos para asegurarnos de que los dos estábamos allí, juntos, felices, enajenados de una noche sin luna, el chófer habló:

—Señores, hemos llegado.

Ërno se ajustó el chaleco, el cuello de la chaqueta y salió del coche para abrirme la puerta. En las vidrieras de Le Dôme se mezclaba humo con vapor y mucho movimiento de brazos como si todos estuvieran bailando la misma canción. Me agarré fuerte a él y pasamos dentro. No hubo tiempo para saludar a nadie, todos se abalanzaron en corro hacia nosotros, venían ebrios de ron y oliendo a tabaco, entre los primeros, Kiki y Man, que, beodos, pidieron vasos para nosotros. Mientras nos acercábamos a la zona en la que tenían dispuesto un círculo de mesas y sillas, Hessel fue saludando a todos y explicando sin más que había sido un viaje muy provechoso, que había hecho grandes negocios y que iban a ser años de mucho dividendo. Yo me dirigí con Treize hacia una de las sillas que tenían amontonadas contra las ventanas, donde una borracha estaba echando vapor y dibujando corazones en medio de las risas de un grupo de marineros que abarrotaban la zona. Luego me di cuenta de que era una amiga de Fujita, Marie. Saludé a Kurt, a Marcel, a Jean. Todos azorados, pasándose las botellas de ron y las chicas. Kiki se había puesto a cantar con dos gemelos acróbatas del circo Medrano subida en una de las mesas y bailaba alocadamente subiéndose la falda hasta más arriba de las rodillas con el peligro que todos conocíamos.

—Podíamos ir al Bal Bullier —gritó desde encima de la

mesa—. Todos tenemos ganas de fiesta, han venido nuestros amigos..., los futuros señores Hessel, ¡Alice y Ërno!

—Y bien, ¿os parece? —dijo Pascin animado por la artista.

—Hay amigos en The Jockey —apuntó Treize—. Podemos apuntarnos.

—¡Fantástico!

—Se han juntado los artistas, hoy han inaugurado algo nuevo en la galería de Moïse.

—Pues adelante.

—¿Ya?

—La noche no es eterna. ¿Qué quieres? ¿Que amanezca?

Intenté agarrarme a Ërno cuando todos salíamos en comparsa al olor de la fiesta, pero iba explicándole sus asuntos económicos a Jean, se le notaba abiertamente feliz y colmado de ímpetu; noté que había conquistado al hombre más seguro de sí mismo del mundo. Respiré profundamente el frío de aquella noche sin luna y me dejé llevar por las chicas, agarradas del brazo, zurcidas a una amistad que nada podía romper.

Cuando entramos en la galería en tropel disimulé que conocía el lugar a donde estaba accediendo, la turba y el alboroto de los artistas y amigos sumió la sala en una fiesta improvisada con ganas de probar todos los bocados de la vida. La mayor parte de la banda había venido con una botella en la mano, así que no hizo falta más que poner música para que todo el gentío estallara. Busqué con la mirada a Ërno entre la multitud, pero me resultó imposible; sin embargo, al recorrer todas las caras me encontré con una que traté de evitar: Moïse Kisling. Agarrado a una modelo de pelo corto, se agitaba en el océano de cabezas bailando con delirio. Me vio y vino hacia mí. Me sobresalté.

—¿Por qué no me invitas a una copa? —preguntó en su excitación.

—Perdona, estoy ocupada. He venido acompañada.

—Yo estaba pensando en otra cosa...

—Pues yo no.

—Eres la única de la fiesta que consigue sacarme de mis casillas —replicó mientras se bajaba la mano hacia el pantalón.

—Por favor, Moïse, por favor.

—He esperado que volvieras estos días a casa.

—Yo no. Déjame, voy a buscar a Ërno.

—Como a todas, lo que más os gusta es que os aprieten bien, ¿eh?

—Suéltame la mano.

—No soy yo quien se quita la ropa.

—¿De qué me ha servido?

—No sé, dime tú.

—Sabes cómo aprovecharte de la debilidad, primero cuando buscaba dinero, la última vez porque iba destrozada.

—Si mal no recuerdo, eras tú la que buscaba abrigo.

—¡Esa noche no sé ni quién era yo! ¡Estaba muerta!

—No lo parecías.

—Moïse, por favor. Soy una mujer feliz, tengo a un hombre feliz a mi lado, quiero borrar toda mi vida, quiero que desaparezca hasta de mis pesadillas, no soporto nada de lo que representas, no quiero nada de ti. ¡No quiero nada de ti! ¿Sabes?

—En cambio, yo lo quiero todo —dijo dando un trago a la botella que le pasaban unos amigos—. ¿Quieres?

Me arrimó el ron a la boca.

—¡No!

—Alice, hay cosas que tenemos que concluir...

—¿A qué te refieres?

—A aquello... —dijo señalando hacia una de las paredes.

Aquello era yo. En la pared colgaba un cuadro a punto de terminar en el que se veía a una mujer desnuda, de mirada triste y con unas esmeraldas únicamente cubriéndole el pecho. Se me llenaron los ojos de lágrimas, incapaz de volverme loca.

—¿Tienes la más mínima idea de lo que acabas de hacer? ¿Estás orgulloso de ti?

Kisling ni se inmutó.

En ese mismo momento supe por qué Ërno había desaparecido de la galería. Era imposible que me hubiera dejado sola aquella noche sin luna. Lo perdí. Quiero decir que lo perdí para siempre. Me sentí aislada del mundo de repente, muy sola, con una sensación de angustia creciendo dentro de mí. Salí caminando hacia la puerta, sin ninguna prisa porque ya nada me estaba esperando, tropezándome con los que bailaban violentos, borrachos, hasta la calle.

Ërno Hessel estaba allí. A punto de entrar en su coche. Me miró callado como si ya no me conociera. Me paralicé a cuatro metros de él, tan fría y muerta como debió de estar mi madre al otro lado de la acera. Me ignoró de la misma manera que yo lo hice con ella.

—Te dije que no era un *playboy*. ¿Por qué has hecho esto? —acertó a decir.

—Te vas, ¿verdad? —dije temblando.

—A lo mejor nunca debí volver.

El coche en marcha me anunció que allí se terminaba todo, que yo no estaba invitada a ese viaje y que mi vida, seguramente, empezaba y acababa ahí.

—Ërno…, perdóname.

—Alice, no hace falta.

Rebuscó en su bolsillo interior un pañuelo y me lo alargó para que me secara las lágrimas.

—Quédate con él —me dijo.

Lo cogí y lo apreté entre mis dedos.

—Quédate también con tu collar, con tu tienda en París. Yo… —dijo mientras cerraba su puerta y bajaba la ventanilla—. Yo me quedaré con los recuerdos. Tampoco son muchos, pero me bastan.

Los faros iluminaban la calle oscura como un túnel infinito. Me acerqué a la ventanilla. Toda la fiesta se reflejaba para mi desgracia en el cristal en el que apenas podía verle ya la cara. Pegué mi mano en el vidrio gélido y entendí en sus labios lo que me decía desde dentro: «Adiós, Alice».

El coche desapareció al final de la calle al torcer la esquina que conducía a la avenida en la que busqué trabajo por primera vez. El dolor acumulado cayó sobre mí como un mazo y de repente me sentí vacía, sin vida. Levanté la mirada al cielo, buscando una estrella que iluminara mi tormento, una señal; pero la penumbra allí arriba era todavía más fuerte que la que quedaba en mi corazón.

—¡Alice! ¡Estamos de fiesta! —gritó Kiki—. ¡Pasa dentro, hace mucho frío fuera!

—Mucho frío... —murmuré incapaz de ocultar mi dolor—. Mucho frío.

CAPÍTULO 34

—Debes curar las heridas.

Laurent me miraba como si no entendiera su viejo dolor.

—Mi padre y yo no nos hemos entendido nunca, Teresa. Nunca.

—Pero así no devolverás la felicidad que no tuvo tu madre.

Esta vez fue Laurent quien se encogió de hombros. Aunque, según pude advertir, sus manos habían dejado de tener esa tensión que albergaban cada vez que nombraba a su padre, Mathieu Ardisson.

—Abrígate —me dijo—, está empezando a hacer frío.

CAPÍTULO 35

Querido Ërno:

A medida que han pasado los días, las semanas, he reunido fuerzas para escribirte esta carta. No quiero que entiendas que pretendo disculparme por lo que hice, ni por haber roto nuestro compromiso, ni siquiera para suplicarte ningún tipo de respuesta ni perdón; solo escribo para desearte la mayor felicidad del mundo y para darte las gracias por todos los días que pasé junto a ti. Todavía no me he quitado ni tus zapatos… Kiki me ha informado que has buscado nuevos rumbos en Nueva York y que después de tu viaje no han hecho más que lloverte los negocios de ultramar. Sospecho que acabarás o que estarás viviendo ya al otro lado del océano. Recuerdo tu cara cuando llegaste ilusionado y, no hace falta ser muy lista, sé que ese será tu lugar en el mundo. Lo noté en tus ojos confiados de volver.

La tienda va muy bien, mis hermanos forman parte del negocio. Pensé que también los había perdido a ellos; he conseguido que las chicas hagan publicidad de mis tejidos incluso en las revistas de moda y no hay día que falte un encargo o un pedido para el pequeño taller que he montado en el primer piso. Ni te imaginas cómo lo he organizado todo... Ha sido una hazaña enorme, agotadora incluso, pero el regusto que deja la satisfacción es la mejor sensación del día. Me paso las horas ordenando las telas, buscando cómo sacar el mayor provecho a los diseños que yo misma hago y hacer de tu regalo el lugar más maravilloso de París. Sé que, a pesar de todo, estarás orgulloso de mí.

La mayoría de los días se me hace de noche aquí y he habilitado también el sótano para quedarme a vivir en la tienda. El cielo no se ve desde mi cama, ya sabes cuánto me gustaba buscar la luna llena desde la ventana, pero cuando todo se calma y cierro el negocio, salgo al puente a mirar, esperanzada de que siempre me ilumine la cara... Debe de ser la misma que tú ves desde Nueva York. He conseguido ser feliz a mi manera. Y así quiero que seas tú, inmensamente feliz allí donde estés.

Me gustaría decirte un montón de cosas, pero me veo incapacitada moralmente para robarte ni un minuto de tu vida. Al final, tenías razón, este era mi sueño.

Alice

10, rue Pont Louis-Phillippe. Paris

CAPÍTULO 36

El sótano estuvo cerrado durante la inauguración de mi tienda. Era el único secreto que quería mantener alejado de los invitados, de hecho, empujé uno de los mostradores para tapar parcialmente la portezuela del suelo y que quedara invisible a las preguntas curiosas. Mi cómplice era Hélène. La misma que una tarde me instó a cortarme el pelo para parecer «más francesa y alocada» y que se encargó de invitar a los vecinos, pequeños empresarios de la calle, y algunos amigos con los que, durante todo el periodo de obras de restauración, habíamos tomado café, comido y discutido de política en las escaleras de Chez Julien. Se había quitado las gafas, se había pintado y perfumado «por si acaso», como ella decia, «que nunca se sabe».

—En esta calle tampoco pasan tantas cosas, no creas.

Me pareció hasta extraño su comentario viniendo de ella.

—Mi vida… ¿te parece poco?

—Pues tienes razón, Teresa —aseveró con una autoridad que la hizo partícipe de mi ilusión.

—... mi tienda, mi vida, mi libertad... —continué diciendo animada por mi nueva perspectiva.

Hélène no se sorprendió. Arqueó las cejas para hablarme.

—Escúchame —apuntó en voz baja—. Todo eso está muy bien, pero debes acompañarlo de voluntad. Y no voy a tolerar —masticó cada una de las palabras— que esta tienda vuelva a estar abandonada.

—Te voy a parecer una *hippy*, pero es mi única misión —respondí aliviada.

—¿Todo eso que dices?

—Mi libertad. Esta tienda. Yo. Hacer lo que me dé la gana —dije sin encontrar las palabras adecuadas por mi familiaridad con ella.

Sostuve la mirada mientras a las dos nos cambiaba la cara con una sonrisa.

—Entonces ponme vino. Es una orden —espetó.

Era madre soltera y las amigas de su hija convirtieron la pequeña fiesta en un acontecimiento en el barrio: puertas abiertas, pequeños regalos envueltos en celofán y vino tinto que escondimos tras el mostrador para brindar con los amigos y desconocidos. Pusieron música y plantas aromáticas en la puerta. Hélène hizo de madrina conmigo hasta que, ligeramente achispada, dijo que «la cosa es tuya» —o sea, mía—, casi perdiendo el equilibrio.

—La vida... —dijo ella apoyándose en el escaparate.

—Y el azar —contesté mirando disimuladamente hacia la puerta del sótano—. El azar.

—Brindo entonces por ese azar.

—No tengo ninguna duda.

Con el rabillo del ojo vi que algunos invitados se habían quedado mirando una de las fotos enmarcadas en la pared. Me pareció que, teniendo en cuenta que nadie la conocía, no había pasado desapercibida. Sonreí reflejándome en el cristal.

Tardé poco en empezar a saludar a todos los invitados gracias al vino y a las ganas que había puesto en aquella tienda renovada. Bastaba con mirar a mi alrededor para saber que no solo había rehabilitado aquellas paredes viejas y llenas de fantasmas, también me había rehabilitado yo. Recuperar cada viga de madera había sido una forma de enderezar mis huesos, enmendar mi pasado, de corregir el rumbo, o de elegir por fin una travesía en la que instalarme y resarcirme de años en los que no había pasado nada. Nada se había movido en años.

—¿Qué nombre le has puesto a la tienda? No me he dado ni cuenta.

Salimos a la calle. Hélène me miró en silencio, luego preguntó:

—¿«Mi Amor»?

—No me digas que…

—Sí… ¿Laurent?

Nos callamos un momento sonriéndonos. Habría reconocido el tema que sonaba en ese momento dentro de mi tienda en París aunque estuviera a mil kilómetros de allí: *La question*. Aquella canción que me despertó del letargo en

Madrid cuando compré un viejo cartel de madera sin sentido entonces. Tenía la mirada perdida del que logra lo que quiere. En pocos segundos, aquella tarde, presentí un vuelco y una irreprimible necesidad de cambiar de vida. Yo tenía un nudo en la garganta, idéntico al de aquella tarde. Hélène notó que me estaba costando trabajo contener el llanto.

Yo sabía perfectamente qué me iba a decir.

—No sé si recuerdas cómo llegaste aquí —añadió lentamente Hélène—: La mujer que se quedó parada delante de esta tienda era una mujer gris, tal vez ilusionada, pero gris.

—Te acepto la sinceridad...

—Sé que nunca me has contado todo, al final acabas hablando siempre de esas fotos y tus pinturas, pero supongo que tenemos mucho tiempo, ¿no?

Lo dijo con la copa de vino en la mano y esa mirada intrépida y adulta de persona intuitiva que sabe adivinar hasta los horóscopos ajenos. La vi mirándome feliz, por contagio de mi incipiente felicidad.

—Dentro está la fiesta. Tu fiesta. Pasemos.

Me empujó con la mano hacia la tienda y dijo:

—Pasa..., esta es la típica hora en la que empieza a refrescar en París.

El frío.

—Tengo con qué abrigarme —le dije.

Clavó entonces en mis ojos una mirada lúcida, cómplice.

—Ya veo.

Laurent dejó su moto en la acera y al quitarse el casco sonrió mirándome como si su destino de vida fuera yo.

CAPÍTULO 37

Laurent me ajustó el abrigo verde sobre los hombros y fuimos caminando hacia casa de su padre cuando acabó la fiesta. Ese es uno de los momentos en los que eres feliz y no hay nada especial que lo haga dichoso. ¿Cómo explicarlo? Las fotos de Alice Humbert las había cogido de mi casa para dejárselas a Ardisson, era mi forma de colaborar, para la exposición de mujeres parisinas que tenía en marcha. ¿De qué me servían a mí si aquel hombre se emocionaba cada vez que cogía las imágenes entre sus dedos? Le había visto temblar cuando acariciaba las caras de las modelos como si parte de su vida estuviera atrapada entre los años veinte. Felices años veinte. Qué curioso. Esa felicidad que tanto busqué en el color me la tenía que imaginar ahora en blanco y negro. Pensé en llamar al viejo pintor y decirle que sí, que había empezado a difuminar, a distinguir los azules del cielo, los colores de las telas, los pañuelos y regalos de mi nueva tienda, los matices de la vida y de mi vida, que fundamentalmente había arrancado una hoja diferente para empezar de cero…

—¿Ibas de verde cuando te conocí en Madrid? —comentó de pronto Laurent tratando de hacer memoria mientras me miraba.

—Iba de azul, ¿lo recuerdas? —le dije sonriendo melancólica—. Esto no es Casablanca.

—Azul… —pensó—, azul cobalto. Es verdad, eras como el fondo de uno de mis cuadros…

—Eso dijiste —suspiré.

Se quedó en silencio unos segundos.

—Te sienta bien el color, estás muy guapa.

—Lo había olvidado.

Esa felicidad que transmitían las mujeres de mis fotos tenía tanto color como vida respiraban sus movimientos. Los sombreros, los escotes, los zapatos, los pañuelos al viento, las sonrisas, las risas… Y curiosamente todo en blanco y negro. Tres de las fotografías que enmarqué como decoración de la tienda y homenaje a aquella mujer que debió de ser feliz hablaban mucho de mí. Me refiero a que las escogí porque parecían un resumen de mi vida, de esta y de la que tuve. Una fotografía en la que se veía a la mujer que yo había sido: Alice sentada en una mesa de café, con la mirada perdida en la taza y una calle que se difuminaba a lo lejos con mala calidad. Otra que hablaba de la mujer que me hubiera gustado ser: Alice desnuda en un sofá sonriendo entusiasta junto a tres amigas posando desenfadadas. Y la tercera: Alice abrazada a un hombre que no podía identificar porque él estaba de espaldas. Ella besando su cuello herido, él vestido de fiesta.

Una hora más tarde del largo paseo tocamos el timbre de los talleres donde vivía Ardisson. La mujer de pelo blanco que arrastraba los cubos de basura me sonrió con familiaridad.

—Creo que el señor Ardisson se encuentra regular. Salió ayer a pasear como todas las mañanas y no llegó a la esquina, hoy incluso ni ha salido.

—¿Entonces? —preguntó nervioso Laurent.

—Me ha dicho que si llegaban, les dejara la llave para que pudieran entrar.

Un pensamiento cruzó por mi mente.

—¿Cómo no me ha llamado? Si se encontraba mal, debería haberme llamado.

—Subamos, tal vez está agotado —le tranquilicé.

—Me preocupa.

Esbocé a pesar de todo una sonrisa. Me di cuenta de que el amor por su padre se le intuía aunque quisiera disfrazarlo de odio. Seguramente eran tan parecidos que habían caminado por calles paralelas sin cruzarse nunca la mirada, ni la trayectoria. De lo que estaba segura es de que había hecho un hombre maravilloso y que ponían pasión en cada cosa que hacían lejos de las inhibiciones. Le apreté la mano cuando abríamos la puerta de la casa y él me correspondió. Tenía las manos resbaladizas por el sudor. En ese momento me apartó y se coló a voces en una casa que apenas conocía.

—¡Papá! ¡Papá! —gritó Laurent nada más pisar el salón acristalado del taller.

—Tenemos que… —pero no pude pronunciar las siguientes palabras para tranquilizarle porque él volvió a llamar a su padre como si rugiera un lamento seco.

—¡Papá!

Su voz resonó en la estancia donde me presenté a aquel señor por primera vez, aquella tarde nerviosa en la que extendí las fotos sobre su mesa. Nunca rezaba, pero en ese momento de silencio y eco vacío en la casa recé para que su padre estuviera allí, vivo. Todos mis miedos se me aparecieron de golpe, esos que hicieron que fuera una niña sola, sin más protección que morder la tela de la sábana para dejar de soñar pesadillas.

—¡Papá!... —repitió agarrándome esta vez la mano. Su rostro empalideció.

Laurent gritó con tanta fuerza que sentí su dolor. Me adelanté hacia la habitación como si quisiera prevenirle de algo. Se hizo el silencio a mi alrededor. Mi mente arañó la cara de mi tía Brígida cuando velaba el cuerpo de mi madre, impávida, en ese doble espejo siniestro de muerte y vida. La gemela velando a la gemela. No quise más dolor en mi vida y empujé la puerta de la habitación del señor Ardisson.

—Mathieu…

Fuera se había quedado Laurent, impasible a la noticia, apenas pudo cruzar ese muro de años de recelos y desconfianzas que en ese momento tenía forma de puerta.

Me acerqué a la cama, le toqué el rostro. El temor contagiado por mi amor me había secado la garganta y en voz baja le volví a llamar.

—Señor Ardisson...

Abrió los ojos. Me miró con benevolencia. Tenía la mirada cansada, exenta de color, estaba pálido y adormilado como un pájaro.

—Estoy aquí...

En ese momento pasó su hijo a la habitación, resollando.

—Papá..., ¿por qué no contestabas?

Calló, pero le miró con tanto amor que entendí que esos dos hombres habían estado más cerca de lo que ellos se habían alejado voluntariamente. El amor se tapa tantas veces de odio...

—Parece que ha empeorado. Debemos llevarlo al hospital. Mírale la cara.

Yo miré la suya. La de Laurent. Me reconocí en su pérdida de control y en esa infinita duda de amor y dolor, odio y desacuerdo, ese galimatías de cariño que provoca la desavenencia y el silencio de años.

—Voy a buscar un abrigo y llamo a una ambulancia —dije para dejarlos solos.

Contemplé cómo me miraba el hombre de pelo gris, como si estuviera al mismo tiempo despidiéndose y agradeciéndome todo lo que había hecho por él. Aparté la mirada porque mis ojos empezaron a bañarse en lágrimas y no quería que presenciara mi debilidad.

—Teresa... —resopló el padre, buscándome cuando crucé la puerta huyendo—. ¡Teresa!

Volví a pasar.

—Ese armario..., quiero que abra la caja que hay en el primer cajón.

Laurent, que había roto el muro de diferencias entrelazando su mano con la de su padre como si en todos esos dedos enlazados estuvieran también los de su madre, nos miró desconcertado.

Como aquella niña que escudriñaba en los armarios del palacete donde no fui feliz, volví a rebuscar en aquel otro armario de luna que se erguía a los pies de la cama de Mathieu Ardisson buscando una sorpresa. Esta vez la presencia de tía Brígida acechando no me inquietaba como en la niñez, en este caso mi curiosidad unía pasado y presente sin miedos, aunque volviera a estar buscando una respuesta. La vida es un lío y en ocasiones se desenreda. Me arrodillé apoyada en el ropero y tiré del cajón, que se volcó del peso sobre mis rodillas. Las sábanas blancas bordadas con iniciales eran como las de mi casa, nuevas y almidonadas; había ropa de cama y toallas con puntillas muy gastadas. Un intenso olor a lavanda me inundó cuando me incliné hacia delante para mirar bien. Al meter las manos entre las telas noté una caja de cartón.

—¿Ya? —murmuró desde la cama.

—¿Es una caja? —le dije agarrándola con cuidado de entre las sábanas.

—Sí.

Mathieu esbozó una sonrisa triste.

—Usted, querida Teresa, sabrá bien qué es.

Abrí la caja pero cerré los ojos.

—Ahora es para usted. Como lo fue de ellas.

Me puse de pie impresionada porque el verde de las esmeraldas era exactamente el mismo que el del cuadro del museo. Ardisson esperaba desde la cama a que yo me pronunciara, a que dijera algo. No pude.

—Mi esposa se lo puso únicamente una vez, el día que más guapa estuvo nunca. Nuestra boda. Se lo entregó su abuela Alice emocionada al vernos tan enamorados, «te entrego la felicidad», le dijo. Yo... —miró a su hijo sollozando—. Yo rompí esa cadena de amor... Querida Teresa, le ruego que sea feliz. Le exijo que sea feliz. El collar forma parte de la familia. De una familia que a trompicones ha intentado buscar el amor.

Miró a su hijo de nuevo y alargó la frase:

—... que seáis felices como yo lo fui mucho, mucho tiempo, con tu madre. Le he dedicado mi vida a ella, a todas esas mujeres en blanco y negro que colecciono, porque es la única manera de que me perdone mi mujer. Cuidándolas a ellas, recuperando su belleza y devolviéndoles el lugar que merecen.

Laurent rompió a llorar.

—Alice Humbert, su Alice, ha jugado con el destino. A veces hace falta un golpe de locura.

Laurent me miró fijamente. Correspondí con un guiño mientras, nerviosa, agarré entre mis dedos el estuche. La vieja y estropeada caja de cartón de dibujos chinescos que durante lustros había guardado la maravillosa y perentoria gargantilla de esmeraldas.

—Es suya. Los objetos nos eligen. ¿No lo dijo?

La cabeza me empezó a dar vueltas.

Mathieu esbozó una sonrisa melancólica.

—Para usted —repitió.

El instinto me llevó directamente al cuadro del Museo de Arte Moderno, era el collar de Alice que me había llevado hasta París. Temblé. Y todo tembló en mi cerebro: el cartel del anticuario, la buganvilla seca, la canción que sonaba, la dirección de los talleres, las fotografías de Alice Humbert en el bajo, las fiestas en Le Dôme, las risas de aquellas chicas desnudas en las fotos, los pintores, el baile, mi comida en La Tour d'Argent, la casualidad, el sótano oscuro, la mirada iluminada de Alice, la foto. La última foto. Claro. La última foto.

Sentí un cosquilleo que me condujo hasta aquella otra imagen, ¿cómo no me di cuenta? La más hermosa y personal de todas las que había encontrado, aquella que por instinto había dejado colgada en mi tienda: un abrazo en el que la joven Alice Humbert vestida de blanco se fundía con un desconocido, besándole el cuello, acariciando con los dedos una apenas perceptible cicatriz en el desgastado papel en blanco y negro. Se casó.

Las lágrimas resbalaban por mis mejillas.

—Nunca le respondí, querida Teresa, a una de sus preguntas —comentó mientras se incorporaba en brazos de su hijo—. Alice Humbert sí fue feliz. Y quiso que todas las mujeres de su familia lo fueran. Me lo preguntó muchísimas veces. Lo buscó. Inmensamente feliz. Buscó su felicidad.

CAPÍTULO 38

La exposición póstuma de Mathieu Ardisson en el Ayuntamiento de París fue un éxito. Todas las mujeres parisinas desde principios de siglo bajo un maravilloso título: «La felicidad del blanco y negro».

Laurent y yo nos mudamos al ático de Pont Louis-Philippe, donde yo vivía demasiado sola. En un arranque de vitalidad trajo a todos sus amigos para improvisar la mudanza de sus cosas, que colocamos entre las mías. Tan mezcladas que desde aquel día empecé a disfrutar del caos y la despreocupación. París había sido una fiesta y empezaba a serlo otra vez; no eran los felices años veinte, pero para nosotros, sí. Convirtió el taller de su padre en un estudio de pintura para buscar su felicidad en lo que más le gustaba, pintar. Yo la encontré en la tienda de regalos. A muchos kilómetros de donde tía Brígida construyó una correcta infancia en la que nunca se pudo improvisar, correr, mancharse, cantar, reír a carcajadas, andar descalza, caminar desnuda... Reuní todos los trozos de tela que había ido guardando desde niña en aquella maleta, todos aquellos vestidos que llevé y que fingieron una especie de bienestar, para coser con ellos un edredón en el que abrigarnos del frío Laurent y yo. Un mapa de colores que hablaba de mí y de las cosas que hay que destrozar para volver a ser de una pieza.

París había despertado a la primavera con uno de esos días llenos de sol, como si hubiera luz por todos los rincones de la vieja ciudad. Anduvimos hasta el muelle de la isla, desde donde el Sena empieza a escaparse con fuerza hacia el mar entre las dos orillas. Preparé un tentempié para los dos y compramos una botella de vino tinto en uno de los puestos del camino para aprovechar el buen tiempo.

«Prométeme que nunca más te vas a ir sin avisar», le dije hundiendo mi cabeza en sus brazos. Sentí que había roto todos los maleficios de mi vida, que por fin se había ahogado en las profundidades del río todo lo que me sobraba, incluso más, que se había evaporado mi miedo a empezar de nuevo. Aligerada de peso familiar y aliviada de ansiedades, me hice pequeña y, como si volviera a esperar a que mi madre entrara en la habitación, me mordí el cuello de la blusa... «No tengas miedo», parecí escuchar su voz entre el rumor del agua.

—¿Tienes frío? —me preguntó Laurent apretándome.

—Dime que no te vas a morir otra vez —contesté sin sentido.

Esbozó una sonrisa y me besó.

En un arrebato de ternura escribió mi nombre y el suyo en el corcho de la botella y lo lanzó a lo lejos, al agua.

—Flotará —dijo volviendo el rostro hacia mí—. El amor de verdad siempre flota.

En ese momento en el que el Sena empezó a ponerse dorado y todos los colores de las fachadas de las dos orillas comenzaron a teñirse en un juego de espejos relucientes, me acordé del viejo pintor. Cogí mi móvil del bolso, marqué su teléfono y esperé a escuchar su voz. Después de varias llamadas me temí lo peor, el cielo estaba jugando con un montón de azules, rojos y dorados, una infinita mezcla de tonalidades que iban «más allá del azul». Como en la canción, las nubes forman también parte del paisaje.

Se activó el contestador, sonreí al saber que mi dibujo ya estaba acabado, que había empezado de nuevo una hoja en blanco, y sin dudar en ninguna de mis palabras dije, convencida como si volviera a estar otra vez en aquel mirador de cristales y pinturas al óleo: «Profesor, he encontrado el color».

Al levantarnos para volver a casa, mi vestido se quedó enganchado en una de las piedras del muelle, Laurent tiró de mí y la falda se desgarró. Junto a un pequeño clavo oxidado invisible entre el moho del pedernal se había quedado pinzado un trozo de tela del tamaño de aquellos que recortaba de niña para esconderlos en mi maleta. Me agaché para cogerlo y al soltarlo del suelo la brisa que viajaba corriente abajo se lo llevó volando como si fuera buscando a Alice...

FIN

Todos los lugares de esta novela existen, la tienda también. «Mi Amor» está situada en el número 10 de la rue Pont Louis-Philippe en París. La he visitado muchas veces y siento un cosquilleo al imaginar a Alice Humbert. No solo eso. Cuando acabé de escribir esta novela, también hice como Teresa: lanzar un corcho con tu nombre *para que flote el amor...*

BIBLIOGRAFÍA

BOUVET, Vincent y Gérard DUROZOI, *Paris Between the Wars. Art, Style and Glamour in the Crazy Years*, Thames & Hudson, Londres, 2010.

CHARLES-ROUX, Edmonde, *Descubriendo a Coco*, Lumen, Barcelona, 2009.

DENUELLE, Sabine, *La parisienne dans l'Art*, Citadelles et Mazenod, París, 2011.

KLÜVER, Billy y Julie MARTIN, *El París de Kiki. Artista y amantes, 1900-1930*, Tusquets Editores, Barcelona, 1990.

KRASE, Andreas, *París. Eugène Atget*, Taschen, Colonia, 2008.

VV. AA., *Man Ray. Despreocupado pero no indiferente*, La Fábrica, Madrid, 2009.

ZOLA, Émile, *El vientre de París*, Alianza Editorial, Madrid, 2008.

Mi TIENDA EN PARÍS

AGENDA 2014

¿Alguna vez has pensado en empezar de cero?

El 2014 va a ser tu año, y este es el regalo
más especial que puedes hacerte

---

www.planetadelibros.com www.twitter.com/#!/MREdiciones

www.facebook.com/edicionesmartinezroca www.blogeditores.com